台灣的讀者，你們好，

這一部小說是我的出道作品。曾經，我有很長的一段時間默默無名，當時的我實在已經走投無路，最終是《望遠洞兄弟》這部作品成了支撐我的拐杖，讓我能繼續走下去。多虧了這部作品，才讓讀者們知道有我這位創作者的存在，也讓我獲得了不少機會，得以繼續創作小說。

《望遠洞兄弟》以韓國的平凡庶民爲主角，是一個眞實不做作且笑中帶淚的故事。在我所有的作品中，這也是自傳成分最高的一部。無論面對人生還是工作，我們都經常失敗。但我想藉著這部作品，好好談談我們那即使不斷面對挫折，依然無比崇高的人生。

也或許是因爲這樣，這部作品長期以來一直受到韓國讀者的喜愛。作品出版後改編成舞台劇，直到現在都還持續演出。這本二〇一三年出版的作品至今仍受

到喜愛，我一方面感到高興，一方面卻也因爲韓國平民百姓依然艱苦的謀生之路，而感到有些苦澀。只希望過去這段時間以來，這部作品能夠多少撫慰我們生活中的疲憊。

今年是《望遠洞兄弟》出版十周年，希望這部作品也能帶給台灣讀者一些安慰。希望在這本書中，各位能感受到小小的歡樂、隱約的悲傷，以及繼續撐過每一天的歡快勇氣。我的出道作品能夠在台灣出道，讓我非常開心，我想在此再一次謝謝各位。

二〇二三年秋

金浩然

망원동 브라더스

望遠洞兄弟

金浩然 김호연 著

陳品芳 譯

第九屆世界文學獎優秀獎

各界讚譽

• 這裡有四名男子與一名少年，偶然一起生活在望遠洞某處的頂樓加蓋套房……大家的人生都停滯不前，卻沒有人失去希望，而是一步步繼續前進。而且這本小說最致命的地方，就是讀著讀著，便會讓人很想喝酒。我相信讀完小說之後，每個人肯定都會想跟那些與自己沒有血緣關係，卻如家人一般重要的朋友一起喝杯酒，喝完酒的隔天，還會想來碗「大口鮟鱇醒酒湯」。

——徐眞，小說家

（著有《歡迎來到地下世界》《心碎飯店》）

• 我不想跟這本書的作者見面，因爲我覺得十之八九會失望。無論他多自以爲有魅力，都不可能比這本書更棒、更迷人。書中的文字如此耀眼，讓人不僅不好奇作者是誰，更會抗拒認識作者。四名極爲落魄的男子，吵吵鬧鬧地擠在一間小小的頂樓加蓋套房，光聽這個描述，就能讓人瞬間勾勒出一幅慘澹的畫面。可是最令人意外的是，這本小說卻讓人感到可愛、溫馨且有趣。作者知道如何讓這個悲慘世界充滿開心歡笑，並透過小說深入書寫這個方法，眞是高手。

——金美月，小說家

（著有《從沒有人翻開的書》《第八個房間》）

• 笑著讀下去，不知不覺間就獲得溫暖的安慰，讓人不再感到孤單。闔上書，輕輕抖去絕望，迎接「希望」的勇氣也悄然產生。

——世界文學獎評審

目次

金部長歸國

金部長確實是個路癡。去望遠站二號出口前面的麥當勞帶他的路上，我更確定了這一點。這已經是他第三次來了。第一次是一年前他說要來探病，人來到望遠站卻找不到路，我只好拖著打了石膏的腳出去接他。第二次是他說自己就要移民，把微波爐和立燈拿來送我，人到了望遠站後便打電話來叫我去接他。今天我又要去望遠站，迎接時隔三個月「回來韓國」的金部長。

我到了望遠站前的麥當勞，發現金部長正大口吃著漢堡。

「加拿大沒有麥當勞嗎？」

「沒有，所以我才跑回來。」

金部長說得理所當然，接著便拿起薯條往嘴裡塞。我坐到他對面，靜靜看著他吃東西。他原本厚實的身材瘦了一大圈，看起來不太健康，還有些可憐。身上那件不知是哪個牌子的短袖T恤，似乎已經汗濕了不少次，此刻正不斷散發出酸臭的汗水味。最讓人在意的是，他腳邊那個有如一隻導盲犬……不對，應該是有如一隻半的導盲犬那麼大的黑色行李箱。這證實了我的猜想——他今天晚上要住在「我家」。

金部長拖著黑色行李箱往我家前進，一路上不斷確認重要地標。在三岔路口半右轉，經過小路來到理髮廳後再右轉。期間還不忘自言自語，像是「原來這裡還有傳統理髮廳啊」「這個社區眞是充滿人情味」等等。金部長這麼努力想甩開路癡的汙名，但我們這個社區似乎沒打算讓他如願。

「現在你應該可以自己從地鐵站走過來了吧？」

「這附近有超市或便利商店嗎？」

看來他眞的打算在這裡住下來。我指著眼前的友眞超市，那裡的水果便宜到不行，根本不需要特地跑去附近的望遠市場，冰淇淋最低可以打到四折，是我的愛店。

他像跟老友久別重逢，一進到超市便興沖沖地拿了三瓶燒酒，還不忘拿配酒的蝦味先跟鯊魚餅乾，三兩下便準備好一桌超低預算的酒席。最後還買了一隻生魷魚、黃豆芽、海苔跟青陽辣椒。正當我好奇，他是不是想用這隻生魷魚煮湯時，他問我有沒有需要些什麼。我需要的東西可多囉，家裡衛生紙早就見底，我還缺三合一咖啡、垃圾袋、雞蛋、乾電池、刮鬍刀、洗髮精、驅蚊藥等等。即便缺了很多日用品，我還是不太敢濫用他的好意，最後只拿了兩瓶礦泉水，他則在櫃檯又追加了一條菸。他大方付帳，作爲他短時間內要寄宿我家的補償。

「這就像我考上大學以後剛到首爾，搬進寄宿家庭裡的感覺。」

金部長一臉愜意，邊說邊往天台的欄杆邊走去。在這個能夠遠眺漢江與城山大橋的屋頂上，他鋪了一塊涼蓆，一屁股坐在上頭，自顧自喝起酒來。他以爲自己像個大學新生，但看在我眼裡，他不過是個已經四十多歲的喪氣大叔。

沒過多久，他起身走到圍牆邊去看了下夜景，然後才回來繼續喝酒。他沒有多說什麼，只是靜靜喝酒。我們偶爾會聊個兩三句，但大多都是詢問共同朋友的近況。接著我想到，雖然我不是寄宿家庭的房東，但既然他要住這，那我們就得訂些規矩。

「部長，你打算在這住到什麼時候？」

「唉唷，不要再叫我部長了啦！」

「你就把『部長』當成你的綽號嘛，我比較喜歡叫你部長啦。」

金部長邊抱怨邊把杯裡的酒喝光。

「我四年前就被公司炒了，你還在那邊喊什麼部長……你剛剛是不是說這裡押金五百萬，房租三十萬？」

「現在應該是押金兩百萬，房租三十萬吧，我有三百萬押金被拿去代扣租金了。」

「看來你欠了不少房租喔。」

「眞的幸好房東沒趕我走。」

「既然這樣，那我出十萬吧，三十萬裡面我出十萬。水費、電費我們就各一半，好嗎？」

「部長……」

「對了，你不是說沒有網路嗎？那網路我來處理。」

「你眞的沒地方去嗎？」原本正咂著嘴的金部長聽見我的問題，看著我短暫陷入沉默。

「沒有，要去加拿大之前我就把房子處理掉了。」

「既然沒地方能去，那你幹麼回來？都決定要搬過去了，說什麼也要撐到最後啊！」

「我討厭加拿大。人都是要經歷過才知道嘛，我去過加拿大了，所以我知道我討厭那裡。」

「大嫂跟敏眞怎麼辦？」

「她們喜歡那裡。」

「那你們要一直分隔兩地嗎？」

金部長沒有回答，我也不好意思再問下去。我靜靜替他倒酒，他則是一口氣把酒喝光，隨後癱倒在涼蓆上看著天空。

「望遠洞眞棒，押金五百萬、租金三十萬，就能住到視野這麼好又有院子的房子……

英俊，在我賺到五百萬之前，你就忍耐一下吧，我會盡量不給你添麻煩。」

他像是在對天空自言自語，我卻感到十分困惑。先不說他的話很荒唐，更讓我在意的，是他說這話的態度似乎不如以往那麼豪邁。

「你搬進來我是不介意啦，只是……我很擔心你。你原本說要過去那邊，跟大嫂一起好好打拚看看，但才三個月就跑回來了耶。」

瞬間，金部長直起身子來，把臉湊到我面前。那距離近到好像是在邀請我揍他一樣，而我則反射性地向後退了開來。

「我只是在經過漫長的思考之後，下了一步不太好的棋，但我還沒有放棄，你不用太擔心啦。」

我盯著重新躺回涼蓆的金部長看了好一會兒，隨後才說：

「那你就出十萬韓元的房租，電費、水費那些就不必了。」

金部長又坐起身來，笑著跟我乾杯。我把杯裡的酒喝光，忍不住擔心起體重將近一百公斤的金部長，在這麼熱的天氣裡，洗澡不知道會用掉多少水。

金部長過去是漫畫出版社的業務部長，那是為我出版第一本書（也是最後一本書）的地方。

在漫畫雜誌流行的後期，我參加了出版社最後一次舉辦的漫畫徵稿，並在比賽中得了獎，進而成爲漫畫家。記得我跟總編輯第一次見面時，他就向我宣告，我的漫畫絕對賣不出去。他說這是在幫我打預防針，我卻覺得這是軍營裡的老兵在欺負不懂事的新兵。至於特別關注我的作品，認爲這漫畫一定能大賣的人，則是負責跑業務的金部長。面對我這個新進的二等兵，他這位老兵長無話不談、非常親切。雖然我的作品一如總編所預期根本賣不出去，他卻依然喜歡我的漫畫，想盡辦法要幫我多賣幾本，是我在出版社裡唯一的戰友。

之所以會跟他變熟，最關鍵的契機是出版社舉辦的兒童節似顏繪活動。當時我爲金部長還在讀小學的女兒敏眞畫似顏繪，敏眞跟大嫂都很喜歡我的畫作。幾天後，金部長說敏眞一天到晚提起幫她畫似顏繪的叔叔，便邀請我到他家作客。

金部長以投資爲名，在九里買了一間公寓自住。金部長已經有點年紀了，卻還願意花一大筆錢買房子自住，眞的讓我非常佩服。只不過他一下說貸款利息很驚人，讓他實在吃不消，一下子又跟我炫耀自己家裡有兩間廁所能用，眞讓人弄不清他對買下這棟房子的態度。

敏眞繼承到爸爸的厚臉皮，一口氣帶了五個朋友來讓我畫似顏繪。我一一替他們畫完，才終於能夠吃到晚餐。那天，大嫂煮了加拿大進口的龍蝦，我想她或許就是從這個時候開始，萌生了對加拿大的憧憬。聽說在加拿大，只要十美元就能買到這麼大隻的龍蝦呢，呵呵。

我吃著龍蝦配燒酒，並用似顏繪的形式把金部長一家人團聚的模樣畫下來（金部長不可能平白無故請我吃龍蝦），然後婉拒了他要我留宿一晚的建議，搭上回首爾的末班巴士。

我覺得受邀到某人家裡作客，就等於是窺探對方的內心。如果那裡住著某人的一整個家庭，那麼受邀前往的客人，就等於是那一家人的朋友。金部長一家與我的緣分不深也不淺，我就只是敏眞口中的漫畫家叔叔。當然，我已經不畫漫畫，而金部長也已經不再是部長。時光流逝，我們落得一起住在八坪頂樓加蓋套房的下場。

這間頂樓加蓋的套房裡，有一個大房間和與廚房相通的客廳，廚房旁邊是倉庫及衛浴。浴室非常寬敞，可以放得下一個浴缸。我之前住的房子浴室很小，不得不把浴缸拆下來丟在房東家後院，那讓我覺得很心痛。或許是因爲這個經驗，搬來這裡之後，最讓我滿意的一點就是寬敞的浴室。

院子裡放了洗衣機和資源回收用的塑膠臉盆。搬進來的那天，房東爺爺特地把臉盆拿來，要我好好做資源回收，他每個星期都會來檢查兩次。套房門前的空地左邊掛了兩條曬衣繩，可以讓洗好的衣服沐浴在陽光下。搬來這間頂樓加蓋套房後，我才開始享受曬衣服這件事。過去住在半地下室，衣服怎麼曬都有股散不去的濕氣。而晾在天台的衣服，總是散發無可比擬的清爽感。獨立生活八年，我搬了六次家，住過的房間之中，最讓我滿意的就是這裡——望遠二洞〇〇〇-〇〇號，金判坤老先生家的頂樓。

我們喝完燒酒，轉移陣地到室內續攤，並把冰箱裡剩下的瓶裝啤酒也全部一掃而空。最後，金部長自顧自地將杯中的酒喝完便倒在地上睡了，我則是回房間去，倒頭躺在床上。沒過多久，喝酒時渾然不覺的夏夜熱氣，瞬間讓我滿身是汗。我本想去沖個澡再繼續睡，最後決定直接打開電風扇。

眞是涼快。就在我心滿意足準備入睡時，我的良心突然開始作祟。於是我把房門打開，將電扇放在客廳與房間中間，並讓風扇轉動。風平均吹到客廳與房間，吹得金部長的運動背心跟著起舞。

我進到房裡躺下，雖然沒有剛才那麼涼快，但還算過得去。就在這時，耳邊傳來令人渾身發麻的嗡嗡聲。哎呀，可……惡！蚊子跟著電風扇的風一起向我進攻。房間的窗戶雖然有裝紗窗，但客廳與廚房的窗戶卻沒有。爲什麼殺蟲劑用完了，我卻沒想到要買呢？畢竟連吃飯的錢都不夠了，這些生活必需品的順序自然只能往後挪。瞬間，我覺得脖子好癢，蚊子不知何時開始吸我的血。現在該怎麼辦？要關上門放棄電風扇帶來的涼爽嗎？還是要打開門享受涼風，放任自己被蚊子叮咬？

最後我決定，第一步開燈，第二步把電風扇固定往金部長的方向吹，第三步關上房門，第四步用我的火眼金睛跟雙手殺死房裡所有的蚊子，第五步關燈睡覺。

就算是熱死，我也不想跟蚊子共處一室。我是不知道金部長怎麼樣，但總之他雖然暴露在蚊子大軍的攻擊下，卻得到了電風扇。人生就是有得有失，我爲自己如此講究公平的處世之道而驕傲。打完蚊子之後，我終於有了睡意，就在我逐漸遺忘炎熱，即將入睡之時，客廳傳來巨響。

該死，金部長開始打呼了，蚊子可能驚動了他裝在鼻子裡的警報器。我在鼾聲大魔王金部長的空襲之下，瞬間睡意全失，人生真的好不公平。

我在天快亮的時候終於睡著，並在中午時分帶著渾身的汗熱醒。我發現我的房門被打開，客廳跟廚房的熱氣一陣一陣湧入房內。金部長站在廚房水槽前，瓦斯爐上不知在煮什麼，他身上的背心已被汗浸濕。

「你在煮什麼？」

「黃豆芽醒酒湯，食材是國產的喔。」

他關了火，盛了兩碗煮好的醒酒湯端到桌上。我拿起放在一旁的海苔撕碎後撒入，最後以蝦醬調味，並嘗了一口，眞是美味。沉在黃豆芽下方的，是昨天買來的魷魚。金部長將魷魚切碎後用來熬湯，這點子眞不錯！有個手腳勤快又會做菜的「室友」，我覺得還不錯。由於整晚睡不好，原本一直在想必須重新考慮讓他搬進來這件事，現在我決定放下這個想法。

吃完飯後，我自動自發去洗碗，這後來也成了我們之間的默契。一個人準備飯菜，另一個人便負責洗碗；一個人負責打掃，另一個人負責洗衣；一個人買飯回來，另一個人就負責丟廚餘。金部長有十五年的業務經驗，很會察言觀色，也很懂爲人處世之道。

雖然我人生的第一個室友，是一位大我將近十歲的部長級人士，但我覺得這安排也還不壞。

就這樣過了一星期，金部長花錢裝好了網路，並開始積極求職，而我則完成之前接到的插畫委託案。這案子的費用是五十萬韓元，看似可以勉強撐過下個月，但問題在於這筆錢不知何時會進來。就算我在約好的期限內將稿件交出去，稿費卻不會按時入帳，這就是自由接案者的現實。也許就是因爲這樣，連我也開始跟著金部長上求職網站找工作了。

「業務，三十五歲以下……可惡！」

「三十五歲的話，我勉強可以耶。」

「那你去應徵。」

「工作內容是什麼？」

「我唸給你聽，你就大概知道是在幹麼了。○○日報派報社，拿著裝了錢的信封，挨家挨戶去敲門說：『收下這筆錢，爲您帶來好福氣』。」

「幹麼要做這種事？」

「臭小子！你眞是身在福中不知福！我如果是你，就立刻去應徵了。」

「我才不要去當這種發錢的報紙業務。」

「不然你要幹麼？」

「不知道。眞的沒別的工作嗎？只要是業務相關的工作，部長你應該都願意做吧？」

「那也要我夠年輕啊。業務大概是沒指望了，我看我只能去當警衛。如果我跟你一樣有畫畫的才能，一定會想辦法畫點什麼拿去賣。」

「我們兩個找不到工作的失業仔，在這邊羨慕彼此，眞的有點好笑。」

金部長一臉委屈地看著我。

「英俊，我是眞的很羨慕你，你那麼會畫畫，還比我年輕十歲，又沒有結婚，現在也有房子可以住。」

「……部長，你還是趕快找工作吧。」

我決定不理會金部長，起身準備出門。部長問我要去哪，我朝他舉起了手上向圖書館借來的書。

維京群島到底在哪片海上？

夏天，狹窄的頂樓加蓋套房，兩個男人穿著背心，滿身大汗坐在電腦螢幕前，眼睛盯著螢幕上的徵人資訊，一邊聊著不著邊際的話題。眞討厭這個情況，一起做這些看不見未來的事，感覺未來更加黯淡。

於是我拿著書，揹起背包，搭上社區公車，來到麻浦終身學習館。不幸的是，望遠洞沒有大圖書館，人們口中的麻浦圖書館，其實就是麻浦終身學習館。這裡空間大、有冷氣、有很多書，還有很多年輕妹妹。我在弘大前下了車，街上有許多美女大方展露自己的美腿，她們有些穿著不知是外褲還是內褲的褲子，有些人的褲子短到甚至讓人誤以爲她們沒穿。從她們的打扮中，我能感受到夏天的氣息。但看久了開始頭昏眼花，我決定趕緊往學習館前進。

學習館閱覽室裡有許多埋頭讀書的女

孩，她們說不定還自己帶了便當，連出去買午餐的時間都要省下來讀書。她們看起來才剛大學畢業，正在準備就業，光是跟她們坐在同一個空間裡，就讓我覺得自己年輕不少，也有一種跟她們一起挑戰當社會新鮮人的感覺。跟上一任女友分手至今已四年，雖然不願承認，但對現在的我來說，光是跟年輕女性待在同一個空間，就已經是種新鮮的體驗，畢竟我的年紀也已經能算得上是大叔了。

好，那現在就讓我們開始參觀學習館吧。首先，我到藏書室歸還借閱的書，並借了新書出來。大多是一些自我提升的書籍，講述什麼原理、什麼改變、需要有什麼信念的法則與技巧。之所以閱讀這些書，不是爲了掌握自己的特質、提升自己的能力，只是因爲讀了能減輕自己的罪惡感。我想，這些說不定就是資本主義社會的聖經。但是我不會依照這些書教導的方式來過生活，就好像很多人讀聖經，是因爲相信讀了能上天堂，可是並不會依照聖經所說的方式去過生活。

接著我到期刊室仔細閱讀一般新聞、體育新聞與經濟新聞，然後隨意翻看了由我喜歡的女演員當封面的電影周刊（該期有那位女演員的專題報導）。

接著我到視聽室，用設置在那裡供人查詢資料的電腦，開始進行求職活動。對，在這裡求職，比在人口密度超高的套房裡，跟金部長大眼瞪小眼要舒服上百倍。來圖書館眞是來對了！今天心情實在不太美麗，我決定到打工徵才網去看一看。雖然不想再找兼職，但也沒得挑了。在這個舒適的環境下，我辛勤地打開三個分頁準備好好找份工作，但仔細看了這一個月來的徵才資訊，卻沒有太大的收穫。瞬間心情低落下去。果然不可能「在路上撿到想做的工作」，我只有機會「在路上撿到非做不可的工作」而已。

最後我再回到閱覽室，聽聽大家讀書的聲音。很好奇要求肅靜的閱覽室會有什麼聲音吧？其實一個地方越安靜，越會讓人對那裡發出的聲音留下深刻印象。我花了一小時坐在閱覽室裡，聽著閱覽室裡的人發出的聲音，一下子讀自我提升書一下子塗鴉。這總讓我回想起學生時期，因為渴望成為模範生，所以總是坐在教室最前排專心聽講的過往。當時我很羨慕坐在教室後方，不把讀書當一回事，成天遊手好閒的同學，就連老師都放棄了他們。他們肯定是拿上課時間來聽音樂、塗鴉、打瞌睡，過得無比悠閒……無論他們如今是成功還是失敗，現在的我這麼不長進，跟他們也沒兩樣。

混入這群為了就業而努力奮鬥的社會新鮮人之中，我假裝自己是個不在乎學業的放牛班學生，盡情享受悠然閒散的氛圍。就在這時，安靜的閱覽室突然響起少女時代的歌〈說出你的願望〉。該死，我忘了把手機轉成震動模式了。我在眾人帶著怒氣的注視之下，匆忙離開閱覽室。

我的國中同學明哲是個科技業才子。他在電腦通訊剛起步的時代便開始投身網路交易，並在二〇〇〇年代初期創投風行時，選擇從大學退學，自行創立公司，幾年之後成了大老闆，坐擁數十億韓元資產，好不威風。他也是第一個讓我有機會乘坐進口車的人。他曾經只跟外貌能媲美藝人的女子交往（而且其中一人後來也真的成爲電視上的名人，我嚇了一跳），後來還在驛三洞租了五十坪的店面，開了間風靡一時的熱炒酒館*。

對，這些都是過去式。此刻坐在我面前，夾起一塊烤腸沾滿油鹽醬後一口塞進嘴裡，一邊咀嚼一邊衝著我笑的他，再也不是什麼新創公司、超人氣酒館的老闆。隨著創投風潮泡沫化，他也跟著跌落神壇。酒館合夥人的各種荒唐行徑，害得他欠下一屁股債，最後不得不把店收起來。那是我有生以來第一次看到，一個人從人生顚峰瞬間跌落谷底是什麼模樣。後來他消失了很久，直到最近才聽說他開始四處奔走，尋找東山再起的機會。所以他剛才突然打電話給我，現在又坐在我前面拚命灌酒，我一點都不感到意外。

「吃烤腸偶爾也可以配燒酒耶，不必都配啤酒。」

「你少在那裡放屁，這裡是望遠洞最貴的烤腸店，怎麼配都好吃啦！」

確實，「望遠洞萬歲烤腸」是首爾市區烤腸餐廳中最貴、最有名的一間。他說要約在這的時候，我還心想「這傢伙，嘴巴還是這麼刁」。我知道他把車賣了，其實可以選擇省點錢搭地鐵來，但他偏偏要搭計程車過來。一坐到店裡，就告訴我說他用手機搜尋

---

*原爲韓國有提供酒與食物的路邊攤，近年來也開始出現融合路邊攤特色的酒館。

到這間店，並刻意拿起他最新款的智慧型手機給我看。人的口味和消費，果然都跟學業成績沒有正相關，而且由儉入奢易，由奢入儉難啊。

他像是要回應我「怎麼配都好吃」那句話，一口氣又叫了兩人份的牛肥腸。

「你不是還沒開始新事業嗎？這樣花錢真的可以嗎？」

「別擔心，我都規畫好了。」

「你媽還好嗎？」

「她一直吵著叫我趕快結婚，你應該也一直被逼婚吧？」

「她知道我是無業遊民啊，現在已經懶得理我了。」

「誰說沒錢、沒工作就不能結婚？你就找個跟你一樣節儉的女人嘛。」

「那你呢？」

「我節儉不起來，我就適合亂花錢。」

「管你是亂花錢還是亂發瘋，滾得離我遠一點就是了。」

「我就是爲了滾遠一點才來首爾啊。總之啊，我之前靠股票賺了點錢，但覺得這樣賺錢好無聊。」

這個事業失敗後大受打擊的家伙，一度爲了療傷離開首爾，回到老家所在的金泉去租了間套房，整天窩在裡頭足不出戶。據說他花時間自學股市操盤，也因此得以維持生活基本開銷。他在自己房間裡擺了兩台電腦螢幕，每天花兩、三小時處理股票，每個月能賺大約三百萬韓元。聽了他的經歷，我不禁覺得會賺錢的傢伙果然怎麼樣都能賺到錢。像我跟金部長這種人，光是學怎麼投資，一個月可能就得花掉三百萬韓元。明皙果眞人如其名，聰明又能洞悉局勢，輕輕鬆鬆就能賺到錢。過去他投身科技業、設立新創公司，肯定也都是注意到那圈子有賺錢的機會。

「英俊，錢這東西啊，很簡單啦，就跟抓小龍蝦一樣簡單。我們以前每到夏天，不都會去直指寺的松樹林裡抓小龍蝦嗎？抓著抓著，很快就能看出小龍蝦都聚集在哪塊岩石底下，對吧？然後我們就會在那裡撒下一張大網，賺錢就是像這樣啊。」

「你說得還眞是簡單咧。那你這次又要在哪裡撒網？」

「我當然是不會去做傳統產業囉……網路才是藍海啦。」

「你又要跟那群烏合之眾搞在一起喔？」

「沒有啦，現在可是講究匿名的時代。你知道怎樣才能在網路上輕鬆賺到錢嗎？」

「我就是網路白癡，你不要考我了，趕快講啦。」

他又乾了一杯燒酒，然後開始跟我說起他宏偉的事業計畫，語氣像極了什麼大企業的主管。

「你知道嗎？在網路上要成功，你需要『兩個NO』。」

「不是『兩個YES』喔？」

「不懂就閉嘴啦！只要好好賣這兩個『NO』就好……它們分別是色情（Porno）與

賭博（Casino）。」

「所以你是要經營色情跟賭博網站？你眞是想錢想瘋了耶。以前搞創投，名片至少還拿得出手，難道你已經敢光明正大跟大家說，自己在搞色情跟賭博嗎？」

我不是什麼很講究倫理道德的正義魔人，不過看到從學生時期開始，在我心目中就一直很聰明、很令人憧憬的朋友，絞盡腦汁想出的辦法竟然是經營色情跟賭博網站，我實在是既生氣又失望。

「呵呵呵，大家都一樣啦，沒辦法從公司的名字，看出這家公司實際上是做什麼生意。管他名片拿不拿得出手，只要印上○○科技公司就會有人買單啦。老實說，根本也不需要什麼名片。」

我一口氣把酒乾了，又夾了兩塊烤腸往嘴裡塞，一邊嚼著嘴裡的烤腸一邊瞪著他。

「這很簡單，我已經弄到很不錯的賭博程式了，現在只要去維京群島之類的地方開間銀行，然後再開一個幽靈戶頭來架設伺服器，這樣就萬無一失啦。」

「爲什麼要特地跑去維京群島？」

「因爲那裡可以開空殼公司啊。」

「那爲什麼別人都不學你這樣賺錢？大家都去維京群島開公司就好了啊。」

「每個內行人都這樣賺。」

「那你現在是要我幫你的網頁畫插圖喔？這是沒牽扯到什麼道德問題啦，但你也知道，我只會畫圖跟簡單的網頁設計，是能幫你什麼？我又沒有搞事業的才能。」

國中時，明哲有段時間坐在我隔壁，他總會像在教小老弟一樣，親切地教我數學的根式運算，現在他也是拿出那副老大哥的模樣來哄我。

「臭小子，你擁有我的信任啊，你跟我之間的信任，這就是最大的資產。」

「我是不知道我有沒有什麼資產，我只知道我沒有自信。」

「你聽我說，這不難，你只要負責管維京群島的帳戶跟伺服器就好。」

那一刻，我開始拚命思考，維京群島究竟在地球上的哪個角落？但我完全想不出個所以然。當然，我也不知道這傢伙要搞的賭博或色情事業，到底是不是能讓我放手一搏的構想。看我一臉不解，明哲放下手上的酒杯說：

「英俊，這是你不懂的世界。我啊，早就知道這生意是輕輕鬆鬆就能賺到錢，但我之所以沒跳進去，還不是因爲那該死的自尊嘛。就像你剛才說的，我還是想搞點端得上檯面的事業。想當那種底下有很多人可以使喚，在社會上也獲得認可的成功人士。但在我耗盡一切財產之後，我只學到一件事，那就是不管用什麼手段賺錢，錢的本質都不會改變。我們只需要拚命賺錢，再好好享受就可以了。社會地位？乾脆重新投胎還比較快。像我們這種鄉下來的鄉巴佬，除非是考上公務員，或考進三大名校的醫學院，否則這輩子都別想翻身。所以在這個國家呢，我們最實際的目標就是爽玩！爽玩，你懂嗎？簡單來說，就是當個暴發戶啦。」

「你真的想當暴發戶喔？」

「你不想嗎？」

「我只要能混口飯吃就好，不想當什麼有錢人。」

「你現在根本是個窩囊的無業遊民吧？別說結婚了，你就算想跟女生約會，也至少得有輛車才夠體面吧？聽說現在的女生，都不跟沒車的男人來往。還有，結婚後如果想住首爾，那你至少要準備一億韓元的全租房押金*。再想想看，萬一有了小孩呢？如果你們不是雙薪家庭，那你就得一個人一個月賺個五百萬韓元，花二十年的時間把小孩養大。等小孩要上大學的時候，一學期的註冊費絕對超過一千萬。聽說現在一學期是五百萬左右，到時一定會漲。剛才我來的路上，還看到好像有學生在抗議，要求學校調降註冊費。但我敢保證，抗議絕對沒用。好，總之，我們粗估你未來如果想要有個家庭，那至少一個月得賺五百萬，這樣才有辦法送你的小孩上大學。但一個月賺五百萬根本不能說是暴發戶，更算不上是小康家庭，生活只能過得很簡樸，說更準確一點，是會過得很窮困。」

「不要結婚也不要生小孩就好啦。」

「靠，人生只有一次，不找個老婆生個小孩，那活著還有什麼意義？我還想要有兩個老婆、生至少三個小孩耶。如果想實現願望，那我就得是暴發戶，我跟你的人生觀不一樣啦。」

明哲說完後喘了口氣，再一口氣把酒喝光，而我則替他把酒倒滿。而剛好在這時來桌邊替我們查看烤腸，避免牛腸烤焦的餐廳阿姨，趁機對明哲拋了個媚眼。確認烤腸都熟了，準備離開之際，阿姨還拿起酒跟明哲乾了一杯。阿姨離開之後，我們繼續大眼瞪小眼吃著面前的烤腸。

「我知道你以後想過怎樣的生活了，但維京群島這事我不想管。」

「英俊，你知道我上次爲什麼會失敗嗎？就是因爲有太多無法信任的人在身邊打轉啊。我只想經營體面的事業……所以疏忽了人的問題。我身邊都是一些狗腿的傢伙，但那時我沒看清他們的眞面目。所以這次我才決定，不要找太多人合作，而且你也是我能信任的人。」

「我也很信任你，但還是別把我算進去。我們對人生的態度不一樣。」

「你不是說想一輩子畫漫畫？你到維京群島去幫我管帳戶跟伺服器，就可以一邊畫漫畫了啊。在那裡待個幾年，一邊賺錢一邊畫出能代表你的作品嘛。」

這傢伙拚命說服我，一副好像要送我去什麼人間天堂一樣。但維京群島這個地方，

---

*全租房是韓國特有的「傳貰」制度，由房客一次性支付高額押金，此後不必給每月租金，只需支付水電等費用。等租約期滿，房東則需全額返還押金。

感覺像是隨便就能戳破的謊言，對我來說等同是根本不存在的海市蜃樓。我雖然沒有被他說動，不過看在他特地請我吃烤腸的份上，我決定找個合適的答案來搪塞他。

「我會考慮看看，不過我勸你也去問問別人。」

明晳的嘴角微微上揚。他像是一眼看穿我的心思，先是點了根菸抽一口，接著才緩緩開口。

「你不想做就算了，我去找容均。」

「隨你吧。」

「我是想照顧你，所以才先來找你啦。」

「請我吃好吃的烤腸，就已經夠照顧我了。」

我夾起烤盤上最後一塊烤腸，一口吞下肚後舉杯，明晳也跟著舉杯。乾了最後一杯酒，明晳起身到櫃檯結帳。雖然跟老友一起吃了頓好料，我卻一點也不開心。這時我開了餐廳送的汽水來喝。這瓶汽水在烤盤旁邊放了一段時間，已經沒那麼沁涼，但我還是整瓶灌了下去。

一回到家，金部長就說他晚餐做的咖哩還有剩，要我去吃一點。我說朋友請我吃烤腸，金部長遺憾地說，有這種免費蹭好料的機會，怎麼沒有叫他去。當我接著說朋友以前從事科技業，現在正準備東山再起時，金部長便氣呼呼地怪我都不把這種人介紹給他認識。其實我也想過要把金部長介紹給明晳，只是金部長之所以回國，正是因爲討厭國外的生活，我總不能把他送去不知道在哪片海上的小島吧？況且明晳也不打算跟不熟的人共事啊。我試著解釋整件事的來龍去脈，但金部長依然很氣我自己跑去吃好料、談工作。

「部長，你知道色情跟賭博的共通點是什麼嗎？」

「嗯……兩個都是我喜歡的東西？」

「看來我朋友的眼光眞的很準。」

「所以你更應該介紹給我認識啊。有你當保證，再低報我的年齡，大概減個五歲就好，然後說我是個跟熊一樣可靠、像狗一樣忠誠的人，怎麼樣？」

「他說他以後不跟不認識的人合夥了。」

「可惡，那你請我喝酒吧。你身上都是烤腸的味道，害我肚子好餓。」

「冰箱還有昨天喝剩的瓶裝啤酒。」

「那下酒菜呢？」

「有咖哩啊。」

「不要這樣啦，叫點外送，一起喝一杯啦。」

「眞是的，你想喝自己喝，我沒錢，而且剛喝了很多，有點醉了。」

失望的金部長躺在地板上，縮回自己的小毯子裡。

「沒有酒友也沒有錢，我還是蓋上小被被趕快睡吧。」

金部長大聲抱怨，就是故意要講給我聽，我決定假裝聽不出他的言下之意。要是這樣不停配合愛喝酒的他，我的錢包跟健康遲早都會完蛋。倘若要一起生活，我就得更堅持自己的原則，於是我假裝沒聽見他接下來的一連串抱怨。不知過了多久，打呼的聲音傳來。我看見金部長縮成一團，餓著肚子入睡的背影。我下定決心，下次要是有多的閒錢，一定要請金部長去萬歲烤腸店吃飯。只是，不知道這個願望什麼時候才能實現。

超級爺爺的連環攻擊

隔天早上醒來，我發現金部長不見了。

難道是他終於找到工作了嗎？但如果是這樣，他應該會提前跟我說吧？還是連續幾天都窩在家裡上網求職沒有斬獲，讓他決定親自出去外面找機會？但如果他眞的這麼積極，那應該早就找到工作了。難道是因爲我沒請他喝酒，就鬧彆扭離家出走了？他的確很容易鬧彆扭，但也不是會氣很久的人。最重要的是，除了這裡以外，他根本無處可去。不出所料，我發現他的行李箱還有其他衣物，都還放在外頭那個被當成倉庫使用的小隔間裡。

我試著打電話給他，但沒有接通。我熱了他昨晚煮的咖哩來吃，並連上網路開始找工作。金部長不在，就換我上網求職了。趁他不在，就讓我獨占網路，盡全力找找合適的工作吧。

尙東貿易，物流管理職，地點在鞍山。太遠了，跳過。

友立肉鋪，有肉品處理經驗者優先錄取，歡迎無經驗新人。地點在恩平區鷹岩洞。什麼啊？月薪居然才八十萬？我希望至少有一百萬耶。眞的不能亂找，還是看看願意認同我學經歷的公司吧。

對，就是這個。百萬特點公司，徵求會用蘋果電腦的美編，要有兩年經歷。但居然是要做數學教材的設計？我的數學爛透了，跳過。

西瓜出版社，設計組長。這公司不錯，要求三年以上的經歷。哎呀，我的經歷只有一年兩個月，不夠，跳過。

亞敏股份公司。這是幹麼的公司？嬰幼兒貼紙本插畫？這可以試試看耶！希望畫風要適合他們公司的產品，要求應徵者提供作品集？那就提供啊，雖然我的畫風不太適合嬰幼兒用的貼紙本啦……我要特地畫一些可愛的東西當作品集寄過去，還是直接用原本的作品集就好？眞讓人猶豫，不管，先寄再說。這工作存起來。不過只應徵這一間公司，實在無法讓人放心，看看還有沒有其他公司吧。

兒童卡通，教育知識類漫畫外包製作公司，這是剝削漫畫家的公司吧？以頁數計價，細節要電話洽談。看來是想用話術騙人去應徵，跳過。

這時，我聽見外頭有些動靜。走出去一看，發現金部長雙手提著好幾個塑膠袋，肩膀上還揹了一個大袋子。我一接過他手上的塑膠袋，他便放下肩上的袋子，得意洋洋地從塑膠袋裡拿出一根冰棒，咬在嘴裡往院子走去。我探頭往塑膠袋裡看了一下，發現裡頭放著冰淇淋、水果、罐頭、微波料理、酒、罐裝咖啡與餅乾等各種食物。我拿了一瓶罐裝咖啡，跟著走到院子。金部長坐在院子裡，正在從他揹回來的袋子裡掏東西。那是一組帳篷支架，他把支架組合起來，回頭看著我。

「怎麼不來幫忙？」

「你買了帳篷嗎？」

「天氣會越來越熱，我要是睡在裡面，我們都會熱死。」

「但你睡在外面會更熱吧？」

「外頭有風，反而比裡面舒服一點。」

看來我終於能擺脫他的打呼聲了。我在心裡歡呼，並開始動手幫忙組裝帳篷。不知道他買的帳篷是不是很貴，這組支架十分堅固牢靠。本想問他哪來的錢去買這些東西，但還是作罷。他低頭伸長了脖子要把支架固定好，我注意到那條原本在他脖子上的金項鍊不見了。那條項鍊粗得像是條鎖鍊，我常笑他說那像流氓在戴的東西，他只說那是媽媽的遺物，所以總是帶在身邊。

「聽說最近金價飆得很高。」金部長一邊迴避我的視線，一邊若無其事地說。

我沒有回他什麼，只是繼續幫忙搭帳篷。

搭好的帳篷不僅可以遮擋陽光，更有能通風的窗戶，舒適度超乎預期。而且還有一體成形的蚊帳，不需要擔心蚊子的侵襲。地板部分鋪了保麗龍，上頭還有一塊涼蓆，能夠阻隔來自水泥地面的熱氣。雖然冬天可能還是會很冷，但足以應付其他季節了。

金部長跟我躺在帳篷裡吃著冰棒，露在帳篷外的四隻腳沐浴在陽光下十分溫暖，身體躲在帳篷形成的陰影底下，讓人感覺像在做足浴，有如露營一樣悠閒。金部長不知何時已經吃完一支冰棒，正在閉眼休息。他的呼吸漸趨平緩，彷彿隨時都會打起呼來。他放鬆身體，一顆大肚子凸了出來。那肚子裡彷彿裝了他的一切：他的體重、他的虛張聲勢、他的慾望、他的不安、他的遺憾……這個月要寄給家人的錢，是不是能用今天那條金項鍊解決呢？眞希望可以。在加拿大冰冷的空氣環繞之下，他的妻女會不會想念正在韓國炎炎熱天裡，拚命掙扎的老公與父親呢？就在這一刻，雷聲響起。

「你們在那裡幹麼啊？」

金部長瞬間醒來，一邊擦口水一邊爬起身來。

我起身爬出帳篷，站在我面前的是一名身材矮小的老爺爺。個性頑固的他，光禿禿的頭頂上長滿了老人斑。該來的果然還是來了。

他是超級爺爺，之所以有這個外號，不是因爲他是超級市場的老闆。這個「超級」，是指他無所不能且很有氣勢。我甚至懷疑，就算是抓間諜可能也難不倒他。我所住的望遠二洞○○○－○○號，也是登記在他的名下，他就是金判坤老先生。

「爺爺您好。」

「你這傢伙，還沒找到工作啊？」

才剛見面，超級爺爺迎面就是一拳。

「是，我有在找，但是……」

「要不要我幫你跟望遠市場的蔬果商問一下，看有沒有外送的工作？你不想做，對吧？因爲你是大學畢業，不想做這種工作，是吧？」

沒給我喘氣的時間，第二拳立刻招呼了過來。

「我還是想試著用我的專業來找工作。」

「專業？哎呀，能靠專業找工作當然好。話說回來，那邊有隻豬腳是怎麼回事？」

他毫不留情地揮出第三拳。

肥嘟嘟的金部長從帳篷裡鑽了出來，他的動作非常大，感覺就像有一頭熊正朝我們衝來。

「老先生您好，我是他的學長，我叫金昌景。」

超級爺爺似乎立刻把目標轉移到金部長身上，這讓我很是開心。金部長塊頭這麼大，的確是個很好攻擊的目標。超級爺爺站到金部長面前，仔細打量比他高了將近二十公分的金部長，然後又回頭看了看我。不行！千萬別把目標換回來！

「說是你的學長，但年紀也差太多了吧？」

第四拳。

「哈哈，我看起來的確是有點老……」

「不用說了，我已經觀察你們好幾天了。你看起來就像是一頭迷路的熊，跑來躲在白楊樹上的麻雀窩裡。我說你啊，跑來住這裡好像也讓這年輕人很不舒服，你還是趕快搬走吧。」

第五拳。

「老先生，您說話還真是直接。」

「我跟你說，我這個人說一就是一，這間房子我只讓一個人住進來，就是這位年輕人。如果現在要多一個人住，那就多付一個人的房租，否則就把這東西給我拆了，立刻搬走！」

第六拳。

「那個，我現在無處可去……能不能暫時……」

沒想到超級爺爺立刻彎下腰，一把抓住帳篷的骨架。

金部長跟我趕緊抓住帳篷。

「要我把這帳篷掀了嗎？你要不要付租金？」

第七拳。

「爺爺，還是說我的月租再加十萬韓元，您覺得這樣可以嗎？就是押金五百萬，月租四十萬……」

我試著提出一個妥協的方案。

「你先按時繳月租再說吧。你知不知道你已經沒剩多少押金給我扣了？」

第八拳。

「老先生，但我沒住在屋子裡，只打算住在這個頂樓的天台上，可不可以一個月收我十五萬韓元就好？」

「拜託，這裡又不是什麼給流浪漢住的蟻居房，眞是的！」

超級爺爺抓著帳篷骨架，一屁股坐了下來。

「那就押金四十五萬，月租十五萬吧。押金至少要是三個月的月租，不要就拉倒。」

金部長只是短暫陷入思考，沒有立刻回答，超級爺爺便二話不說用力把帳篷的骨架給扯了下來。第九拳。

「等等，等等！就、就照您說的吧！」

有一張業務嘴又擅長跟人談判的金部長，竟然也敗下陣來，眞不愧是超級爺爺。

聽金部長這麼說，超級爺爺才終於挺起腰桿，從懷裡掏出香菸來，金部長反射性地掏出打火機爲爺爺點火。超級爺爺望向遠方的漢江，一邊吞雲吐霧。那模樣像極了成功指揮仁川登陸作戰，站在岸上看著仁川近海的麥克阿瑟將軍。

「我看你好像也是無業遊民……你有第一類大客車嗎？」

「第一類大客車……」

「駕照啦！我有個認識的小老弟是望遠運輸的理事，可以安排你去開社區巴士。」

「這個嘛，我只有第二類的普通駕照……」

「我就知道，那你應該也有你的專業吧？好好利用你的專業吧。」

第十拳。這一拳明明是對著金部長揮出去，卻連我也遭到波及。

「那就請您多多關照了。」

一看到金部長鞠躬，我也忍不住跟著鞠躬。但超級爺爺早就已經轉身，快步往樓梯走去。用背影接受別人的鞠躬，可是超級爺爺的才能之一。聽說他的故鄉在忠清道，他卻沒有忠清道人慢吞吞的特質，做什麼事都快狠準。

金部長轉頭看我，一臉不可思議，彷彿是在問我剛才那是哪來的外星人。而就在我要開口解釋的那一刻，便再度聽到上樓的腳步聲，超級爺爺那顆外型像極了飛碟的禿頭，再一次出現在我們的眼前。

「水費跟電費就照我說的付。還有清水肥的錢我一直都沒收，我看你塊頭這麼大，拉的屎肯定也不少，之後我要開始收錢了，先跟你們講清楚。」

第十一拳。

直到聽見超級爺爺「砰、砰、砰」下樓梯的腳步聲，我跟金部長才重新爬回帳篷裡躺下。超級爺爺連環施展十一記組合拳，把我們都打垮了。躺在帳篷裡，有種倒在拳擊擂台上的感覺。

「房東爺爺是很棘手的敵人耶。」一陣沉默之後，金部長才開口。

「他可是這一帶有名的超級爺爺。」

「既然他擁有一間超級市場，幹麼還這麼小氣？」

「他才沒有經營超市，只是大家都叫他望遠二洞的超級爺爺。」

「眞是的，感覺就像在軍隊裡遇到不好的學長。」

「不過他其實也很照顧我啦，只是要聽他嘮叨而已。」

「等你到了我這個年紀，就不會想聽別人對你嘮叨了。」

「話說回來，你屎眞的要拉少一點啦。」

「才不要，我要拚命拉！」

「好吧，這樣抽水肥的錢也算値得。」

我們爆笑出聲。不知不覺間，筋疲力盡的擂台又變回舒適溫馨的帳篷了。

人生講究時機

今天金部長又一直窩在帳篷裡。他待在帳篷裡的時間，長到我不禁懷疑要是沒有這頂帳篷，他究竟要怎麼活下去？也是啦，外頭正在下著梅雨，天氣不會很熱，待在帳篷裡聽雨聲肯定很有氣氛。再加上這裡是屋頂，不需要擔心淹水問題。

我煮好午餐要吃的泡麵，並帶著泡麵往帳篷走去，金部長理所當然地迎接我跟泡麵的到來。他一手拿著老舊的漫畫，另一手伸出來接筷子。這裡又不是什麼漫畫租書店，他這副德性眞是討人厭。沒想到金部長居然能一邊看漫畫，一邊用湯匙舀泡麵湯來喝，然後再一邊咯咯笑，我還眞是佩服他。看不下去的我，終於忍不住放下了筷子。

「你不要像個小孩一樣，吃飯都沒有規矩好不好。」

金部長露出神祕的微笑，並舉起手上的

漫畫給我看。

「我重新再看一次還是覺得好好笑，這本怎麼會沒有紅呢？」

我可以從他的雙手之間，清楚看見那本漫畫的書名：《終結者》，就是那個讓我成爲漫畫家的作品。說得更精準一點，是讓我成爲落魄漫畫家的作品。一看到他手上的那本漫畫，剛喝下去的泡麵湯瞬間變得像胃酸一樣令人難受。我嚥下了口水，難受地說道：

「那當然是因爲部長你沒好好推銷啊。」

「你記得嗎？我在教保文庫幫你辦了兩個活動咧。」

金部長激動得幾乎要把嘴裡的泡麵給噴出來。他這個樣子眞討人厭。

我沒有回嘴，而是低頭繼續吃麵。

「臭小子，我們都盡力了啦，只是有些事情有時候就是不會成功。」

「什麼有時候，有些事情是一直都不會成功吧？」

「沒有喔，你有堅持下去嗎？掛著你名字的漫畫有幾部？如果我是你，肯定會拚命畫漫畫。我會很有耐心地畫十部作品，其中肯定會有三、四部獲得一般的人氣，至少會有一部大賣。人生就是這樣，都講究時機。反正，你是眞的有機會紅，所以就下定決心，好好畫吧。」

「我要是認眞畫，你要幫我出版嗎？不對，你會想辦法讓我的書大賣嗎？」

「嗯……你先畫再說吧。」

「什麼先畫再說，別說是幫我出書了，你連買紙的錢都沒有……」

我端著小矮桌離開帳篷，這矮桌感覺好沉重，還有部長那句「先畫再說」聽了也好討厭。大家都不先跟我談稿費的事，每次都要我先畫再說。對啦，畫漫畫這件事，的確只要有紙筆就行了。但正如同車子需要有油才能發動，我也需要吃飯，手才有力氣畫畫啊。

金部長說的也沒錯，我雖是個已出道的漫畫家，但一直沒沒無聞。我一定要想辦法畫作品、想辦法投稿，才有可能獲得機會。我也知道這種事情急不得。可是我就像個成績一塌糊塗，卻回過頭來對別人發脾氣的孩子。就在這時，金部長走進屋內，跟我說了一句話。

「英俊，我剛才那句話的意思，是要說你很有才能。就算大家都還沒看見你的才能，你也要記得，你的漫畫很好看。」

見我沒有回答，金部長默默把《終結者》輕輕放在桌上便走出去了。

「我今晚會在外面吃。朋友說申請了一個專利商品，似乎有不錯的潛力。總之，那傢伙說會請我吃飯。」

「那你可要大吃一頓喔。」

「當然沒問題！」金部長咂著嘴走了出去。

我在空蕩蕩的房間裡呆坐了好一會兒，才拿起那本《終結者》來看。

我翻了幾頁，不知不覺便讀完一整本。故事內容讓我覺得有些熟悉，卻又有點陌生，每一次重新讀自己的作品我都會有這種感覺。我眞的很好奇，自己到底是從哪得到這些靈感？我從沒有好好幹過什麼大事，也不像漫畫裡的主角那麼大膽，可是我畫出來的漫畫，在這小小的四方形格子裡看起來卻是如此鮮活，看了眞的很開心。

我突然有了幹勁，開始翻找漫畫相關網站。漫畫家協會網站、大型網漫網站、漫畫狂熱粉絲的網站，還有過去跟前輩們一起，爲了練習而創建的漫畫同人網站、前輩們的社群帳號等等，能找到的我都看了一遍。

經過這樣一番地毯式搜索，我發現我錯過了三個徵稿比賽，還順便補了一下P前輩之前的八卦。原來這位前輩近期因爲一部網漫而聲名大噪。另外也看到Y前輩對某連續劇的製作公司提告，控訴他們抄襲自己作品的新聞。我久違地打開Facebook，發現有十二則新通知，大多是沒什麼內容的問候與邀請。我連到K前輩的個人頁面看了一下，以前有陣子我們感情很好，他在漫畫界人面也很廣。距離上一次跟他有交流已經有兩年了，那是在他辦結婚典禮的時候。呃，畫面上跳出一張照片，裡頭是K前輩抱著女兒的模樣，女兒跟他簡直是一個模子刻出來的。照片附上了一些說明：「這星期六，地球上最美的小美女定妍滿周歲囉，希望大家可以來給她一些祝福！」

K前輩靠著一部小有人氣的作品縱橫漫畫界十年，交遊非常廣闊。哪怕是時隔兩年再去找他，他肯定都是笑臉迎人，還會再找漫畫界的前後輩一起來喝酒聚會。是啊，想重新回到漫畫界，最好從他這裡開始。放棄漫畫這麼久，現在我決定再次跟漫畫家搭起友誼的橋梁。雖然我搞消失很久，但我在漫畫界的風評也不差，肯定能找到工作！可是星期六就是明天，糟糕！我要怎麼準備周歲禮物？

我在網路上看起某部連續劇的重播，等著金部長回家。不知不覺，時間已經超過午夜十二點。我打算跟他借個五萬韓元，當成明天參加周歲宴的入場費。我上入口網站的問答區查過，網友說最近金價很貴，比起買金戒指，更推薦乾脆繳交五萬韓元的周歲宴入場費就好。

於是我決定跟金部長借五萬韓元。只要告訴他，這是我爲了重拾畫筆而不得不出席的場合，他肯定無法拒絕。畢竟一直鼓勵我繼續畫漫畫的人，不就是他嗎？哈哈哈哈。

我打算他一進門就跟他借錢，但不知道他跟這個朋友到底續到第幾攤，似乎根本沒有要回來的意思。不知不覺間，我的睏意越來越濃。

瞬間，我聽見樓下傳來一陣怪聲，就像是陰森洞窟裡的某種回音。「嗚嘔嘔嘔、嘔嘔嘔」。我走到窗邊探頭往下看，發現怪聲的來源就是金部長。他無力地蹲在樓下的電線杆旁邊，就在我打算下樓去救他時，便聽見大門哐啷打開，超級爺爺一邊怒罵一邊往他的耳朵打下去。要死啦！

「你到底是在幹什麼?」

「嗯嘔嘔,您、您好嗎?」

「你在我家門口吐成這樣,我會好嗎?噁心死了,吐這麼多!我還寧願你拉屎咧,哼!」

金部長擦了擦嘴,努力站直了身子向超級爺爺問好,超級爺爺仍氣得七竅生煙。我看準爺爺走進屋裡去拿清掃工具的時機衝下樓去,金部長一看到我,就像看見援軍來救的戰俘,一臉感激地想對我說點什麼……

但我根本聽不懂,只能趕緊扶著他走進大門……沒想到,就在門口跟超級爺爺撞個正著。

「往哪跑?給我清理乾淨再走!」

「學長他喝太醉了啦,我先送他回房間,然後再下來清。」

「小吳啊,他下次要是再這樣,我才不管他有沒有交房租,要立刻趕他出去喔!」

聽見這句話,原本整個人掛在我身上的金部長瞬間抬起頭來,淚眼汪汪地望著超級爺爺。

「哼,真是個固執的老東西……」

「什麼?」

「哎呀,你這老頭子,人生在世就是……」

瞬間，我化身棒球場上反射神經好到嚇人的游擊手，用幾近沒收安打的反應速度摀住金部長的嘴。然後趕緊向超級爺爺解釋，說他是喝醉了才會這麼口無遮攔，請爺爺諒解，接著便頭也不回地扶著金部長上樓。爲了蓋過超級爺爺絲毫沒有停歇的牢騷聲，我大力地踩著鐵製樓梯一步一步往上走。

扛著金部長回房後，我回到樓下，在超級爺爺嚴厲的監視之下，將樓下的嘔吐物清得乾乾淨淨。爺爺最後拿起水管清洗地面，嘴裡還不停說著要立刻把金部長趕出去。我替金部長求情，說他要養人在國外的老婆小孩，現在又失業，生活面臨很多困難，精神狀況不太好，更強調他是個內心很善良的人。

沒想到這居然刺激到爺爺，他先是罵國內的教育體制不夠好，才會讓人要把老婆小孩送去國外。接著再罵政府無能，無法解決失業率跟約聘員工的問題。最後又把外面那些沒辦法嚴格管理自己，無法克服社會殘酷考驗的懦夫魯蛇全數落了一遍。經歷這一番轟炸，我確定聽他說教比打掃更痛苦。

清理完嘔吐物，超級爺爺也不再理會我，逕自回到屋裡。我到底做錯了什麼？爲什麼要大半夜站在家門口的電線杆旁邊，一邊聞著嘔吐物的酸臭味，一邊聽超級爺爺又臭又長的說教？雖然早已經戒了，但我突然好想抽菸。

回到頂樓，發現金部長躺在我的床上呼呼大睡。我淒涼地看著身上只穿著四角褲和一件背心，像頭豬一樣不停打呼的金部長，看來今天輪到我睡帳篷了。

我從金部長的褲子裡翻出香菸盒，抽出一根菸來叼在嘴裡點燃。半夜抽菸總是讓人通體舒暢。過去還是新人的時期，總是得熬夜畫漫畫原稿，香菸就是深夜裡我唯一的朋友。戒菸跟我不再繼續畫漫畫幾乎是同時發生的事，看來這並不是偶然。

我又拿了根菸，用原本那根剛抽完但火還沒熄滅的菸，把新的這根菸點燃，再深吸了一口。不知是不是太久沒抽了，我感覺有些恍惚。接著我打開抽屜，把放在抽屜深處的素描本拿出來。我坐在椅子上翻開素描本，拿起筆開始畫正在睡覺的金部長。是尼古丁的影響嗎？我發現一邊抽菸一邊畫圖，我的手居然動得比平時更快。

我是個畫圖很快，也很準時交件的人。雖然我的作品沒有大紅，我的踏實依然獲得大家的認同，只是我很快放棄漫畫，沒有繼續堅持下去。曾經，我覺得這些事都過去了，但現在我覺得自己又有機會畫漫畫。就在這時，金部長含糊地說了幾句話。

「你說什麼？」

「人生……講究時間。」

「你說什麼？」

「那個……他說什麼人生講究時間，所以那不算是我的錯還怎樣的……幹。」

「……是時機吧？」

「煩死了……反正那傢伙說，可以跟我一起賣這個專利商品，但要我投資……然後還發神經對我說教……可惡。英俊啊，我被那傢伙瞧不起，但因爲身上沒錢，所以雖然被他羞辱，還是要對他鞠躬哈腰……眞是個混帳王八蛋……齁呼呼呼。」

金部長哽咽的聲音聽起來像極了打呼聲，沒過多久他又繼續抱怨，我靜靜聽著，並把他抱怨的模樣也一起畫在素描本上。至少，畫中的他沒有哭。

與師父再會

「最近不管紅包白包，只包三萬韓元都會被罵……」

金部長的話聽了很刺耳。我要跟他借五萬，他卻說只有三萬，借給我之後就沒錢了。但只有三萬怎麼行？這可是我參加就業博覽會的門票錢耶！

我搭上往東仁川的快速列車。快速列車不會每站都停，抵達目的地的時間比我預期得要快上許多。周歲宴的舉辦地點，位於往仁川方向的鐵路終點站附近，是近幾年許多漫畫家選擇落腳的區域。過去，窮漫畫家主要聚集在水踰里與望遠洞一帶。後來因爲負擔不起連年上漲的首爾房價，有一部分搬去安山，有一部分搬去南楊州，還有一部分則搬到東仁川這裡。

過去十年，物價上漲毫不留情，漫畫家的收入卻越來越差。最糟糕的是，連載漫畫的紙本雜誌幾乎消失，只剩下網路漫畫與知識類漫畫還有市場。K前輩在雜誌連載時期就已經畫出人氣作品（不過那個系列沒有完結，搞得漫畫迷怨聲載道），是一位早早闖出名號的漫畫家。不過現在他大多都在畫知識類漫畫，爲了賺孩子的奶粉跟尿布錢忙得不可開交。

我希望今天K前輩、其他前輩或前輩們的朋友，可以有誰介紹我一個畫知識類漫畫的工作。我原本很痛恨這類漫畫，一心認爲當個漫畫家，就該創作屬於自己的故事，幹麼去「畫什麼教材」浪費自己的才能？那個自以爲是的我，如今落得這個下場，現在我必須先用才能來賺錢，再用那些錢買時間來培養自己的才能。雖然不管怎麼想，都覺得這算不上是什麼良性循環，但現在可沒空去計較這些。就算這是個惡性循環，我也還是得投身其中。不管循環是好是壞，總歸是有在動的嘛。

往東仁川的列車不知不覺停了下來。門開了，我帶著一定要找到工作的決心下了車。話說回來，周歲宴到底是辦在哪啊？

「哥，這是我的一點小心意。」

「吃飽一點啊！」

K前輩忙著迎接客人，根本沒時間關心我的近況。我悄悄把裝著三萬韓元的信封塞進他的褲子口袋裡，他對我笑了一下，接著立刻轉頭換上一幅虛假的笑容去迎接其他賓客。大嫂則在不遠處，爲了安撫今天周歲宴的主角而忙得滿頭大汗。這個畫面還眞是周歲宴不可或缺的風景。

該坐哪才好呢？我該跟誰裝熟？還是要先自己找個空位坐下，拿個盤子去夾些食物再說？此刻我的雙眼肯定滿是困惑。突然間我冒起了冷汗，這令我想起頒獎典禮時的事。那時我在徵稿比賽中得到最優秀獎，先是見到許多我尊敬的漫畫家老師，然後又跟某某出版社專門負責跑漫畫線的記者一一問好……那時候我才剛入行，是漫畫家生涯中最忙碌的一段時期。今天來到這裡，又讓我覺得自己像是個新人，腳步頓時沉重了起來。

我打起精神來，觀察了一下四周，終於看見跟K前輩一樣交遊廣闊，而且我也熟識的漫畫界從業人員。現在他們已經認不出我了，但這也不意外，畢竟跟七年前相比，我不僅胖了十公斤，髮際線也大幅退後，長相有了很大的轉變。

我把手裡捧著的空盤當成拐杖，分開人群，在食物之間穿梭。因爲實在太緊張了，讓我根本沒有食慾。感覺就像是我的腸胃感受到壓力，正在訓斥食慾，要它不准作怪。腸胃肯定是對食慾說：「現在你還有心情吃東西？怎麼不趕快去找個認識的人來裝熟！」

無論如何，來到這種西式自助餐廳，就應該在盤子裡裝點東西才算是有誠意，所以我決定隨便夾一些菜，再去裝碗南瓜粥。就在這時，突然有人出聲跟我搭話。

「你夾那些是什麼東西啊？」

我回頭一看，發現是半張臉幾乎被鬍鬚蓋住的L前輩。他看著我，一邊伸手把我盤子裡的紫菜包飯抓去吃。

「喔，哥，你好啊。」

「臭小子，多久沒見啦？」

「不知道耶。哇，你都沒變耶。」

這個沒變，指的是他的鬍子。聽到我這麼說，L前輩只是朝自己的鬍子摸了兩下，然後又用同一隻手繼續抓我盤子裡的紫菜包飯來吃。

「你剛到吧？去夾一些下酒菜，過來跟我坐吧。」

天啊，他真的是主動伸出援手的天使！其實我跟L前輩沒那麼熟，他這個人外表看上去像個大老粗，但實際上可不是這樣。他雖然偶爾會發點小瘋，有點毒舌，但平時待人十分親切。一次，在某個聚會的場合上，他還當面訓斥我，說我做人太一板一眼，這樣絕對沒辦法畫出好作品。我記得自己當時靜靜聽他說，心裡一邊吐槽「管好你自己吧」。因爲跟一板一眼這幾個字沾不上邊的L前輩，其實也沒畫出什麼人氣作品。他的連載常開天窗，還不時會做出一些奇怪的舉動，所以我覺得自己至少是個比他更好的漫畫家。雖然我心裡對他有些疙瘩，但沒想到茫茫人海中，L前輩竟是唯一主動向我遞出橄欖枝的人。於是我裝了一整盤他會喜歡的油膩下酒菜，抓著他遞出的橄欖枝，朝他所在的位置前進。

L前輩坐在靠窗的角落。話說回來，他跟K前輩很熟嗎？應該沒有吧？L前輩旁邊坐了另一個年紀跟我相仿的男人，看起來就像藍色小精靈裡的小聰明。他捧著一整盤壽司坐了下來，二話不說便把盤子裡的壽司全部掃光。不知爲何，我實在不太想跟他接觸。幸好L前輩沒打算介紹我跟小聰明認識，而是直接替我倒了杯啤酒。乾了一杯之後，他擦去沾在鬍鬚上的啤酒泡沫，那樣子簡直就像不知哪來的山大王。他用看小弟的表情看著我。

「你決定不搞消失啦？」

「我是特地來恭喜前輩的女兒滿周歲了。」

「放屁，有什麼好恭喜的！那傢伙眞的很沒良心！爲了賺尿布錢，自己的作品直接休刊，轉而一天到晚接些知識類漫畫的案子，現在忙得連上廁所的時間都沒有。」

「那他應該也要幫自己買尿布吧？」

「你這傢伙，未免也太幽默了吧……」

L前輩放聲大笑，隨後又拿起杯子。我跟著拿起杯子與他乾杯，清脆的碰撞聲，塡滿了我們之間的沉默。接著我們吃了一些我拿來的油膩下酒菜，然後再乾杯，一再重複這幾個步驟。直到肚子跟靈魂都酒足飯飽後，L前輩才終於再度開口。那說話的口氣，簡直像是在問候分手已久的前女友近況如何。

「怎樣？還有在畫漫畫嗎？」

我說雖然想重拾畫筆，但沒有工作，實在不容易。L前輩看上去有些苦惱，所以我沒有問他還有沒有繼續畫漫畫，因爲覺得沒必要特地問。就在這一刻，他仰頭把杯裡的酒喝光，隨後又開口說：

「你想不想畫知識類漫畫？」

那一個瞬間，「當然想啊」這句話差點脫口而出。我心裡非常激動，差點把嘴裡的煎明太魚也跟著一起噴出去。我試著平息自己的情緒，把嘴裡的食物先吞下肚之後，才抬頭看著L前輩。

「好啊，現在有機會就要試試看。」

然後L前輩就用手肘撞了撞他旁邊的小聰明。小聰明立刻轉頭看我，並反射性地掏出一張名片。上頭寫著「艾通思」洪俊英。

「我是『啊，原來如此？』系列的責任編輯，洪俊英。」

他的語氣生硬得聽起來像電話答錄機。

「我是漫畫家吳英俊。」

「等等，你們的名字剛好是顚倒過來的耶。俊英、英俊，嗯，很好！英俊啊，他是我合作的出版社主編洪組長。這位是吳畫家……你知道吧？那個《終結者》就是他的作品。」

這個名字剛好跟我顚倒的男子，似乎立刻就明白L前輩在說什麼，點了點頭並看向我。發現他知道我的作品之後，他那原本看起來有些冷漠的眼神，突然變得像夜裡的燈籠那樣迷人。與此同時，我也很好奇L前輩為何會有這麼大的轉變。畢竟他過去對知識類漫畫的批判力道不亞於我，甚至很堅持漫畫就應該自己創作、發行單行本。

「哥，你現在也在畫知識類漫畫喔？」

L前輩又摸了幾下鬍鬚，然後竟開始拔起了鼻毛。

「試過之後發現還不錯啦，而且付稿費也很準時。」

「L畫家為我們的『啊，原來如此？』系列畫出了最受歡迎的單元『啊，原來如此？——廁所的歷史』。」

小聰明在旁補充說明。

L前輩露出一個謙虛中帶著驕傲的微笑，然後又乾了一杯酒，並把自己的空杯塞到我手裡。

「我啊，從以前到現在可是一點都沒變喔。所以你要是也相信自己的信念不會改變，那就來畫知識類漫畫吧。」

他現在大概是不鑽研毒舌技能，跑去學如何睜眼說瞎話了。但我還是決定聽從他的建議，反正我今天來這裡之前就已經決定，只要能賺到錢，叫我去畫裸體都可以。他替我倒了杯酒，我趕緊把酒喝光，並把杯子重新塞回他手裡，接過酒瓶也替他倒一杯，然後他也二話不說地乾了，我們彷彿完成了什麼締約儀式。接著L前輩就跟小聰明洪組長說，我畫技好且交稿準時，一定要發案子給我。小聰明問了我的電話號碼，並表示下星期會跟我聯絡。接下來的這段時間，我就秉持著樂觀開朗的態度，積極參與他們的對話，並一邊在心裡重複他們那個系列漫畫的名字。「啊，原來如此？原來如此？啊，原來如此？」。

沒想到這麼順利就達成目標，我緊繃的情緒放鬆了下來，醉意也在這時席捲而來。號稱千杯不醉的L前輩也明顯醉了，開始罵起同桌的P前輩和J前輩。小聰明毫不在乎，一邊吃著第三盤壽司，一邊敷衍發酒瘋的L前輩。他的脾氣似乎比我想像中要好很多。同時我也注意到，要是再繼續放任L前輩發酒瘋下去，可能會出大事。而就在這時，L前輩滿天飛的髒話驚動了鄰座K前輩不知是姑丈還是叔叔的親戚長輩，只見他們一直轉頭看我們，還不時發出不耐煩的聲音。

就在這一刻，會場彷彿發生一場震度七的強震。

幸好震央不是L前輩。

會場中央傳來有人大聲拍桌的聲音，接著是「我眞的受不了了！」的怒吼聲。回頭一看，一名又高又瘦的男子正指著P前輩的鼻子臭罵。P前輩成功轉型爲網路漫畫家之後逐漸打開知名度，並成爲電視節目的固定嘉賓。他在節目上頻頻展現機智的口才，也爲他贏得全國民眾的喜愛，使他成爲最能代表漫畫界的超人氣作家。但現在的他手足無措，只想立刻逃離現場，一點也看不出往常輕鬆從容的模樣。而他會這麼慌張，都是因爲另一名暴跳如雷的中年男子，正把桌上盤子裡的小番茄、葡萄等隨手能抓到的水果拿起來丟他。

周圍的人紛紛跳出來調停，這名中年男子怪腔怪調叫了幾聲之後，就被拖離會場了。有別於李小龍的招牌叫聲，那名中年男子的怪叫不會令對手感到害怕，反倒讓人覺得他是在虛張聲勢。過了一會兒我腦筋才轉過來，這個人是「師父」啊，也就是十年前教我畫漫畫的人。一想到那是師父，我酒都醒了，趕緊起身往師父被拖出去的方向追了過去。

師父低頭坐在會場外電梯前的一張椅子上，兩名他的後輩在一旁，責罵他沒控制好自己的脾氣。我記得我之前也曾經見過這兩人。師父一臉平靜地聽著後輩的訓斥，好像剛才什麼都沒發生過一樣。我朝他走了過去。

他一見我，便立刻露出開心的笑容。我想他應該還是很喜歡釣魚，因爲他整張臉被海邊的陽光曬得黑中帶紅。人家都說他是「漫畫界的帥叔叔」，看著他那深深的雙眼皮、俐落的鼻梁線條，以及有如樹木一般高大挺拔又精瘦的身材，我覺得這個外號取得非常好，確實是我認識的師父沒錯。

「你來啦？」

「師父，你過得好嗎？」

「別說了，你剛不也看到了嗎？」

「發生什麼事了？」

師父露出有些羞澀的微笑，跟我要了根香菸。我趕緊掏出菸，一旁師父的後輩則立刻替他點火。師父大大吸了一口菸，然後才不急不徐地說：

「P剛剛在損我。」

「這是什麼意思？」

「我寄了一個故事給他，兩個月前的事。」

「你最近還有在寫故事啊？」

「沒有啦，就以前的那個啊，《人體實驗區》……在體育報紙上連載的那個。」

「你把那個寄給他啦？」

「有稍微改過啦，故事還是很棒。可是那傢伙，居然過了兩個月都沒回，真的是太沒禮貌了。我聽說他今天會來這裡，所以想說當面來問問他。讀過我的故事沒？怎麼不回信？」

「然後他說不能用嗎？」

師父以點頭代替回答。

「他讀過了嗎？」

「他說他讀過，根本是放屁！」

「這兩個月他都沒讀你的故事，今天一來就說不能用嗎？」

「不是啊，我要寄過去的時候，還有打電話跟他說，結果他說他很忙，叫我先別吵他，但我還是把故事寄去給他。」

「他一定是覺得這故事不好，不想用。還是算了吧。」

「我知道啦，但今天一看到他的臉，我火又上來了。」

「師父，你不該這麼激動啦。」

一旁的兩位後輩噗哧一聲笑了出來。

「喂，我現在不像以前那麼好講話了喔。現在的漫畫圈，可不像我帶你入行時那麼好混，太好說話只會被人欺負。我們進去吧，一起喝杯酒聊一下。」

師父起身，兩名後輩趕忙阻止他再度入內。師父則說他難得跟弟子碰面，想好好敘敘舊，要兩人別找麻煩。並答應他們，這次進去不會再鬧事，會安分地喝酒聊天。我也告訴兩人說我會陪著師父，然後才帶著師父一起回到會場。

「這幾年都沒跟你聯絡，眞的很不好意思。」

「既然知道不好意思，那中秋節的時候買個高級韓牛來安山找我吧。」

「呃……韓牛的話有一點……」

「不然美牛也行啦。」

師父露出了非常和藹的笑容，那笑容也讓我在來到這裡之後，首度能夠完全放鬆緊繃的情緒。但就在這一刻，師父丟下我自己一個人衝進會場。我嚇了一跳並趕忙追上去，發現師父正在猛打P前輩的腦袋。突然遭到暴打的P前輩發出慘叫聲，整個人倒在地上。師父抬起右腳想要踩他，卻被周圍的人給拉開了。這一切來得太急，讓我愣在原地說不出話來，甚至懷疑眼前的這個人根本不是我認識的師父。

兩小時後，我才在東仁川車站後面的馬鈴薯排骨湯店跟師父再次碰面。那場騷動的後續，是師父被帶到警局去，並向P前輩請求原諒。P前輩則因爲師父是漫畫界大前輩，所以也不能拿他怎麼辦，便同意不提告，只讓警察做單純的申誡。

現在身邊沒有其他人，只剩下我跟師父。師父沒多說什麼，只是一個勁地喝酒。我勸他別喝太多，他反倒變本加厲，拿起水杯一口氣將水喝光，再拿起燒酒瓶把水杯倒滿，然後一口氣乾掉。這時，我才想起師父以前總說他是「屬青蛙」*的。他天生反骨，總是愛跟別人唱反調。從這點來看，他的確是我認識的那個師父沒錯。不過那種埋怨別人、動手打人的樣子，卻跟我印象中的師父相去甚遠。過去這十年，師父究竟是怎麼過的？突然我想起他曾經跟我說過的話。

其實一開始，漫畫編劇這個角色只能算是隱身在幕後的幽靈作家，無法實際掛名。一九八〇年代，大家都很熟悉李賢世漫畫作品、許英萬漫畫作品、高行奭漫畫作品，而其實這些漫畫家的工作室，都有一個編劇團隊。但是出版社通常只會象徵性地以漫畫家的名字來介紹這些作品，導致這些編劇完全無法打開知名度。唯一的好處是，當時做漫畫編劇的收入很好。那個年代沒有網路、沒有智慧型手機，更沒有熱門的電腦遊戲，是電影還會明顯區分「外片」「國片」，而且國片還不太受歡迎的時候。在那個時期，漫畫就是最炙手可熱的文化商品，也是最能用來殺時間的休閒娛樂。當時有許多以成年人爲主要客群的漫畫雜誌，漫畫界也是一片榮景。編劇雖然無法掛名，卻能領取豐沛的稿費。據師父所說，當時他屬於最頂級的編劇，一個月領到的稿費是當時大企業部長級月薪的兩倍。

一九九〇年代之後，劇本工作室產出劇本供應給漫畫家的「漫畫工廠系統」，成了韓國漫畫創作的主軸。這些漫畫工廠一個月要出好幾十套劇本，這也導致劇本品質日漸低下。恰好這時《七龍珠》與《灌籃高手》等超人氣日本漫畫被引進，韓國漫畫逐漸失去競爭力。後來又有電腦網路、遊戲、電影等娛樂逐漸興起，漫畫便失去了立足之地。

二〇〇〇年代初期，師父已經接不到案子了。他不再繼續寫漫畫腳本，而是轉戰電影編劇，但電影界也沒那麼好混。師父總以經典科幻電影《鋼鐵心》的編劇來介紹自己，卻始終沒什麼案子找上門。他曾經接到幾間有些可疑的電影製作公司委託，但這些

---

*韓國以「屬青蛙」來比喻愛唱反調。

公司要不是在他老實交稿後死不認帳，就是在劇本的發想階段直接推翻合作的可能。受不了這樣的煎熬，師父最後也放棄在電影圈打滾，決定重新回來創作漫畫。

當時的我一直覺得自己作品最大的缺點，就是故事不夠吸引人。也差不多是在這個時期，我到一間剛啓用的文化中心報名漫畫故事創作課程，並在那裡認識了擔任一日講師的師父。師父的課呢，簡單來說，非常糟糕。我們想聽他分享創作人氣作品的訣竅，他卻沒有分享任何訣竅給我們。反倒是大談漫畫界的興衰、電影界的門檻，還有自己的懷才不遇，結論就是……叫我們別畫漫畫啦。

這個結論不光讓我們聽得目瞪口呆，更讓邀請師父來進行特別講座的專任講師嚇得手足無措。記得當時專任講師露出尷尬的微笑，哀求師父多說一些正向樂觀的事來鼓勵我們。於是，師父便露出他羞赧的笑容對台下的學生說：

「我們去喝酒吧！喝完之後，你們說不定就會想繼續當漫畫家啦！」

不知爲何，他這句話深得我心，我甚至覺得說出那句話的他，很有專家的架勢。下課後我們去聚餐，與會者有師父、專任講師，還有包括我在內的四名男學生。女學生當然都沒來，講師也喝了幾杯就開溜。而四名男學生當中，除了我之外，其他三人都互相認識。於是我開始跟師父一對一聊起來，而他們也自顧自地喝著酒。酒喝完後，他們便向師父道謝，並鞠躬告別隨即離開餐廳，邊走還邊討論接下來要去哪續攤。

最後只剩下我跟師父兩人。我沒有請他教我創作漫畫的技巧，只是好奇他那曾經攀上巔峰，而後跌落谷底，高潮迭起的創作人生。師父沒有說很多，只是說他的第一個念頭是，絕對要寫一個轟動全漫畫界的超讚故事。第二個念頭則是別去追求浮雲般的名利，默默在漫畫界創作就好。這兩個念頭每天都在他心中拉扯。

「你的第二個念頭居然是想要默默創作，不追求名利？」

「先有了第一個念頭，接下來的不就會是第二個念頭嗎？你啊，真的很沒幽默感，這樣怎麼寫出好故事？」

我該怎麼回他這種冷笑話才好？當時，前輩們的冷笑話總是讓我無比尷尬。

我決定不去理會那股尷尬感，開始詢問關於《不汗黨》這部漫畫的事。師父過去曾經有好長一段時間，在漫畫家黃龍伊的工作室擔任編劇，也參與了這部作品的創作，這也是讓我在聽這堂特別講座之前，就開始關注師父的原因。連載數量少說有五百回的《不汗黨》系列，是八〇年代後期到九〇年代中期稱霸韓國漫畫界的傳奇系列，也是我最喜歡的韓國漫畫。

「對了，《不汗黨》系列當中，哪些部分是你負責創作的？那個系列的內容我背得滾瓜爛熟。」

結果師父只是隨口說了一句：「有趣的部分都是我寫的。」

那一瞬間，師父的表情，與《不汗黨》中某個人物無聊時會做出的表情重疊在一起，而那剛好也是整部漫畫中我最喜歡的表情。

「你也想寫那種故事啊？那以後你就叫我『師父』吧，我來教你。」

從那天開始，我就把他當成師父。之後我的作品大大地獲得他的幫助……才怪，他只是一天到晚來找我討酒喝，根本沒幫上什麼忙。

十年過去，現在的我們就像當年一樣，兩個人對坐喝酒。

師父已經五十多歲，而我也三十有五了。過去這段時間，我們幾度在漫畫界的活動、一些前輩後輩舉辦的聚會上碰過面。但自從七年前我贏得徵稿比賽後，我們碰面的次數的確越來越少。從那時開始，師父就跟擔任舞台劇演員的後輩一起共事（師父年輕時是舞台劇演員，他總是會驕傲地說自己曾經收過知名導演李長鎬的邀約），忙於籌備超越《亂打秀》的非語言演出（無台詞，只有動作的表演）。他沒有祝福我得獎，反而是告訴我說：

「你再也無法離開這個圈子了。」

得獎明明是值得恭喜的事，不知為何他要說得這麼悲慘，這讓當時的我非常難過。但不到一年後，我就開始理解這句話的意思了。後來我沒有再跟師父聯絡，師父也一如既往地沒有主動聯繫。身為弟子，我應該主動跟他保持聯繫才是，但我卻沒有履行這個義務。當時的我們都沒有閒工夫理會對方，只顧著在濃霧瀰漫的人生路上，搞清楚自己身在何方。

如今我們酒量都變差了，師父打起瞌睡，我則拿著湯匙一直挖用吃剩的馬鈴薯排骨湯炒出來的飯。一直到老闆娘來到我們桌邊，我才發現時間已超過凌晨兩點。我瞬間回過神來，趕緊把師父搖醒。

「師父，該走了，餐廳要休息了。」

「嗯？嗯……好。」

「師父，你住安山吧？」

「安山？我不住那啊。」

「唉唷，你之前不是說要我中秋節帶韓牛禮盒去安山看你嗎？」

「我不住安山啦，住安海啦。」

他竟然還有閒情逸致說冷笑話，我心裡突然冒起火來。既然確定他住在安山，那接下來只要送他上計程車就好。我扶著師父起身，沒想到師父卻像癲癇患者，整個人一邊發抖一邊甩開我的攙扶。師父翻了個白眼，抱怨說我明知道他怕癢還這樣亂摸他，害他忍不住抖個不停。但是至少這時，師父看起來是稍微清醒一點了。

師父用現金付掉了這一餐的錢，眞是太好了。我問師父有沒有錢搭計程車回安山，師父點點頭，還做出一個「要不要再去喝一杯」的手勢。沒想到一輛路過的計程車卻誤以爲他是要叫車，便開過來停在我們面前。師父有些尷尬地上車，手伸出窗外向我揮了幾下。這種感覺眞浪漫啊，溫暖中帶點淒涼的浪漫，我最喜歡了。

我很快將浪漫拋在腦後，開始思考該如何回首爾才好。我既沒有錢搭計程車，最快也要等到早上五點以後才有地鐵。我決定先走到東仁川站，看看車站裡有沒有能讓我待上幾小時的地方。就在這時，我聽見喇叭聲大作。回頭一看，發現師父坐的那輛計程車停在不遠處，他探出頭來看著我，絲毫不理會司機不滿的目光。

「喂，上車。」

「你怎麼跑回來了？」

「你沒錢搭車吧？我先送你回家再回安山。」

「我家很遠耶。」

「在哪？」

「在望遠洞，要過城山大橋……」

「望遠洞！那很近嘛，我還以爲是在水踰還是南楊州咧！快上車！」

我搭上了計程車，心裡深深感激著師父。

司機說因爲他這輛車是仁川的車子，去首爾得要加錢。師父便嗆他說怎麼去安山時沒說要加錢，司機便沒再多說什麼。成功打消司機敲詐車資的念頭，師父得意洋洋地轉頭看我。想起剛才P前輩的事，我發現幾年不見，師父的戰鬥力變強了。原本逆來順受，從來不多抱怨的他，現在似乎變得固執且好戰。

「你眞的有錢嗎？」

「別擔心，我有很多現金。」

「我可以在這邊待到天亮再走……」

「你不是住望遠嗎？要是我不送你回去，你可是要遠望到天亮了。」

「拜託，別再說這種冷笑話了。」

深夜的計程車像台時光機，轉眼之間來到望遠洞附近。師父已經掌握了我家的位置，正代替我向司機下達指令。車子在小巷子裡左彎右拐，最後終於來到我家門前。讓師父送我回家，實在讓我感到惶恐。畢竟以前每次喝酒，他一直都是提前離席，從來不曾跟我們一起待到最後，也不曾醉到讓我們得送他去旅館暫住一晚。現在他這麼照顧我，又再次激起我心中對他的感激，更覺得這麼多年沒跟他聯絡，實在相當慚愧。

我下了計程車，緊握住師父在空中揮舞的手，又是道謝又是道歉的。師父尷尬地甩開我的手，然後探出頭來看著我住的頂樓加蓋。

「你住那啊？」

「對，是頂樓加蓋。」

「頂樓好啊。那快回去吧，晚安了。」

「好，謝謝師父，我一定會再跟你聯絡。」

「既然現在知道你住哪，我會再來找你玩的。」

「好，請務必要來作客。如果你有機會來首爾，又剛好沒車回安山的話，歡迎來我這裡借住。」

師父沒有回答，而是向我揮了揮手，接著計程車便往安山出發了。計程車資應該會超過十萬韓元吧……我又一次感激師父的大方。這時我還一心只知道感激他，沒什麼其他的想法。我已經喝醉，只爲著見到闊別多年的師父而開心，更感激他的好意。一點也沒想過今天他這樣用心送我回家，究竟會換來怎樣的後果。嗚呼，痛哉！

咫尺天涯，望遠與弘大之間

艾通思出版社的辦公室離望遠洞並不遠。從望遠站一號出口往西橋洞的方向一直走過去，穿過西橋洞與東橋洞之後，來到過去曾經是火車行經之處，現已改建成公園的延南洞入口，就能夠抵達出版社。出版社位在某棟建築物的二樓，一樓是一間旅行社。

跟小聰明，不，跟洪俊英組長通上電話，是周歲宴過後三個星期的事。

周歲宴結束後的隔週，我傳簡訊給大鬍子L前輩問好，並提醒他知識類漫畫案子的事，他卻沒有任何回應。又隔了一週，我主動打電話給他，L前輩說他正在趕截稿日，忙得要死，沒時間理我，並說一有時間就會聯絡責任編輯。

這傢伙眞是的，不是自己缺錢吃飯，就不當一回事了嗎？我只能用所剩無幾的銅板去買泡麵，想辦法再多撐一週。一星期前，金部長說晉州那有工作，他要下去看看，至今沒有任何音訊。此刻我身邊的每一件事，不是石沉大海就是杳無音訊。

第三個星期，我鼓起勇氣拿出小聰明當初遞給我的名片。撥他手機怕讓他有壓力，於是我決定打到他公司。訊號音響起，我等了一下，沒過多久便聽見一名女子以剛睡醒的低沉嗓音接起電話。她問我有什麼事，我說麻煩請幫我轉給洪俊英組長。女子先是要我稍等，沒過多久便通知我洪組長不在位置上，我一下不知如何是好。雖然女子說要替我留言，我還是婉拒，並掛上了電話。

我真的太膽小了，以前在上班的時候沒這麼誇張呀。無論是以前接設計教材案的時候，還是做美術編輯的時期，工作上與人交流都沒有任何問題。現在一個人接案久了，社交能力似乎變差不少。這幾年單純做些外包兼職，沒什麼具體成果的工作，導致我越來越沒自信。我嘆了口氣，開始思考起要用剩餘的銅板買菸還是買泡麵。

就在這時，電話聲響起。來電號碼是剛才我撥打的那支電話，我深吸了一口氣，不慌不忙接了起來。

「喂？」

「喂？請問剛才是你打電話找我嗎？」

是小聰明！他怎麼知道是我？現在的市內電話也會顯示來電號碼嗎？小聰明怎麼會一下子回到位置上了呢？我壓抑心中上百個疑問，先專注回答他的問題。

「對，是我。」

「不好意思，請問你是哪位？」

「我是……那個，就上星期，不對……上上上星期周歲宴時見過面的漫畫家。」

「是K作家女兒的周歲宴嗎？」

「對，我叫吳英俊……那時候跟L前輩坐在一起。請問L前輩最近有沒有跟你聯絡呢？」

我話才說完，小聰明就在電話那頭嘆了口氣。

「L作家截稿日到了，整個人就搞消失了。你有辦法聯絡上他嗎？」

「這我也……有點困難。」

「那你打給我有什麼事嗎？」

「就是那個『啊，是喔？』系列啊，L前輩那時……推薦了我。」

「有嗎？」

這傢伙搞什麼啊！我都還記得你吃了三盤壽司的事耶……你那天明明沒喝酒，我這麼沒存在感喔？雖然委屈，我還是忍了下來，思考有什麼方法能讓他記起我。

「你還記得嗎？我的名字跟你的名字剛好顛倒，那時候L前輩還說……」

「啊，說我們『對稱』，是吧？我記起來了，俊英，英俊。對，是金英俊作家嘛。」

「我叫吳英俊。」

「是喔？」

我懶得跟他計較，決定開門見山說了。

「我想試試看畫知識類漫畫。不知道……有沒有什麼案子能給我做呢？」

說完之後，我緊張地吞了口口水。

「有啊。」

咦？就這麼簡單嗎？

「眞的嗎？」

「麻煩你帶作品集來我們辦公室一趟吧。」

「這樣就可以了嗎？」

「我們看一下你的畫，如果沒問題的話就來合作吧。」

我向他道完謝準備掛上電話時，他才提醒我說要約個日子碰面，於是我們約好時間，我才再一次向他道謝並掛上電話。接著我便以光速開始翻起自己的作品，看看哪些能夠放進作品集裡。

艾通思出版社看起來像間宅配公司，到處都堆滿了紙箱和各種塑膠包裝袋。整體來說，是非常凌亂的辦公室。穿越一堆紙箱與要寄送出去的一大疊書之後，就能來到洪俊英組長位在窗邊的辦公桌。這裡似乎沒有另外的會客室，他只是隨手拉了張椅子過來要我坐下。

雖然已經是第二次見面，但我們卻尷尬得像是初次碰面。爲了打破尷尬，我主動問起L前輩是否順利截稿。洪組長搖了搖頭，還說要順利截稿似乎不太可能。他跟我要作品集，我就把帶來的檔案打開來拿給他，還從背包裡拿出我的漫畫作品《終結者》，他一看到便說他讀過了，示意我不必拿出來。

洪組長仔細詢問每一幅作品收錄在哪本書、哪本雜誌。我說我記得不是很清楚，他還有些訝異地看了看我。我的作品也不是什麼名畫，他竟看得這麼仔細，讓我不禁有些焦躁。如果只在審閱作品集階段就被刷掉，那我真的是臉丟大了。如果真是這樣，那別說是知識類漫畫，我可能根本要放棄畫畫這條路。這些想法弄得我心亂如麻，但就在這時，洪組長抬起頭來瞪大了眼睛看我。

「吳作家，你還沒結婚吧？」

「對。」

難道你是結了喔？

「你喜歡小孩嗎？」

「當然喜歡。」

我最討厭小孩了。

「我簡單說，知識類漫畫不是漫畫。」

「嗯，是喔？」

你前面這些書不是漫畫是什麼？

「知識類漫畫是一種教育。」

「啊……」

哇，我還想說床墊是一門科學咧！

「知識類漫畫是教育孩子，讓他們用最簡單的方法擁抱知識。」

「聽你這麼一說，似乎挺有道理的。」

這傢伙到底在說什麼廢話啊？

「你對我國的國中小教育有什麼看法？」

「嗯，是有點問題啦。」

不就是需要改進的地方一大堆啊。

「對，而我們知識類漫畫就是引領改變的先驅。吳作家，我相信未來，就連大學的教材也都會改成漫畫的形式。」

「啊，我覺得這好像有可能耶。」

這傢伙眞的不正常。

「現在看著知識類漫畫長大的孩子，未來成爲大學生、成爲教育家之後，就會把他們所接受的教育反映在政策上。」

「沒錯。」

沒錯才怪。

我真的很想這樣回他。我覺得小聰明可能需要一點教訓才會清醒，不過我還是把這些話吞下去，盡量順著他的話說。

結論是，知識類漫畫這個產業的未來一片光明，希望我在他們公司好好努力，做出一些好書。接著他打開抽屜，拿出一個厚厚的大文件袋給我。我打開一看，發現裡面是一些漫畫原稿，畫風非常熟悉。另外還有故事腳本也在裡頭。

「這是上星期L作家用快遞送來的。他整個人搞消失，都不敢直接跟我聯絡。」

看來L前輩的老毛病又發作了。

「吳作家，請你把這部作品完成。」

「我、我嗎？」

「你知道金昌鉉記者吧？我以前在首爾漫畫社工作的時候，他就是我的前輩，他以前是你的責任編輯。我問過他了，他說其他的部分他不清楚，但他敢保證你是個準時交稿的人……」

「的確是沒錯啦。」

我默默看著這些原稿，苦惱著究竟該不該接下這份工作。感覺像是搶了L前輩的作品，心裡有些不是滋味。同時又覺得這畢竟是我第一次挑戰知識類漫畫，不確定自己是否真有辦法接手完成作品。

「你不需要煩惱，L作家說誰來做他都無所謂。我相信以你的實力，一定能完成這部作品。」

這傢伙，隱藏在那副眼鏡背後的雙眼，是不是裝了什麼能看穿人心的晶片啊……總之，他這番話給了我一些力量，我把原稿工整地放回信封袋，並把信封袋壓在大腿上，向他提出一個最重要的問題。

「稿費怎麼算呢？」

去出版社拿了原稿、提供我的銀行帳戶後回到家，發現金部長已經回來了。他人在浴室裡邊沖澡邊大聲唱歌，是晉州的工作很順利嗎？如果又看到他垂頭喪氣，彷彿整個世界都與他為敵的模樣，我肯定也會跟著低落。好不容易得到一份像樣的工作，眞希望這份好心情能夠一直延續到今晚。果然，有了一起生活的室友後，實在很難不被對方的心情影響。我這輩子還沒結過婚，也沒有跟人同居的經驗，現在居然透過男室友得到這種體驗……總覺得哪裡怪怪的。這時，金部長從浴室走出來，他拿毛巾擦拭頭髮，其他的部分一絲不掛。我反射性地把頭別開。

「唉唷，用毛巾遮一下再出來啦。」

「哎呀，親愛的，你回來啦？」

金部長用毛巾遮著下體說。
「不要這樣啦，很髒耶。」
「臭小子，你很想我吧？哎呀！果然還是家裡最舒服！」
他將毛巾繫在腰上，打開冰箱拿出一點五公升裝的葡萄果汁，對著嘴喝了起來。天啊，他的每一個行爲都讓我不耐煩。我不會穿著內褲在家裡亂跑，更討厭吃喝不用餐具的人。但能怎麼辦呢？誰叫我長得帥，人家就愛黏著我。
「工作順利嗎？」
「就只是去幫朋友辦的活動打個工，賺點零用錢啦。也有一些好消息……總之，今天我請客！想吃什麼？」
請客兩個字，讓我的厭煩瞬間煙消雲散。就連他那顆總是會夾住內褲的大屁股，現在看起來都順眼多了。我就像「巴夫洛夫的狗」，一聽見他說要請客，便立刻聯想到被海苔包覆的鮮嫩鮪魚肚，一個勁地口水直流。
「這附近有一間店的鮪魚超好吃。」
「眞的嗎？你怎麼不早說？」
「因爲那比烤腸貴。」
「人生最重要的就是大口吃美食啦，我們立刻出發吧！」
我的心情瞬間好了起來，還輕拍了兩下金部長那顆圓滾滾的肚子。接著身穿四角褲的金部長立刻擺出拳擊準備動作，朝著我揮了兩拳。我嘻嘻笑著配合他躲開拳頭，用手背朝金部長的胸口一揮，發出「啪噠」聲，金部長也很配合地「呃啊」呻吟了一下。這是職業摔跤常見的揮擊技巧，我一直很想用用看，眞的好爽。金部長肥厚的贅肉，就是最好的練習用沙包。金部長看見自己被我打到紅通通的胸口，擺好姿勢向我衝了過來，我趕緊逃到外頭去。

「喂！都紅了啦！痛死了！」

「咳咳，我一直很想試試看嘛。」

「你就讓我打一下吧，這樣我才要請你吃鮪魚。」

「你也太小氣了吧？趕快穿好衣服出來啦。」

金部長嘟囔著穿上了T恤。我突然覺得，如果室友能跟我這樣打鬧，那即使他有些習慣讓人很受不了，我也還是願意忍耐。

從望遠洞的主要幹道往小巷子裡走，有一間開在路邊的小海鮮店。只看外觀，可能會以為這裡是一般社區常見的餐廳，但這裡賣的可是饕客才知道的隱藏美食。老闆會透過不同特殊管道購買不同部位的鮪魚，每天都提供最新鮮的食材。跟那種連鎖鮪魚吃到飽之間，可以說是遠洋漁船跟小釣船的差別。

我曾經跟超愛吃鮪魚的人一起來過這裡兩次。我們選了鮪魚料理中最高級的「眞鮪魚」套餐，邊聽著老闆以自豪的語氣介紹每一個部位，邊享用了金三角肉、上腹肉、中腹肉、下巴肉、肚臍肉等。

老闆沒認出我。想想也是，我只不過是個幾年前曾經來過兩次的客人，他哪可能記得？這樣反倒好。不過金部長卻是一進門就抱怨，說我怎麼帶他來這種又小又簡陋的店。但沒過多久，等他吃到老闆端上桌的鮪魚之後，整個人挺直了身子吃驚地看著我。

「喂，這鮪魚肉跟牛舌一樣嫩！」

「你吃過牛舌啊？」

「反正就是入口即化啦，哇！」

「先吃吃看這個吧。」

「喂，你說這裡是吃到飽，對吧？」

「等等還會有更好的部位，你不要吃太多。」

「哈哈哈哈！」

金部長發出他招牌的豪爽笑聲，夾起一塊上腹肉，配著蘿蔔絲用海苔包起來，一口塞進嘴裡。

我們埋頭猛吃，不知不覺間喝了三瓶燒酒，頓時感到酒足飯飽了。這時老闆送上了魚眼酒與金箔酒。那魚眼酒與其說是酒，更像是把油倒進杯子裡。我們接連喝完魚眼酒跟金箔酒，接著又再叫了兩瓶燒酒。總共喝了五瓶燒酒的我們，早已醉得站不直，就像放進嘴裡立刻融化的軟嫩鮪魚肉，一起身又立刻癱倒在椅子上。

我們幾乎吃遍了鮪魚的每個部位，店家也開始整理，準備打烊。我起身，像個熟客一樣，親暱地與老闆道別。金部長結完帳，還大言不慚地告訴老闆說自己也住附近，以後會常來。

離開店家，我們踏上回家的路，才發現這裡離我家其實有段距離。搭社區公車竟然要四站。來的時候帶著要吃美食的期待，所以一點都不覺得遠。走的時候卻因爲酒足飯飽，身體非常沉重。就在這時，我看見社區公車像「銀河鐵道999」一樣駛來，簡直就宛如是救世主。對，經營社區公車的就是望遠運輸，超級爺爺總說望遠洞的社區公車系統棒得不得了，有他的後輩在這間公司當理事，他可是一點都不吝於吹捧。

金部長跟我搭上望遠運輸十七號社區公車。金部長仔細看著路線圖，而我則告訴他再過兩站就能下車。可是金部長依然緊盯著路線圖，沒過多久又轉過頭看著我，露出狡猾的微笑。

「幹麼？」

「這班車會到弘大耶。」

「所以呢？」

「去弘大再喝一杯吧，用啤酒漱漱口。」

「這樣會斷片啦！我們已經喝了五瓶燒酒耶。」

「哎呀，別這麼掃興……第二攤也交給我。」

「部長，我到昨天都只有吃泡麵耶。一下子吃太多，會把我的胃撐死啦。而且現在是晚上十一點，我不想去弘大喝酒再搭計程車回家。」

「計程車錢也交給我。」

「不要啦，就這站下車吧。」

我按了下車鈴，並起身準備下車。走到車門前轉頭一看，才發現金部長整個人癱坐在椅子上瞪我，一臉不開心地嘟著嘴像是在鬧彆扭。

車門開了，但我沒有下車。司機不知嘀咕了什麼，很快關上門繼續往前開。

好啦，我也確實曾經有搭著這班社區公車，三天兩頭往弘大跑的時候。

我的最後一任女友住在上水洞。她是一位編輯，在位於西橋洞的出版社上班。十七號社區公車會從望遠洞出發，行經西橋洞後短暫繞行上水洞再通往新村。所以十七號公車，就是她跟我之間的熱線。西橋洞一帶就是人們口中的「弘大」，那裡也是我們的遊樂場。這些都是五年前的事了。結束與她之間兩年的戀情，讓我的身心滿目瘡痍。跟她分手後，我的腿摔斷了，心也摔碎了。我開始對人產生戒心，更不再繼續畫漫畫。當然，她要是聽到我把這一切都歸咎於跟她分手，肯定會覺得很冤枉。

要不是喝醉酒，我不會搭上十七號公車。

要不是喝醉酒，我會在對的時間從車上下來。

要不是喝醉酒，我現在也不會坐在這間叫做「老與瘋狂」的酒館裡。

金部長連連感嘆，怪我不早點帶他來這種好地方，說完還拿起蝦味先與札嘎其海鮮餅乾往嘴裡塞。對，就是蝦味先與札嘎其海鮮餅乾，有時候還有鯊魚餅乾。在這個地方，這類「海鮮」是基本的下酒菜。常見的客思啤酒跟麥思啤酒都是大瓶裝，來自外國的罐裝啤酒也比其他酒館便宜了兩千韓元。最重要的是，這間店很愛播六、七〇年代的歐美流行樂。三十多歲的老闆只願意接受符合自己標準的點歌，看就知道以前是搞音樂的。尤其聽到有人點播披頭四的歌，他還會說：「今天這首歌不新鮮，換點別的吧。」把歌講得像下酒菜，並自作主張改播清水合唱團的歌曲。

金部長已經喝下第三罐瓶子跟砲彈一樣大的客思啤酒，這時店裡正在播著珍妮絲·賈普林的〈夏日時光〉。老闆還記得我。我每次來這裡都會點這首歌，而他似乎也喜歡珍妮絲·賈普林，所以每次看到我來，就會主動播給我聽。我聽著這首歌，看著自己對面的人——金部長正在吞雲吐霧，白煙從他的鼻子跟嘴巴一起噴了出來。不知不覺間，他的身影逐漸被香菸的煙霧蓋過，與那個女孩的身影重疊。

「妳也該戒菸了吧。」

「當編輯的哪有辦法戒菸?」

敏珠翻了個白眼，把菸捻熄在菸灰缸裡。

「妳這輩子都要當編輯啊?也該戒菸、嫁人、生小孩的吧?」

「是啊，想當個第一名的新娘，就是該戒菸囉。」

「好啊，妳就繼續這樣吧。」

「我只是喜歡看你抽菸的樣子。」

「但我討厭看妳抽菸的樣子。」

「那我戒菸以後，你就會更喜歡我嗎?」

「算了啦，隨便妳吧。」

香菸就像我們之間的人質。

剛開始談戀愛時她曾說過，做完愛之後一起抽同一根菸，讓她覺得很痛快。汽車旅館的床頭櫃上，除了擺著保險套以外，還會擺上香菸跟打火機。那時的她，就像是個爲了抽菸才跟我上床的女人。

後來香菸開始成了她的出氣筒。她總是戒菸失敗，抽菸的癮頭就像經期一樣定期循環。戒菸期的她，不僅不願意看到我抽菸，甚至還要求我約會時不准帶菸。但重新開始抽菸的她，卻會把我的菸都搶走，還會主動買新的菸，溫柔地分給我。在香菸這件事情上，她就是個雙面人。

我們在這裡因爲香菸而有了小小的意見衝突，沒過多久她就澈底把菸戒了，也跟我分手了。不知她是戒了菸還是戒了我，總之她一下子理清了混亂的思緒，讓我跟香菸一起退出她的生命。這讓我很不高興，也有好一陣子無法抽菸，更沒辦法提筆作畫。

我不是因爲香菸而被甩。我之所以被甩，是因爲我是個沒有前途的窮漫畫家。她一直夢想在結婚後能立刻離開令人生厭的職場，住進漂漂亮亮的房子裡，配合老公下班的時間大展廚藝，再生個可愛的小孩，組織幸福美滿的家庭，但我根本無法爲她完成這個夢想。她究竟是從什麼時候開始，不再對我抱有這種期待？仔細回想，說不定她打從一開始就不認爲我能實現她的夢想。

爲了抹去眼前她的身影，我吸了好大一口菸，再將肺中的空氣全吐出來。時隔三年，沒想到「老與瘋狂」酒吧一點都沒變。她有再來過這裡嗎？應該沒有吧。當時的我在害怕什麼呢？反正那些我現在也都不怕了。〈夏日時光〉即將播完。

「眞希望我也能開一間這種店。」

「你不是下禮拜就要去上班了？還想這些幹麼？」

「臭小子，自己開店就是上班族的浪漫啦！你沒看我現在就是晚上跑來喝酒，提前適應上班生活喔？」

「哈哈，是該恭喜你嗎？不過，你那間公司是幹麼的啊？」

「現在不是智慧型手機的時代嗎？那是間搞應用程式的公司啦。我得先去公司，拿他們的手機來看看才知道。」

「你是想做什麼大事業嗎？」

「才沒有咧，我的優點就是很快就能適應各種工作，再加上我朋友剛好是那間公司的理事，才有這個機會啦。」

我舉杯跟金部長乾杯。真心希望這個活在類比時代的男人，能夠在智慧型手機的相關產業裡好好撐下去。我一口氣喝光杯中的酒，金部長則豪爽地再度追加啤酒，一副今天要把這裡的庫存給喝乾的氣勢。

「你以前跟女友常來這裡吧？」

「不要提了啦。」

「之前你提過這個地方。說跟敏珠常常來，要我有機會來弘大的話……」

我打斷他的話，開始扯一些其他的話題。金部長閉上了嘴，似乎是覺得有些掃興。我的酒都醒了。說也奇怪，來到這裡之後，醉意似乎瞬間煙消雲散，連啤酒都像水一樣，喝起來一點感覺都沒有。

「這裡很不錯吧？」

「嗯，我們以後可以常來。以後等大哥我賺了錢，我們就別待在望遠洞，來弘大玩吧。」

「怎麼講的好像你現在就要去夜店瘋？」
「夜店？好啊，我們去夜店吧。你有比較熟的店嗎？」
「現在小朋友愛去的地方，我們都不能去了啦，太老了。不過聽說還是有一些給三十歲的人去的店。」
「那不錯啊，我們現在就去吧！」
「部長，你三十歲喔？」
「別看我這樣，戴上眼鏡看起來就年輕十歲啦，幾乎可以當你哥哥了，好嗎？」
「絕對、絕。對。不。可。能！就是因爲不可能像我哥，我才會一直叫你『部長』。」
「眞是的！喂，你也長得很老，好嗎？你知道你的額頭越來越高了嗎？」
「我的額頭哪有怎樣？」
「你再這樣下去會禿頭啦！」
「部長，你才是去處理一下白頭髮啦！」
「要來打賭嗎？」
金部長說完便立刻起身衝向吧台，不給我任何阻止他的機會，而我也不甘示弱地跟了上去。他一看我跟過來，便立刻搭住我的肩，擺出一副跟我很熟的樣子。他問老闆，猜猜我們兩個人差幾歲，老闆認眞地上下打量我們。

「差一輪吧?」

老闆說完，我整個人笑到要哭出來。金部長結帳的時候，我像往常一樣跟老闆道謝，「謝謝他播了我愛聽的歌」，老闆也一如既往地點了點頭。

回家的計程車上，金部長一直用跟朋友說話的語氣嘟囔。

「英俊啊，我眞的很愛你啊，眞的很謝謝你。要不是你，我回來韓國之後可能就要露宿街頭啦。」

他說這些話時，似乎帶著點哭腔，而我則等到他平靜下來才開口說：

「我也很高興能幫上你的忙，但愛我就先不要了。」

「臭小子，這是『柏拉圖式』的愛啦。」

「我知道啦，但我就不懂是在那邊愛屁愛個鬼喔?」

「好啦，我愛你啦。」

「唉唷!煩死了!」

金部長請吃飯又請喝酒，於是我決定計程車錢由我來付。車資一萬韓元剛剛好，我用現金付掉，暗自慶幸弘大離望遠洞很近。

我要試著當企鵝爸爸

作畫一直不太順利。好久沒畫漫畫，會遭遇這種情況再自然不過，但我還是覺得有些難過。我從國小開始畫漫畫，寫生大賽無役不與，更以「學生漫畫徵稿展」的得獎人之姿考進大學。大學畢業後出道成爲漫畫家，從來沒有一刻離開漫畫。可是三年的空白，讓我像曾經的叱吒球場的一代名投手，因球速變慢而淪落成板凳球員。始終抓不到構圖的感覺，拖累了我的速度，要模仿L前輩的畫風也是一個問題。總之，繼續以這個速度下去，肯定無法遵守約定，在一個半月後交稿。

不過今天，我還是收到了預付的稿費。光是不需要找其他打工解決錢的問題，就已經讓我無比放心，現在只需要專注畫漫畫就好。雖然這不是我想畫的劇情漫畫，但光是能靠畫漫畫賺錢，就已經夠令人欣慰了。

金部長上班第一天就外宿。他第二天才打電話回來，說要參加研修，會在楊坪的公寓式旅館住上一個星期。電話裡還不忘跟我炫耀，說他拿到一支安卓手機。這個沒用過智慧型手機的男人，現在要進入網路市場當業務，的確很需要上個加強密集班什麼的。

重新開始畫漫畫，金部長又不在，我感覺自己重回過往生活。香菸一直不離手，感覺一切終於回歸正軌。跟她分手後這三年來，我變得像是某人的影子。彷彿一直有另一個人擋在我前面，而眞正的我穿著黑色連帽T恤，戴起帽子躲在他身後。我一點也不在乎前面那個人跟誰見面、過著什麼樣的人生，只是漠不關心地躲在他身後假裝打盹。

頂樓的小院子雖然很熱，炎夏炙熱的陽光卻彷彿能將我心中最潮濕陰暗的部分曬乾，讓我的心情變得更加暢快。我放下手中的畫筆，到外頭去抽菸享受陽光。香菸跟陽光都熾熱燃燒，而我喜歡這樣的火熱。遠眺幾棟建築物外的漢江江岸，我想著要找一天去城山大橋下的漢江戶外游泳池一趟。

「你不熱嗎？」

突如其來的人聲讓我嚇了一跳，轉過頭去，發現是小碩來了。他依然瘦巴巴的。仔細一想，我好像很久沒見到他了。

「你又去郊遊啦？」

小碩行使緘默權，一言不發地掏出香菸。

「我也抽一根。」

「眞是稀奇，你不是不愛抽菸嗎？」

小碩笑著點燃了菸。看他那張被陽光曬到黝黑的臉，顯然是剛從外縣市回來。他纖瘦高眺的身材有如漫畫人物一般，再配上小小的臉與一頭長髮。看著他，我總會覺得現在的孩子體型跟我們實在很不一樣。他一雙單眼皮的小眼睛，讓他的長相看起來有些凶狠，實在很有個性。

「你爺爺這次沒說什麼嗎？」

「他現在都懶得生氣了。上次還一直逼問我，說我是不是想學我爸。」

「你該回學校去上課了吧？」

小碩笑著搖了搖頭。

「不管怎樣，高中還是要讀到畢業。」

「徐太志*不是也輟學嗎？」

「你貝斯彈得有徐太志好嗎？」

「哥，你又來了。」

「我跟你說，不是有句話說什麼練到流血嗎？那是眞的『練到流血』。徐太志肯定是手指一邊流血還一邊練。你啊，隨時都可以上來這裡練習，我不介意。」

「這頂帳篷是哪來的？」

「嗯？那個啊……就，剛好有多的帳篷啦，我朋友偶爾會來……」

「哇，哥，那我可以來睡這裡嗎？」

「這個嘛……你得取得爺爺的同意。」

我話還沒說完，小碩就鑽進帳篷裡，好像那裡本來就是他的房間一樣，自然癱倒在地上。沒當場跟他說我有同居人這點，真是我的失誤。其實原本這間頂樓加蓋的房間是小碩的地盤。他會來這裡抽菸、彈吉他、殺時間。我搬進來之後，我們自然而然地一起分享這個空間。從這個角度來看，在這裡搭帳篷的金部長，對小碩來說才是不速之客。

我不知道小碩的本名，只是學超級爺爺喊他小碩。他是超級爺爺的孫子，雖然是個高中生，但已經好久沒去學校了，動不動就離家出走（他都說那是「郊遊」），讓超級爺爺跟奶奶很是擔心他。不知道他媽媽是在他很小的時候去世還是離家出走。至於他爸爸，也就是超級爺爺的兒子，在事業失敗後離家出走，已經很久不見人影。小碩有個年紀差異頗大的姊姊，如今已經嫁人，逢年過節也不曾回來。扶養小碩的重擔，最後落到超級爺爺跟奶奶身上。即便是超級爺爺這麼無所不能的人，依然拿自己的兒子與孫子沒輒。

*韓國流行音樂史上最有影響力的音樂人之一，於九〇年代對韓國樂壇做出巨大貢獻，有韓國的麥可傑克森之稱。

小碩想做音樂，也會彈吉他，但充其量只能說是耍帥用，沒有過人的實力。不過他也不是那種會到處惹事生非，跟不良少年混在一起的孩子。老實說，要是我有他這種修長的身材、絕佳的比例，以及個性十足的外表，肯定會把人生過得更積極。我可能有機會當模特兒或藝人，或是更認眞做音樂，再不然就是多談談戀愛，試著跟更多女生交往。這傢伙都不知道自己的優點，做什麼都是一副興趣缺缺的樣子。難怪人家會說高個子的男人就是散漫，就算給他一點忠告，他也只會回以一個尷尬的笑容，再不然就是乾脆不回答。

他說在我搬進頂樓之前，這裡是他的地盤，所以他總是上來耍帥抽菸，還會跟我要免錢的泡麵吃，顯然是個內心十分寂寞的少年。沒父沒母，姊姊也不理他。由嚴格的爺爺和精明幹練的奶奶扶養長大，雙方有明顯的世代差異，更讓他愛唱反調。所以他在這個家裡最聊得來的人，說不定就是我。有一次他說，眞希望有個像我一樣的叔叔，我跟他說可以直接叫我「哥」，後來他也眞的開始這麼叫我。說實話，我都自身難保了，眞的沒有餘力去照顧他。我們只能一起抽抽菸、彼此鼓勵一下或是給一些笨拙的建議。

不知不覺間，躺在帳篷裡的小碩睡著了。反正金部長也不會馬上回來，我決定不喊醒他，直接回房去。重新回到書桌前面看著原稿，我忍不住嘆了口氣。每天都得畫十頁啊！今天還剩五頁，但天色已經逐漸暗了。我才靜下心來準備繼續，便聽見外頭傳來響亮的斥責聲。

「喂！臭小子！你在這做什麼？我還以爲你又跑出去野了！」

出去一看，發現是超級爺爺正在用腳踢帳篷，把睡在裡面的小碩叫醒。被吵醒的小碩從帳篷裡爬出來，慢吞吞地朝樓梯口走去。超級爺爺舉起手掌用力拍了小碩的背一下，「啪」一聲，小碩短暫停下腳步，然後才繼續前進。超級爺爺沒有繼續責怪他，而是看了看四周，然後發現一旁的菸蒂跟我。

「小吳，你不要給他菸啦。」

「那是我抽的。」

「那你菸灰就不要亂彈，菸蒂要丟在菸灰缸裡，好嗎？」

沒想到今天又被超級爺爺逮到機會唸了幾句。其實我也該習慣了，只是聽他嘮叨總讓我很有壓力。而且我也很擔心小碩。雖然我不是他的心靈導師，也不是他的親哥哥，但我至少還能陪他一起抽根菸。

就算那天被超級爺爺高聲怒斥，小碩還是會不時上來頂樓殺時間。他說他在問永登浦那邊的替代學校*，也比以前更認眞練習吉他了。不知道是不是我那番跟徐太志有

*這類學校是針對中斷學業或想接受適合個人特質教育內容的學生而設立。

關的忠告起了作用，他拿了兩把不同類型的吉他來放在帳篷裡，非常認眞地練習。超級爺爺也沒再多說什麼。他似乎寧願讓小碩來頂樓找我，也不想小碩跑到外面亂晃。好處是，奶奶會隨時送一些煎餅、麵疙瘩來頂樓。奶奶身材矮小卻十分精實，總是辛勤地做著家事。她似乎認爲自己唯一能爲孫子做的，就只有好好餵飽他而已。奶奶總是不停地要小碩吃這個、吃那個，但也多虧了小碩，我才能順便享受到奶奶送上來的點心。

「不過那個什麼替代學校的，也會給高中畢業證書嗎？」

有一次我吃著奶奶送上來的點心，她突然開口問我。我說我不太清楚，但會去查一下。後來奶奶又一直問，我爲了回答她只好上入口網站的知識問答找答案。超級爺爺的個性像滾燙的熔岩，奶奶則像是溫暖的柴火。而且據小碩所說，奶奶是唯一一個能讓超級爺爺不敢放肆的人。我決定從現在開始，要站在奶奶這一邊。

之前奶奶一直找我去教會，我因爲嫌麻煩，頻頻推辭。現在一想，我只需要去上個教會，就能拉近跟奶奶的距離了。

隔天下午，我坐在帳篷裡吃著奶奶送上來的紅豆粥，突然心血來潮問了一句：

「奶奶，那個……教會只要禮拜天去就好了吧？」

「對啊，禮拜天十一點，跟我一起去就好囉。」

「您說離這裡不遠，對吧？」

「小夥子，你這樣就對了。小碩啊，你也跟哥哥一起去教會吧。」

見我有意上教會，奶奶開始積極傳教。小碩很不喜歡這樣，放下吃到一半的紅豆粥，表示不想再聽。於是奶奶轉而集中攻擊我，說去教會有免錢的午餐吃，能聽到有助人生的話語，還有不少漂亮的小姐，我很有機會能夠娶一個回家。不過我並沒有對這件事抱太大的期待，反而覺得很有壓力。正當我覺得有點後悔，不該輕易開口跟奶奶提這件事時，一個巨大的人影罩住了帳篷。

「你們在這裡做什麼？」

金部長尷尬地站在帳篷前，先是看了看奶奶和小碩，然後才發現最裡面的我。奶奶、小碩跟我依序爬出帳篷。

「部長，你這一個星期連通電話也沒有，到底是怎麼回事？」

「奇怪，他們是……？」

「這位是房東奶奶，這位是她的孫子。」

金部長沒認出自己，讓奶奶很不開心，急忙帶著剩下的紅豆粥下樓。小碩似乎也察覺到金部長就是帳篷的主人，於是不情願地向金部長點了個頭，便也跟著奶奶下樓去。

「喂，這好歹是我房間……」

金部長沒好氣的說完，就一屁股坐進帳篷裡。仔細一看，他似乎跟往常不太一樣，讓他不開心的好像不只是有人占用了他的帳篷。看他滿臉鬍碴連刮都沒刮，下半身穿著我從沒看過的褐色運動褲，上半身是一件領口鬆垮垮的T恤，就像剛從工地回來一樣。

最重要的是大白天的，他卻突然回來，我多少也能猜到發生了什麼事。
「你沒事吧？」
金部長一言不發，只顧著脫下鞋子，整個人鑽進帳篷裡。我想，他會這樣肯定是有什麼苦衷，於是我決定先回房間，不再繼續追問，沒想到隨即又聽見他的聲音從我背後傳來。
「有水嗎？」
金部長縮在帳篷裡，喝了半公升的水之後，便摸著下巴的鬍子看著我。我默不作聲，靜靜等他開口。沒過多久，他才從口袋裡掏出手機放在地板上。那的確是支安卓手機沒錯，卻是支老舊的二手機，儼然就像已經跑了十萬公里的二手車。
「我的電話一直打不通吧？」
「連簡訊都傳不過去。」
金部長拿起手機摸了幾下，然後又闔上手機往旁邊一扔。
「我手機裡面有個應用程式叫做『金字塔』。」
「『金字塔』……？」
「幹，現在連騙錢的老鼠會都變得很有智慧啦。我失去一個朋友，連剩下的錢也沒了。」
金部長倒頭往後一躺，掏出香菸來塞進嘴裡。我本以爲是因爲工作跟想像中的不一樣，讓他集訓的過程非常艱苦，沒想到竟然是被騙了。這下，連我都有些慌了。我問他最近怎麼還有人用這種手段騙錢，他尖酸刻薄地回說這就是時下最流行的手法。詐騙這種事只會越來越多，根本不可能會減少。

金部長直接把菸灰抖在帳篷裡，繼續吞雲吐霧。菸灰缸就在他面前，他也一點都不在意。只希望他這番發洩過後，睡個一天就會好起來。不過期待越大，失望越大，真是有點擔心他。

「我們出去吃飯吧，我請客。」

金部長找到菸灰缸，一把捻熄了香菸，並伸手拉過塞在帳篷角落的棉被。

「我要睡了，別管我。」

既然他這麼說，也只好隨他了。這該死的世界，居然不幫助拚盡全力求生的人。現在我也只能期待跌坐在地的他，睡了一覺之後便能拍拍自己身上的灰塵，再重新站起來。我想起自己還有沒趕完的稿子，便趕緊回房間。

幸虧隔天金部長便振作起來，開始四處打電話。從請對方借點錢應急，到打聽職缺、股價資訊、開店創業資訊等等都問。從朋友到政府機關，能打的他都打了一遍。金部長有著一副胖嘟嘟卻健壯的身材，體溫也一直維持在適中的溫度，這都是他依然有精力掌控人生的證據。見他滿頭大汗坐在帳篷裡，一手拿著電話，另一手拿著便條紙，抄寫屬於自己的人生。我覺得自己獲得鼓舞，連握著畫筆的手都更加有力。

午餐，我們做了從網路上大量訂購的清水冷麵來吃。只見金部長一邊吃著冷麵還一邊流汗，他真是「人類高湯」製造機啊。冷麵吃完後，他簡單向我報告目前的狀況。

「在智異山生態園區務農的朋友叫我過去，說會給我一個宿舍。」

「那可以把家人帶回來嗎？大嫂不是超討厭鄉下嗎？」

「的確，選這條路會覺得未來不太踏實吧？那我朋友的表哥在坡州經營藍莓農場，我要不要乾脆去那裡學種藍莓？」

「藍莓是什麼？」

「你也眞是的，怎麼都不懂現在的潮流啊？就是一種果實啊，聽說對眼睛很好，賣得超貴！」

「他願意無償教你喔？你有地嗎？」

「就先去那邊無償學幾個月啊，土地的話就得再看。」

「這應該是比去住生態村要好一點。不過，這行眞的有未來嗎？」

「要去了才知道。」

「不會又跟那個傳銷老鼠會一樣，把你當奴隸耍吧？」

「就說是朋友表哥介紹的啦。」

「你不也說朋友是那公司的理事？」

「好啦，那不然這個怎樣？韓國內容振興院的漫畫企畫開發補助計畫。」金部長果斷放棄第二個選項，直接繼續往下說。

我很清楚，會被他放在第三個，通常都是最吸引他的選項。但怎麼會突然說要去參加什麼漫畫企畫開發補助計畫？我面無表情地看著他，他先是揚起了眉，然後揮舞起雙手，用誇張的手勢開始跟我說明這份工作。

「總之呢，我覺得，如果有一部漫畫，畫我這種四十多歲大雁爸爸的處境，應該就有機會獲得內容振興院的補助，而且也能引發社會共鳴。這樣的漫畫肯定能讓大雁爸爸、四十多歲就被迫榮譽退休的家長痛哭流涕。漫畫的名字就暫定是『企鵝爸爸』。這個詞指的是比大雁爸爸更可憐，無法飛出國去看孩子的一群爸爸。至於隨時都能搭飛機出國的爸爸，則叫做雄鷹爸爸。」

「雄鷹沒辦法飛越大陸，反而是大雁……」

「不管啦。反正，我的意思是說，把這個畫出來感覺很棒啊。你知道擬人化吧？你是漫畫家嘛，主角就設定成企鵝吧。不過我對企鵝了解不多，只記得以前喜劇演員沈炯來曾經扮成企鵝搞笑，而且還大受歡迎。還有那個卡通裡的什麼啊？就是最近把小朋友迷得神魂顛倒的那個企鵝……叫什麼來著？」

「波露露？」

「對，就是破露露。」

「不是破露露，是波露露。」

「反正他也是企鵝嘛。企鵝爸爸，我覺得這會成功。」

就像在參與標案，向客戶做簡報一樣，金部長講得口沫橫飛，隨後掏出香菸叼在嘴上。一直不知該怎麼打斷他才好的我，這時終於逮到機會。

「部長，你沒賣過漫畫嗎？」

「當然有啊，我可是首爾漫畫社的業務部長耶。我有這方面的經歷喔，這一行也很看經歷嘛。」

「不是啦，我的意思是說，漫畫都賣給誰？」

「當然是賣給讀者啊。」

「那些讀者是誰？都是小孩呀，最多也不過二十幾歲。畫一個四十多歲大叔的故事，誰要買啊？當然是還不如拿那些錢去吃喝玩樂。」

金部長認眞思考了起來。我這一拳，看來是扎扎實實擊中他的腦袋。他眼中帶著埋怨，一邊搓著香菸，一邊望著因爲指出盲點而得意洋洋的我。

「英俊，你聽我說，你忽略了一件事……這是一個補助計畫。漫畫就算賣不出去，但只要能拿到補助金就沒有損失。而且怎麼會賣不出去？我就說我願意來寫故事啦。把我的狀況寫出來，肯定每個人都會看到痛哭流涕。你也知道的嘛！我這樣寄生在你家、被朋友抓去搞傳銷詐騙，老婆小孩居然還在這時候要我匯錢去加拿大給她們買滑雪裝備，說什麼沒去滑雪會被排擠。不覺得我的狀況很容易讓人產生共鳴嗎?嗯?」

「那……是部長你要寫故事,然後我來畫嗎?」

「答對了!」

「那出版社呢?這種計畫都要有出版社加入吧?」

「去弄一間就好啦。出版登記,這點小事明天就能完成啦。」

金部長的意志比我想像中更加堅決,我覺得我必須讓他澈底放棄這個念頭。我立刻回到書桌旁,翻找我正在畫的原稿,還有其他大量的資料,拿去放在餐桌上。金部長看了看,幾度張嘴想說話,卻始終沒說出口。

「你畫得眞好。很好,用這個稍微熱身一下,就可以立刻來畫企鵝爸爸了。」

「不管你是企鵝還是鵜鶘,我都沒辦法畫。我得在一個半月內把這份稿子畫完,順利的話還會有下個系列能做……」

「你之前不是還在笑知識類漫畫不算是漫畫嗎?」

「大叔,現在你吃的這個冷麵,就是用這份稿子的預付稿費買的。來,我們來想得具體一點吧。要投稿內容振興院補助計畫,那就得畫試閱稿,得一連畫好幾回才行,這可沒有想像中那麼簡單。這樣的作品,角色非常重要,所以必須事先針對角色設計跟概念做很多研究,而且故事也要提前想好,不是隨便拿誰的親身經歷就能用。故事眞的很重要。部長你根本沒有寫過文章吧?你知道嗎?寫字跟寫文章是兩回事。最重要的是,這個計畫的競爭率可不是開玩笑的。現在大家都不知道要去哪裡弄錢，所以都在等這個補助。如果我們沒做好準備就去投稿，最後只能在一旁乾瞪眼。簡單來說，這是個很困難的挑戰。而且我現在也沒法撥出時間來做這些事，我得趕快把這東西畫完，才能夠拿到剩下的稿費來養活自己。」

我自己都覺得說得有些太過分，但這可不只是金部長一個人的事，因爲最後漫畫必須由我來畫，所以我必須果斷拒絕他。面對我這樣一番長篇大論後做出的結論，金部長不知該如何回應。

「好啦，也對，想養活自己是得這樣做，那企鵝爸爸就也行不通了。」

我大力點頭，表示同意他的說法。可是事情並沒有到此結束，金部長的手冊上似乎還剩下什麼。

「群山風味黃豆芽醒酒湯店！」

不知道是不是因爲我天生沒那麼樂觀，總覺得金部長的提議似乎都有些不切實際。如果這個生意會成功，那爲什麼之前都沒人來做？先不說群山風味，就算是全州風味在首爾都沒有立足之地……而且群山風味跟全州風味到底差在哪？更何況，自己開店可不是件容易的事。就算只是開一間五、六坪的小湯飯店，少說也要花幾千萬韓元……我實在不知道該說什麼，但身爲他的室友，眞的不能坐視不管。

「你就在我家煮吧，每一碗我付你五千韓元。」

「你不也說好吃嗎？錢不管怎樣都有辦法弄到，總之先開間小店……」

「我家開過各種類型的餐廳，所以我大概知道那個狀況。自己開店眞的很不容易，而且只要失敗過一次，就很難東山再起。你還不如去開計程車或當代理駕駛，不然就去考大型車駕照，這樣就能應徵社區公車的駕駛。超級爺爺不是說會幫忙介紹嗎？」

「……好啦。」金部長無奈地嘆了口氣。

「部長，我這個人是很悲觀啦，但也很現實。你至少要先讓自己有個本啊。」

「我之前出過車禍，後來就對開車這件事有創傷，你都忘啦？」

呃……這麼說來，金部長之所以辭掉出版社的工作，似乎就是因為那起車禍。記得那是他爲了替出版社收貨款，到外縣市出差時的事。當時他在高速公路上，前面那輛車的輪子掉了，往後飛向金部長的車子。他雖然緊急剎車，但後面的車還是剎車不及而撞上，最後造成五車連環追撞的意外事故。不幸的是，掉輪子的那台車沒有責任，反倒是金部長必須負起最大的肇事責任。在後續處理的過程中他辭掉了工作，後來也一直沒有找到穩定的工作，生活過得非常辛苦。開車帶來的壓力，確實在某種程度上改變了他的人生。

我感到很抱歉，乾咳了幾聲想帶過話題，卻又不知該說什麼才好。剛才我還一直批評他想出來的求生方案，現在不知不覺間反而把炮火轉向，在內心拚命責罵自己。蠢蛋！這是別人的人生！說話要注意一點！怎麼會有你這種人！說話都不經大腦……

看我突然沉默了下來，這次換金部長笑著對我說：

「沒關係啦，臭小子。我看天快黑了，你去買酒回來吧。」

哎呀，果然是起承轉「酒」啊。

我看著映照著晚霞的江面，突然好想去漢江邊喝燒酒。

從我住的社區走一小段距離，就能抵達河堤。

越過河堤後，我在河堤的水門旁的小店買了三瓶燒酒、水、魷魚腿與蝦味先。接著我跟金部長兩人拖著無力的步伐，朝著晚霞漸濃的漢江邊走去。超級爺爺說過，以前望遠洞曾因漢江江水氾濫而淹大水，但現在江邊已經打造成寧靜的公園，完全難以想像多年前淹水的模樣。

坐在岸邊，我拿起一瓶燒酒搖了兩下後再打開。綠色的酒瓶，讓燒酒看起來好似漢江的江水。我在家裡帶來的兩個馬克杯中，分別倒入等量的燒酒。瞬間，燒酒瓶就空了大半。金部長跟我用一副要忘掉稍早那番對話的氣勢，大口大口喝起酒來。我喝掉杯中一半的酒後，放下杯子一看，金部長仍在咕嚕咕嚕喝個不停，一口氣把酒全乾了。

我們一言不發，靜靜看著把漢江染成紅色的晚霞。散步、騎著腳踏車運動的人經過我們身旁。他們都在哪裡上班？又住在哪裡呢？我看見一隻寵物狗走過，牠的毛被照顧得非常好。是誰這樣照顧牠的毛？把牠養得白白胖胖呢？對許多成年人來說，如果沒有一個富爸爸或沒有繼承龐大的財產，還想要懷抱夢想生活在這個世界上，就眞的非常不容易。是啊，只有我這種魯蛇才會發這種牢騷。可是這世上偏偏魯蛇特別多。我是，我旁邊的金部長也是，小碩那不知跑哪去的爸爸也是。

我身邊許多人都過著挫敗的人生。而這種挫敗的人生，或許才會讓人生更加高貴。想到這裡，我突然想畫漫畫了。想畫那些在挫敗中努力的人們，如太陽一般熾熱燃燒的人生。即使他們的人生總被暗紅色的晚霞籠罩，但每迎接新的一天，他們都能綻放出「火紅」的光芒。其實眞要說起來，金部長說的企鵝爸爸也算是個有趣的題材，只要有人能給我錢，我很願意畫這個故事。畢竟那個故事，說的就是我現在的感受，說的就是一群在挫敗中過活的人。

我發現自己會在不知不覺間，開始審查自己的想法。賣不了錢的、賺不了錢的，我都沒有信心去做。我越來越想趁著這股醉意，乾脆答應金部長來畫企鵝爸爸的故事，但我忍住了。

金部長拿起燒酒瓶爲自己倒第二杯酒，接著又往我的杯子裡加了一些。某處傳來吉他的演奏聲，回頭一看，是一名頂著蓬蓬頭的男子坐在河堤邊彈著吉他。他正在演奏〈通往天堂的階梯〉的前奏。

「深紫色樂團的歌眞是好聽。」

金部長一邊嚼著魷魚腿一邊說。這其實是齊柏林飛船的歌，但我不想糾正他，只是專注聽著旋律。接著像是突然想到了什麼，回頭看了一眼那名彈吉他的男子。唉唷？這不是小碩嗎？這麼說來，這好像是我第一次在頂樓以外的地方看見他。我不想跟他打招呼，只是繼續聽他彈吉他。

他又演奏了兩首歌，接著一口喝完手邊的罐裝啤酒，並開口叫了我的名字。在我轉過頭露出尷尬的笑容回應時，他拿著吉他和罐裝啤酒走了過來。金部長似乎還沒認出小碩是誰。

「你認識他喔？」

「他就是昨天待在你帳篷裡的人。」

聽完我這句話，金部長才豪爽地笑了起來並對小碩伸手。小碩才剛坐下來，姿勢都還沒調整好，就趕緊回握住金部長的手。

「你吉他彈得很好耶，我是住在頂樓的大叔。」

「你好。」

「你喜歡深紫色樂團喔？」

「我彈的是齊柏林飛船耶。」

「咦？是嗎？反正，很高興認識你。」

金部長拿起馬克杯想跟小碩乾杯，小碩卻直接拿起罐裝啤酒湊到嘴邊。金部長覺得有點丟臉，便趕緊將馬克杯往嘴邊塞。小碩只是淺淺抿了一小口酒做做樣子。對任何事都很冷漠的小碩，與對任何事都很積極的金部長，形成強烈的對比。

我簡單說了一下小碩的狀況，金部長便說自己的女兒也剛好在青春期，並擅自給了小碩很多建議。小碩雖然嫌煩，卻還是繼續聽金部長說，不知從什麼時候開始，他也會接過金部長遞來的馬克杯，跟著喝起燒酒。就這樣，不知不覺間兩人醉到我無法阻止的程度。

「……大叔。」

「小子！叫我大哥啦！」

「哎呀，這不行啦，你比我大二十歲耶……」

「哪有關係？當朋友吧？朋友！」

「大叔，你……很想你的孩子們吧？」

「……不是孩子們，我只有一個女兒。」

「反正，你很想她吧？」

「何止是想她！」

「大家都這麼想念孩子……爲什麼我爸爸都不想我？」

「嗯？這個嘛，大人……都有自己的苦衷啦。」

「大叔！」

小碩當場大吼，金部長也突然清醒了過來。

「孩子們……不是，你要對你的小孩好一點。」

「當、當然啦，我每天都在想我女兒。」

「趕快賺錢去紐西蘭啦。」

「是加拿大。」

兩個醉漢的對話，數次在快要終束時又延展開來，他們兩個可不能因爲這樣而變得太熟啊。我把最後的一點燒酒倒進自己的杯子，然後趕快收進到我的肚子裡。

直到把後來新買的兩瓶燒酒也都清空，我們才離開漢江河堤。酒醉的魯蛇三劍客，瞬間化身凱旋歸來的將軍，大步大步朝家的方向走去。我們一直到走回超級爺爺開的房屋仲介所才清醒過來。小碩喝得這麼醉，而且還是我們讓他喝得這麼醉，要是被超級爺爺知道……說不定我們就得搬離望遠洞了。

看見裡頭的燈亮著，我示意兩個醉漢在外頭待命，自己偷偷跑上前往裡面看了一下。雖然夜已深，但超級爺爺依然坐在圍棋盤前擺著棋譜。於是我們趁著超級爺爺沒注意的時候，快步往家的方向衝去。那天晚上，我心裡有種順利躲開敵人，奪回戰略優勢區的滿足感。

古人說德不孤必有鄰……

宿醉讓我躺在床上翻來覆去。裝窗簾這件事都講了好幾年，卻始終沒有付諸實行，如今夏末的陽光透過窗戶照進屋裡，狠狠賞了我好幾個巴掌。我好不容易從床上爬了起來，打開衣櫃拿出一件大衣掛到窗框上充當窗簾。其實冬天的時候，我也沒有把這件大衣拿出來穿。我眞的可以繼續這樣得過且過嗎？我決定相信等時候到了，事情都會迎刃而解，不再多想，繼續躺回床上耍廢。至少陽光沒那麼強烈了，我可以再睡個回籠覺。治宿醉最有效的方法就是睡覺，因爲聽說人躺著不動的時候，肝臟的活動最爲旺盛。簡單來說，就是你必須一動也不動，身體才有辦法把造成宿醉的廢物掃出體外。仔細想想，這眞是個喝完酒後讓自己耍廢的最佳藉口。

這時，我聽見嘰咿的開門聲，金部長來

到屋內。不看也知道，他肯定是拖著蹣跚的步伐，像殭屍一樣往廁所走去。沒過多久，「唰唰唰、嘩嘩、啪」的腹瀉效果音清楚傳入我耳裡，甚至連味道都飄了過來，讓我感覺非常不舒服。金部長喝完酒隔天，一定會睡到一半起來拉肚子。他聲稱，早上就應該要上個大號，這樣才能幫助消除宿醉。畢竟肝忙著要清理宿醉的廢物，如果還要清理糞便的臭味，肝哪還忙得過來？難怪宿醉後拉出來的東西總是臭氣熏天。金部長稱這個是「醒酒便」。他除了很會做醒酒湯之外，也很擅長拉醒酒便。雖然「便」來「便」去的，讓人實在沒什麼胃口，但一想到金部長做的黃豆芽醒酒湯，我的宿醉好像已經解了一大半。人果然就應該專攻自己擅長的領域，像金部長就應該專攻醒酒。

沒過多久沖水聲傳來，金部長拉完他的醒酒便，步履蹣跚地半爬半走往帳篷前進。他重回帳篷之後，至少會再睡上一、兩個小時，於是我也決定繼續倒頭大睡。但就在這時，我聽見金部長的哀嚎。

「呃啊！這是什麼？」

金部長推開房門衝了進來。可惡，不管到底發生什麼事，我看我今天是不用睡了。

「喂，你快起來，外面有人。」

「是誰？」

「不知道，他好像死了。感覺很像街友，超奇怪的。」

「我也不知道是誰耶，部長，你把他叫醒，趕他走吧。我要睡覺。」

「喂，我是說眞的啦！要是在這裡發現屍體，那可是你的責任喔。」

「哼！」

我強忍住宿醉帶來的濃濃睡意，掙扎著從床上爬起來。我的意識似乎還沒回到現實，一大早的，到底會有什麼東西出現在頂樓？這種事就應該去跟房東講啊。全知全能的超級爺爺，肯定有辦法立刻解決……

我嘟囔著往外頭走去，金部長小心翼翼跟在後面，那模樣跟他壯碩的身材一點也不搭。走到屋外一看，才發現眞的就如金部長所說，通往屋頂的樓梯口，有一個人蓋著非常不適合夏天的藏青色大羽絨外套倒在那。這麼熱的天氣，還有辦法聞風不動地蓋著羽絨外套，看來是眞的出了什麼事情。我跟金部長緩慢靠近那個蓋著羽絨外套的人，先是聞到一股惡臭，然後是一股強烈的酒氣衝進鼻腔。

我憋著氣走過去，把那件羽絨外套給拿起來。呃！用街友來形容他眞是再適合不過了。那個人披頭散髮又留著滿臉的鬍子，還加上惡臭與酒臭，街友該有的配備可說是一樣不少。這名男子就是……那個人。

看我一認出他，金部長更訝異了。

「是你認識的人嗎？」

「師父！你怎麼在這裡？」

我抓住師父的肩膀，用會讓他痛到醒來的力道拚命搖他，他卻像是原地生根似的，一動也不動。該怎麼辦才好……回頭一看，才發現金部長已經回房拿了個大碗裝水來。

金部長把裝著水的大碗，放到躺在地上一動也不動的師父臉旁。我用手沾了點水，打了他的臉頰幾下，但師父依然無動於衷。金部長將整個碗往師父臉上蓋下去，我嚇了一跳，回頭看了他一眼，金部長卻無奈地看著我。這時，師父開始有了動作，他一邊發出「呃呃呃呃」的聲音，一邊推開臉上的碗。

「師父！你沒事吧？」

「呃……呃嗯。」

他恍恍惚惚睜開眼，好不容易撐起上半身，然後終於認出我。

「你怎麼會在這？」

「我才想問師父你怎麼會來呢？」

「這裡是哪？」

「這裡是我的頂樓加蓋套房啊。」

師父用手推開蓋到肩膀處的羽絨衣，整個人坐了起來，開始觀察四周環境。他就像剛做完角膜移植，終於重見光明的視障者一樣，細細查看每個角落，而我跟金部長也以嚴肅的表情看著師父。沒過多久，他掏出手機來看了一下，然後才開口：

「是你家喔？我沒有你的電話啦，所以才沒事先跟你說我要來。」

「這到底是怎麼回事？大熱天的，你怎麼穿成這樣？你哪裡不舒服嗎？」

「嗯，我是不太舒服，所以我要繼續睡了。」

說完，師父便撐著膝蓋站起身，緩緩往我的房間走去。我伸手想扶他，他卻做了個手勢拒絕，並逕自往屋內走去。他走到我的房間，像在丟垃圾一樣，把自己拋到我的床上。呃，至少梳洗一下再睡吧……顯然，這樣的師父對我來說不是客人，而是不請自來的不速之客，否則我不會立刻想到等等要洗床單。

「師父？你在學武術喔？」

金部長問我。我們並肩躺在帳篷裡，我根本不知道該從何說起。

「他是教我畫漫畫的人。」

「是漫畫家喔？」

「是漫畫編劇。」

「漫畫編劇喔……他寫過什麼作品？」

「黃龍的《不汗黨》系列。」

「那是什麼？」

「還寫過一部叫《鋼鐵心》的科幻漫畫，曾經改編成電影。」

「電影有賣嗎？」

「在韓國要做科幻電影很不容易啊。」

「那也沒多了不起嘛。他現在在做什麼？」

「我不知道。」

「那他怎麼會知道我們家在哪？」

金部長居然說「我們家」，看來他的地盤意識被澈底喚醒了。我把前陣子參加周歲宴的事情大致說給他聽，聽完後金部長翻了個身，嘆口氣說：

「我覺得他的狀況不太對，等他醒來以後你好好送他回去吧。」

我也轉了個身說：「話說部長，你什麼時候要煮醒酒湯啊？」

聽完我的話，金部長立刻爬了起來，好像煮醒酒湯本就是他的工作。他開始在廚房忙進忙出，爲我煮起了醒酒湯。即使金部長在廚房製造出大量的聲響，睡在隔壁小房間的師父依舊不爲所動，像具屍體一樣癱在床上。

我們坐在廚房的地板上吃醒酒湯。金部長在湯裡加了大量黃豆芽與碎魷魚，並以蝦醬做了適當的調味，最後還撒了點碎海苔做點綴。碎海苔被湯浸濕後，我倒了點白飯下去拌成湯飯，最後再用湯匙一口氣舀起來吃下肚。溫熱清爽的湯頭，眞是再美味不過。上星期金部長也是嚷嚷著說要醒酒，就自顧自煮了這湯，我當下吃了幾口，美味到讓我覺得前一天沒喝酒實在有些可惜。

看我吃得這麼美味，金部長又開始說起他的群山風味黃豆芽醒酒湯大夢，說什麼只要有錢，他想開一間醒酒湯店，肯定會大受歡迎。而我早料到他會這麼說，他才一說完，我便提醒他自己開店有多辛苦。他回我說反正這世界上沒一件事是容易的，我只好再次拿出自己是餐廳老闆之子的身分，跟他詳細描述餐飲業者的現實有多麼艱難。

我爸媽在我出生之前，曾經開過西式快餐店、咖啡廳、連鎖傳統炸雞店、市場裡的小酒館、市中心的烤肉餐廳，每隔三到五年就轉換跑道，就這樣做了三十年。後來我媽媽說想試著賣她自己喜歡的烤豬排，於是開了一間調味豬排烤肉店。最後他們決定把這間店收起來，脫離餐飲業的泥淖時，我差點高興到大喊韓國獨立萬歲。

首先，開餐廳就不可能有休假。無論有沒有開店營業，租金不都是要付的嗎？以我家的情況來說，我爸爸繼承了老家，逢年過節親戚都會回來相聚。但在新年團拜結束、親戚都離開之後，我們就得全家人一起到店裡去開店準備營業。就連我高三那年，都還曾經因爲店裡的工讀生聯絡不上，在爸爸的要求下蹺掉補習班的課去幫忙洗碗。雖然餐廳老闆手上不缺現金（不過近來刷卡越來越普及，現金也越來越少見了），但也只能勉強維持生活。而且我付出的勞力都不會被換算成薪水，偶爾能拿到零用錢就要偷笑了。爲什麼會這樣？因爲我爸媽眞的就只是小本生意，難以把自己付出的勞力換算成等值的金錢。在這樣的情況下，還得應付霸道的房東跟愛搗蛋的房仲。由於人們信奉「客人至上」主義，餐廳經營者所承受的壓力不容小覷。什麼客人至上嘛！其實只是你拿錢來交換我提供的餐點跟服務而已，結論根本就是金錢至上。我在餐廳工作時最討厭的客人，就是自以爲有錢就是老大的傢伙。在經營連鎖炸雞店時，因爲連鎖餐廳的利潤很高，承受的損失反而比較小。爸媽當年曾在自己經營的小酒館裡放了射飛鏢機吸引客人，一開始收入雖然不錯，但後來出現內有飛鏢機、撞球檯的大型複合式咖啡廳之後，我們家的收入瞬間少了一半。我慷慨激昂且鉅細靡遺地說完後，還再次跟金部長強調：

「我家之所以有辦法撐下來，是因爲我跟我哥、我姊會無償到店裡幫忙。經營餐廳是家族事業，可是部長你現在沒有家人在身邊啊。你得一個人來做這些事，那店就不能開太大，可是這樣有辦法賺錢嗎？」

「從小店開始慢慢擴大就好啦。」

「你知道那個商業場所租賃保護法嗎？」

「那是什麼？」

我看著金部長，眼神就像老師在刁難沒有預習就來上課的學生。

「例如說你在商業場所開了一間店，你跟房東簽了五年的約，這五年來你很認眞工作，有不錯的營收。但等五年合約到期要續約的時候，房東想把店租提高到原本的三倍。這是不合理的，可是房東跟你說不想租就搬走，最後部長你沒辦法拿回一開始承租店面時支付的權利金，房東卻可以向新的房客再收一筆店面權利金。或者你也可以像啞巴吃黃蓮一樣，含淚用三倍的租金續租，繼續做生意。」

「唉唷，不會啦！」

「哪裡不會？因爲生意太好而被房東趕走的店家多得是。生意不好你要擔心，生意好你也要擔心！」

「眞是的，說來說去，這個世界就是方便有錢人嘛！」

「你不知道喔？因爲制定法律的就是有錢人，當然是會設定成方便有錢人生活的樣子啊。」

「所以說啊，制定法律的那些混蛋國會議員很有問題啦，一天到晚只顧著抬高自己的薪水跟年金！要是像我這樣的人有機會進國會……」

「前進國會也是需要錢的。」

「幹，你他媽的！」

金部長氣得拍桌離席。我看醒酒湯還剩下很多，就問他「幹麼沒事煮這麼多」，他才用下巴往房間方向比了比。是啊，再怎樣都還是要大家有飯吃啦。果然能分的資源越少，大家反倒越不會吵架。

那天晚上，睡在廚房地板上的我被一陣噪音吵醒。爬起來一看，才發現是師父開了燈，抱著整鍋泡了飯的醒酒湯埋頭猛吃。見我醒來，師父停下手邊的動作，對我嘻嘻笑了一下。他那泛黃的牙齒上還沾了海苔，我實在是看不下去。師父大讚醒酒湯非常美味，隨後便繼續專心吃起來。我看著他，心裡有很多話想問，但想到他有一個「吃飯時不要吵他」的潛規則，決定暫時按捺心中的疑問。當我說「你還在吃飯，這樣有點不好意思，但我要先繼續睡了」時，他竟再一次對我露出那沾滿海苔的黃牙，並笑著說：

「好，你快繼續睡。」

我重新躺回地上，但睡意全消。師父邊發出呼嚕嚕噴噴的吸吮聲，把最後一滴醒酒湯都吃乾抹淨，接著便回房間了。我想他肯定是又躺回床上睡覺了，希望他明天能打起精神來。我決定明天上午，一定要問清楚師父究竟怎麼了。

「我離家出走了。」

師父一直到隔天下午兩點左右才起來，先是抽了一根菸，接著才開始講起自己的事。

「你又不是什麼叛逆期的國中生，搞什麼離家出走啊？」

「等你到了我這年紀就知道了，荷爾蒙的變化會讓你迎接第二次的叛逆期。」

「我第一次聽到這種理論。」

「總之，我在首爾流浪了幾天，然後想起了你，來的路上喝了個爛醉，就變成你看到的那樣了。」

「你的身體還好嗎？」

「你這張床眞的是特效藥耶，我睡了一覺醒來又吃了點東西，現在覺得神清氣爽。」

師父說完還伸了個懶腰。這時，金部長進到房內，仔細打量著師父。兩人一言不發，尷尬地面面相覷。就在他們用男人獨有的直覺琢磨彼此的身分時，我跳出來打斷他們的想像。

「這一位是金昌景部長，昨天的醒酒湯就是他煮的。」

我話都還沒說完，金部長立刻轉換成業務員模式。

「我是金昌景，常聽英俊提起您。」

「英俊提過我？」

「在您睡覺的時候有大概提了一下……說您以前在畫漫畫，是英俊的老師。」

「你聽錯了，我是寫漫畫腳本的……」

師父毫不留情地糾正，讓金部長瞬間面露尷尬。不過他很快控制住自己的表情，換上一臉笑容。

「哈哈哈哈，我對這方面不太了解啦。總之，英俊經常說起您老人家的事呢。」

「什麼老人家，我沒那麼老。」

「不好意思，請問您今年貴庚？」

「我一九五八年生的，屬狗。」

「我是一九六六年生的，屬馬，您比我大呢。以後我就叫您大哥，請您跟我說話也別那麼拘束了。」

「隨便啦。」

韓國果然是一個能靠年紀跟資歷，迅速決定彼此之間要怎麼相處的國家。金部長想必是認為不能老把對方當外人，便厚著臉皮主動拉近距離，而向來孤僻的師父也只能被動接受金部長整理出來的上下關係。即便開始稱兄道弟，兩人之間依然瀰漫著尷尬感，於是我提議，不如大家一起出去吃個飯。

我們去了社區裡一位老奶奶開的餐廳，那是我常光顧的地方。師父跟我點了凍明太魚湯兩人份，金部長則點了餃子湯。所有餐點均一價，四千五百韓元，但只收現金。奶奶彎著腰在廚房裡穿梭，動作俐落地做著我們的餐點，而我們則坐在位置上，在尷尬的沉默裡喝著冰水。下一刻，師父起身走向冰箱拿了一瓶馬格利酒。他開了酒往自己的水杯裡倒，接著也往我的空水杯裡倒。然後師父轉頭看了下金部長，金部長便把水喝光，接過師父為他倒的酒。

喝完一杯酒，大家的情緒似乎放鬆不少，金部長開始聊起自己的事。從後悔把老婆小孩送出國到失業的痛苦，還順道回憶了他也曾經是呼風喚雨的業務，不知不覺間我們喝光了三瓶馬格利酒，餐點也終於上桌。

因為早早開喝，餐點自然淪為下酒菜，我們配著凍明太魚肉喝起酒來。師父靜靜喝著酒，一邊聽著金部長說話，還像個稱職的聆聽者適時地給出一些回應。光是跟他乾杯、點頭表示贊同他的發言，就讓金部長受用無窮。接著我突然有了一個新的煩惱，要是他們兩個變熟了怎麼辦？他們兩個吵架會讓我很尷尬，但變太熟也是個問題耶！

不知是不是聽膩了金部長的故事，師父突然轉頭看向我。

「知識類漫畫的工作還行嗎？」

「意外地有點難耶。」

「嗯……畢竟是知識類漫畫，你就邊學習邊好好畫吧。」

「你可不可以別再講冷笑話了？師父，你最近都在幹麼啊？」

「我說過啦，我離家出走了。」

「那工作呢……？」

師父沒有回答，而是默默喝酒。

「我聽說你好像去搞電影了。」金部長似乎有些受不了沉默，便主動插嘴。

「電影沒做了，那行太多流氓，幹不下去。我有一個可以讓大家都嚇一跳的內容……

但是俗話說家和萬事興嘛，我得先解決家庭問題。」

「你跟師母到底是怎麼會吵成這樣啊？」我問。

「大哥，難道是怎麼也無法挽回的……高利貸或外遇問題嗎？」金部長問。

師父瞪了金部長一眼，金部長趕緊低頭吃他的餃子湯。

不知過了多久，師父把最後一條凍明太魚塞進嘴裡，邊咀嚼邊開口說：

「我被『晚年離婚』了。」

晚年離婚？師父都還沒六十歲，還不到晚年離婚的年紀吧？

我見過師母幾次，是位慈祥又溫柔的人。而印象中，師父對待師母的態度，就是一般父權家庭的那種丈夫。過去，他會深夜帶我們回家，並要師母大半夜準備酒席。喝著喝著，又把睡到一半的師母叫醒，叫她再去買菸跟酒回來。總之，他的行徑就跟一般家庭的先生差不多。

但後來漫畫的工作少了，師母開始經營美容室，家中的經濟大權由師母掌控之後，師父便漸漸沒那麼強勢。站在師母的立場來看，自己要賺錢、要像平時一樣操持家務，還要照顧老公，實在是相當不容易。於是師母在家中的地位上升，師父只能成為屈居於師母之下的一家之主。

因為師父都不工作，成天在外面閒晃，師母實在看不下去，上個星期便準備好離婚文件要師父蓋章。師父當然是極力抗拒，畢竟一旦離婚，他人生的避風港就會澈底消失。他所能做出的最頑強抵抗就是「離家出走」，而他也決心大膽執行。

「家裡有聯絡你嗎？」

「昨天有傳簡訊給我，要我趕快回家蓋章離婚。」

「回家就得離婚了……所以你才沒辦法回家啊……」

「那金部你為什麼不能回家？」

「我喔……因為我家在加拿大啊。」

「你不要太鬆懈，說不定你很快也會收到離婚協議書！」

「欸，我只是因為孩子的教育而跟她們分開住，敏貞媽媽很愛我的啦。」

「她有打電話給你嗎？」

「打電話太貴了，我們很少打，但偶爾會傳訊息。」

「電話要常打。如果她常常不接，那就代表外遇了。」

「大哥，你怎麼這樣詛咒我……」

「我的意思是說，女人心海底針。你知道我老婆外號叫什麼嗎？」

「我不想知道。」

「師父，你還有大好前途啊，這哪裡是什麼晚年離婚啦？而且現在不是百歲時代嗎？大家都會活到一百歲啊。」

「離婚之後我就會一下子老很多，立刻變成獨居老人。我的嘴巴會發出臭味，不能勃起就不用說了，沒得睪丸癌我就要偷笑了。而且誰來幫我剪頭髮？這三十年來都是我老婆幫我剪的！」

「既然老婆這麼重要，平時就要對她好一點啊！」

雷打一般的聲音從身後傳來，我們轉頭一看，發現是原本在洗碗的店家奶奶，此刻手中拿著根湯勺瞪著我們。

「我說錯了嗎？有時間大白天在這裡喝酒，說自己老婆的壞話，還不如趕快去工作！」

奶奶充滿氣魄的一喊，嚇得我們三人趕緊起身往門口走去。

離開餐廳，我們踏上回家的路，師父理所當然地與我們同行。

「那位大叔真的沒地方好去喔？」金部長在我耳邊悄聲說。

「我也不知道。但聽了他的狀況，我也不好說什麼。」

「那房子好歹是你租的，你要果決一點啊。現在就是好機會，否則會被他占便宜喔。」

「事情沒這麼簡單啦。」

如果真的這麼簡單，金部長你也不會在我家占我便宜了。

雖然不討厭師父，但一想到要跟他一起生活，我壓力也很大。師父對我來說是很重要的人，他不光是教我如何寫漫畫腳本，更教會我如何過生活。無論是在大學或職場，我都不曾學過這些事。即使貧窮，他依然充滿自信；即使早已不再年輕，卻仍然跟年輕人一樣有衝勁。師父雖沒給出問題的正確答案，卻能藉著錯誤的答案使人們開心，而且他也在我艱困的時候給了我安慰。

在漫畫界出道後，我曾經在一個小小的徵稿活動上得了獎，當時一位漫畫評論家指控我的作品有抄襲嫌疑，接著就有很多人（大概是落選的漫畫家吧！）像是早已瞄準這個機會似的，紛紛到該徵稿活動的官方網頁與漫畫網頁的留言板上，針對我發表許多惡意留言。

那時我失去生活的動力，每天都過得很痛苦，師父打電話來告訴我，要我在二十四小時以內忘記那些事。他說我就是在拳擊場上挨了一拳，現在重摔在地的拳擊選手。他說挨打沒關係，但我必須爬起來，否則我會輸掉比賽。他說裁判已經在倒數，我只剩下最後的二十四小時，必須盡快爬起來。接到那通電話之後，隔天我終於能夠逼自己站起來面對生活。

那現在的師父呢？他現在是被對手擊倒，遭人送上救護車的拳擊選手。

這時，金部長拍了拍我的肩膀。回頭一看，才發現原本跟在後頭的師父不見了。我們往回走，想看看師父是不是倒在哪裡。金部長隨口說也許是師父擔心他說要走，我們可能會攔他，所以才一聲不響地離開。我拿出手機想打電話給師父，金部長卻揮揮手阻止我。

就在我煩惱該怎麼辦的時候，突然看見站在路邊家電賣場裡跟店員說話的師父。我不解地看著他，這時師父注意到我，便對我做了手勢叫我進去。

「你家地址是什麼？」

「怎麼了嗎？」

「你家太熱了，我買了一台冷氣。他們會幫忙送過去，你把地址告訴他。」

「師父，不用這樣啦。」

「沒有啦，太熱的地方我住不下去，你趕快把地址跟他說。」

我把地址寫在店員遞過來的紙上，邊寫手還邊抖。這個意思就是，至少在夏天結束之前師父都會待在我家。哼，我決定不要對幫忙買冷氣的師父說謝謝。

那天晚上，悶熱的頂樓加蓋房瞬間變成冰屋。連金部長都離開帳篷，跑到廚房地板上來躺著。師父大開冷氣，好像不管電費有多高他都無所謂。

「就像車子也是這樣啊，機器這種東西一開始就是要全力開下去啦。」

「眞棒，多虧了大哥，可以睡個涼爽的好覺。」

金部長立刻轉換成巴結模式，眞是討厭死了。

「吳作，涼吧？」

師父的興趣就是把所有人的名字都縮成兩個字。他把「吳作家」縮減成「吳作」還算好了，如果他是把「吳漫畫家」簡稱爲「吳漫」*，那眞的會把我給氣死。

「喔，是啊。」

「你不用太感謝我啦，我要暫時住在你這，如果我要付房租，你也會很尷尬吧？所以就買台冷氣代替房租囉。」

你付房租我一點也不會覺得尷尬，反而是開冷氣的電費讓我壓力很大！但我實在是說不出口，只好尷尬地笑了笑。

這時，一陣非常用力的敲門聲傳來。金部長對我使了個眼色，果然就跟我們想的一樣，在金部長把門打開之前，超級爺爺逕自推門走進來了。他走進房間時臉色鐵青，就像剛吃了根超辣的辣椒一樣難看。他盯著師父看，而師父也沉默不語，不甘示弱地回看著超級爺爺。

「你說的就是這個人嗎？」

超級爺爺回頭問金部長，金部長沒有立刻否定，也沒有立刻承認，反而顯得有些遲疑。看金部長這個樣子，師父跟我都有遭到背叛的感覺。超級爺爺發現我們之間不太對勁，也沒多說什麼，只有視線不斷在師父跟冷氣之間來回。

「你是誰？怎麼大半夜的躺在這個小夥子家裡？」

我本來想開口解釋，但師父舉起手來制止了我。他從床上起來，站到超級爺爺面前。高個子的師父低頭俯視超級爺爺，超級爺爺也不甘示弱地抬頭狠瞪師父。

「我是食客。而且我是誰跟你有什麼關係？」

「哼哼，因爲我是這棟房子的主人，這棟房子只能住一個人，那傢伙也是因爲這樣所以才在外面搭帳篷，你看不出來嗎？」

「這是哪一國的規定啊？」

「這是我家，當然是我訂的規矩，怎樣？」

「那你的規矩裡面，有沒有寫警察的聯絡方式啊？快去找警察來抓我或趕我走啊！我這個晚輩每個月都乖乖繳房租，我來他家玩一下，爲什麼就得讓你這老頭這樣說我？」

*「吳漫」在韓文中與「傲慢」同音。

「大膽！真是個沒禮貌的傢伙！混帳東西，要是無家可歸，就乾脆去首爾車站找地方睡覺嘛！」

「老頭子，你少管別人閒事，趕快回去吃個什麼玉米當消夜，然後早點上床睡覺啦。」

師父一點也不退讓，反倒讓超級爺爺有些慌張。他搖了搖頭，接著奮力舉起手來指著師父的鼻子罵：「你這臭小子！」

那一刻，超級爺爺的手指戳到師父的下巴，師父扶著自己的下巴看著超級爺爺。

「你剛剛是打我嗎？」

「誰打你啊？是你自己戽斗，下巴長太前面好不好！你給我聽好，你冷氣這樣開，電費是打算要怎麼辦？」

「我真的是……電費不都是住戶自己看著辦嗎？對吧？」

師父回頭看我，想要徵求我的同意。

見我有些遲疑，超級爺爺立刻哼了一聲說：

「欸，小吳，你已經沒有按時繳月租了，如果連電費都拖欠，我可就沒辦法了喔。」

我沒有回答，而是直接把冷氣關了。師父看了看我，又看了看超級爺爺，然後才嘆了口氣。

「喂，老頭子，電費跟月租我都會付，你少管閒事，趕快下樓啦。」

「還在那邊跟我頂嘴咧，看你這乳臭未乾的小子連六十歲都不到，以爲這世界沒有法律啦？眞是的……」

超級爺爺發著牢騷離開，師父似乎依然氣憤難平，氣呼呼地拿起遙控器又把冷氣打開。

「吳作，你月租到底欠多少？」

師父問得好像他要一口氣幫我付清似的。

「有好幾個月了，現在都是從押金裡面扣。」

就算師父無法全部負擔，多少幫忙付一點也好。

「臭小子，這種東西不能拖啦！很多房東就喜歡擺架子，月租一拖，不就又有把柄在他們手上了嗎？難怪他會這樣鬧。」

「沒錯。」

所以你到底是要不要補助我一點月租？

師父一頭倒到床上，沒繼續說下去了。

「那個爺爺在望遠洞這一帶很有名。」金部長才剛加入對話，師父便立刻從床上坐起來。

「喂，你立刻給我出去！」師父怒氣沖沖地吼他。

「部長，是你去告狀說這裡又多住了一個人嗎？」我也忍不住發難。

「沒有啦，是那個爺爺一直問我啊，問說有誰來了……大哥，那個……我畢竟也是住在這的人啊，再怎樣還是得看爺爺的臉色吧？」

「你……簡直是只會追捧資本家的勞工叛徒……」

師父拿起枕頭丟向金部長，金部長本來還有些不好意思。後來便惱羞成怒，也拿起枕頭來朝師父丟回去，然後一溜煙跑出去了。師父帶著無力的笑容一頭倒回床上。師父，你可不能這樣占了整張床啊……不知是不是感受到我的視線，師父把身體往牆壁的方向挪了一下，讓出一個空位。

雖然是加大尺寸的床，卻沒法睡得下兩個成年男性。我關燈躺上床，冷氣運轉的聲音聽起來就像搖籃曲。師父很快入睡，還不時發出磨牙聲。我本想翻個身，繼續煩惱不知這種生活還要過多久，但床的空間小到連翻身都有困難。

隔天早上，金部長早早起來做飯。

這位大叔可能是昨晚打小報告被抓到，想要好好補償一下我們，才會自願幫忙準備早餐。這頓像樣的早餐一點也不輸醒酒湯，令人食指大動。

今日早餐菜單是：嫩豆腐燉菜配蒸鯖魚。師父跟我心滿意足地拿起餐具，金部長則看準機會表示，事已至此，以後大家就好好相處，沒事一起吃飯，師父以專注用筷子分解鯖魚來代替回答。

師父問了我們跟超級爺爺的有關資訊，包括年齡、職業、性格、家庭關係、喜歡的食物、主要動線等等。我跟金部長只能回答自己知道的部分，畢竟我們知道的其實不多。其中最重要的資訊是脾氣，而這部分他昨天已經領教過，所以大概知道是什麼樣子……

吃完早餐，我開始緊鑼密鼓地進行知識類漫畫的繪製工作，金部長繼續翻看求職網站，師父則說要去銀行一趟便出門了。關鍵在於，他究竟可以領出多少錢？師父可不是個不知羞恥的人，如果他能付個五十萬韓元的住宿費，那我就會輕鬆一點。不對，他一定要給這麼多錢才行。畢竟在冷氣瘋狂運轉的前提下，電費一個月就要三十萬韓元了。

時間接近傍晚，師父還沒有回來。這一整天下來，我一直窩在家裡畫圖，金部長則持續他的求職活動。爲了犒賞自己的努力，我們叫了整隻炸雞跟啤酒當晚餐。不，金部長說啤酒用叫的太貴，所以他是自己出去買的。

兩隻胖嘟嘟的炸雞，怎麼看都覺得一定是巴西來的進口雞。這兩隻雖不是烏骨雞，骨頭卻烏黑發亮，看了眞是不舒服。我們留下一隻雞腿、一隻雞翅與兩塊雞胸肉給師父，但不管怎麼看似乎都不太夠。金部長乾掉杯中的啤酒，有些意猶未盡地咂了咂嘴。

「話說回來，你師父是去哪裡領錢啊？他該不會是跑去搶銀行結果被抓吧？」

「我也不知道，他手機也一直關機。」

接著，金部長笑著對我說：「會不會是回家了？」

「嗯……說不定喔。」

「對啦，一定是回家了啦。如果要我留在這裡聽房東嘮叨、看你的臉色，我肯定也是不願意。」

說完後，金部長才意識到自己到底說了什麼。

「不是啦，那個，我是說……對啦，我是有付房租啊，而且你也沒給我臉色看嘛。」

我決定以後要給金部長一點臉色看。

「師父到底怎麼了啊？」

「肯定是回家了啦，我們就把剩下的肉吃完吧。」

「要是我們把這些肉都吃掉，等等他回來了，就會很不好意思耶。」

「只要趕快吃完，再讓室內通風一下，然後趕快睡覺就好啦。」

金部長將手上的那隻雞腿拉直，看起來就像人躺下後兩腿伸直的模樣。我也沒想太多，直接拿起師父盤裡的雞翅。就在我們把剩下的肉吃光後，電話響了，來電的人是師父。

「吳作，你快來房東這。」

「你說哪裡？」

「樓下房東家啦，老人家這裡啦。」

天啊，這又是怎麼回事啊？

下樓一看，發現師父與超級爺爺坐在圍棋棋盤的兩側，你來我往地下著棋。兩人一來一往，喊著什麼「大龍不死」「四四九通」，還有什麼應該讓出這邊收下那邊。怪了，我怎麼會搞混啊？哈哈、呵呵，眞是搞不清楚，呵呵呵……

有別於昨天的劍拔弩張，兩人和樂融融的模樣，讓我跟金部長都看傻眼了。

師父要我們趕緊坐下，別繼續愣在那邊。超級爺爺則像是在解讀暗號，目不轉睛盯著圍棋盤看。

沒過多久，外送員開門進到屋內，兩張皮、糖醋肉、乾烹雞與兩瓶二鍋頭擺滿了整張桌子。師父本想付錢，超級爺爺竟以一句「你這個人也眞是的，規則就是規則啊」，制止了準備掏錢的師父，並要外送員把這筆帳記在自己名下。

超級爺爺指示我們在擺滿食物的桌邊坐下。雖然剛才的炸雞已經讓我們吃得很飽，但現在又隱約能感覺到食慾正蠢蠢欲動。瞬間，我覺得也許是貧窮更容易讓人感到飢餓。金部長很識趣，已經拿起一旁的免洗筷來拆了。

「老人家，你眞的沒有參加過比賽嗎？」

「我討厭那種很吵的地方，只參加過一次棋院舉辦的比賽，拿了第二名。」

「哇，你要是去參加大賽，肯定是你這個年齡層的第一名。你的體力跟專注力都比同齡人好，看看我們今天連下幾個小時了。」

「你這傢伙眞會說話。我年輕時，還曾經跟六個人輪流連下了三天兩夜呢。沒錯，就跟你說的一樣，下圍棋很看重體力。話說回來，小吳，你的老師眞的是個很有名的漫畫家嗎？」

「對，漫畫界沒有人不認識他。」

「那我說你啊，不如來畫個圍棋漫畫吧。像你這麼懂圍棋的人，就應該要出來用漫畫宣傳圍棋啊。現在的年輕人都只會上網玩遊戲，圍棋越來越不受歡迎了。」

「就是說啊，我怎麼都沒想到呢？眞是太遺憾了。」

師父用恭敬到令人生厭的態度回答，還不忘回頭看了看我們。

「幹麼？大家快開動啊，老人家請客耶。你們還沒吃晚餐吧？」

「既然來了，就大家一起吃吧。」

聽完這句話，金部長趕緊回答：「我開動了，謝謝爺爺。」

我也趕緊道謝，並將筷子伸向乾烹雞。今天就是個大義滅雞的日子。師父不知何時開了一旁的二鍋頭，替超級爺爺倒了一杯，然後也要我們也各喝一杯。超級爺爺心滿意足地看了看我們，接著舉起酒杯。

「來，能夠這樣住在同一個屋簷下也算是有緣分，大家的工作都要順利。孔子曾經說過：『德不孤，必有鄰。』意思是說有品德的人，就絕對不會孤單，肯定會有好人陪在身邊。我們不就都是彼此的好鄰居嗎？其他的部分我是不敢保證，但我可是不動產老闆啊。我靠著人情與浪漫，開拓了望遠洞這個地方……來，祝大家都能成功再就業！」

「乾杯！」

在這裡住了四年，萬萬作夢也想不到竟有機會跟超級爺爺乾杯。

在我面前不停向超級爺爺敬酒、與他談笑風生的師父與金部長，和我記憶中的模樣截然不同。我沒有這麼厚的臉皮，也沒有多餘的時間經營跟超級爺爺的關係。大人果真就是不一樣，我雖然已經三十五歲了，卻依然像個不懂事的孩子。

「喂，金部，你那個醒酒湯眞的是……」

就連金部長也無法躲過師父的簡稱。

「眞的是怎樣？」

「按讚啦。」

「按讚！這流行語過時了耶。但還是謝謝啦。」

「眞的是應該花錢去吃。」

「那你付錢吧，我不會推辭的。」

「我們現在一起生活，當然是不能談錢啊。」

「眞是的，你要知道，能免費吃到是你好命。」

兩人現在相處起來一點隔閡也沒有，師父確實很有魅力。既不是像金部長那樣誇張的業務模式，也不像我只會順從別人說的話。眞要形容他的個性，我想我會用「游刃有餘的厚臉皮」來形容。他平常雖然話不多，但一開口就能夠切中要點。平時看似對事情都漠不關心，卻總是會默默照顧身邊的人。昨天跟超級爺吵架說不定也是以退爲進，爲了今天能跟他拉近關係。

師父躺在床上呑雲吐霧，金部長正在清空剩下的醒酒湯。我一邊洗碗，一邊思考今天該畫多少進度。太可怕了，這幾天因爲師父的關係都沒法好好工作，然後又因爲昨天跟超級爺爺喝酒，白白浪費掉從昨晚到今天中午的時間。

洗完碗，我坐到書桌前打開原稿，我必須完全投入在稿子裡才行。我沒有回頭檢視之前畫的東西，而是立刻開始配合腳本畫新內容。不知是不是因爲玩了好幾天，手感似乎有點鈍。有點像晚上戴著太陽眼鏡在鄉下散步，完全看不清該往哪個方向前進。記得前輩們都會用「手很沉」來形容這種狀況。

「你的手這麼沉，畫得出來嗎？」

回頭一看，發現是師父站在身後看著我的稿子。

「這都是因爲你，好嗎？」

「眞正的高手可不會因爲休息幾天，感覺就跑掉。」

「我又不是高手。」

「這不是重點，重點是你現在是在逼自己做不喜歡的事。我眞的是第一次看到你畫出這麼爛的草稿。」

我實在畫不下去，只好停下手上的動作。我是很喜歡師父，但一起生活又是另一回事了。一旦開始侵入彼此的私人領域，人際關係自然會受到一定程度的破壞。我打開冰箱拿出冰水來喝，並問師父要不要喝水。師父拒絕我，並舉起手往冰箱裡面一指，我探頭一看，發現一瓶還剩下一半的馬格利酒。我大力甩上冰箱門。

「師父，你不要插手我的工作啦，你這樣我會很不歡迎你喔。」

「我只是覺得，做這種工作是浪費你的才能。」

「我才覺得你是在浪費自己的才能。你這個傳說中的漫畫腳本作家，可是十年來沒有任何新作品耶。」

「你在外面職場混過一圈了，變得這麼伶牙俐齒了是吧？」

「但我也沒有以前那麼白目啦。所以說啊，師父你不要一直來煩我，不然……我也不敢保證囉。」

「不敢保證喔……好啦，那我就直接問你吧，你要繼續畫那些東西嗎？」

「當然囉，這是我現在唯一的飯碗耶。」

「會很忙嗎？」

「要在三天內畫完四十頁交出去。」

「我跟你說，我有個很棒的點子，想要跟你討論一下。」

「是那個幽靈公司的故事吧？就幽靈在裡面上班的那個？」

「……不是啦，是別的。這是一個跨國企畫。」

「是不汗黨去搶拉斯維加斯賭場的故事，對吧？」

師父放聲大笑了幾聲，然後問我：「你怎麼都知道啊？」

「幽靈公司那個故事，你五年前就跟我說過了。跨國企畫則是上次在馬鈴薯排骨湯店講的。師父，你就先把故事寫下來嘛。有個十張左右的故事腳本，我就會做好畫畫的準備。」

「好啦好啦，那我就來寫吧。」

師父沒再多說什麼，轉身往金部長的帳篷走去。我仔細聽了一下，發現他跑去找金部長聊有關舞台劇的計畫。年輕時曾當舞台劇演員而活躍於大學路劇場圈的師父，從很久以前開始，就一直說他有個超棒的兒童劇企畫，還用這個當藉口到處騙錢。金部長似乎是先耐心聽他說完，然後才用「大哥，這好像不太行」「我也不太清楚」之類的話，讓師父碰了個軟釘子。沒過多久，師父就離開了頂樓。

金部長進到屋內，講起師父說的一些奇怪事情，讓他有點在意，我則告訴金部長就隨師父去吧。師父老說自己有很棒的想法，卻都找不到能合作的人。聽到我說我們不必一定要跟師父合作時，金部長點了點頭，並告訴我說師父去樓下跟超級爺爺下棋。我們都很好奇，師父究竟會拿出什麼計畫去說服超級爺爺。

三裝童子登場

爲了順利截稿，我連續熬夜三天。幸好我要熬夜，才不必跟師父爭奪占據床鋪的比例。每次被睡意攻擊時，金部長的鼾聲跟師父的磨牙聲，就會讓我像觸電般驚醒。即使睡眠不斷找機會攻擊我，但一想到沒法睡得很舒適，我就能強忍睡意。從結果來看，這對順利截稿有很大的幫助。

不知道師父是不是眞的開始步入老年，這天，他竟然清晨六點就起床了。當他開始在我身邊閒晃，我也剛好把最後一頁畫稿上傳到出版社的雲端硬碟。師父看了我交出去的畫稿頁數，大聲稱讚我很棒。而我只丟下一句別叫我起床，便整個人癱倒在師父讓出來的床上，像酒醉斷片一樣澈底失去意識。

響徹整條巷子的活動噪音把我從睡眠中喚醒。早上十點，我才睡了四個小時。眞不明白，這世界爲何就是不肯放過我？

望遠洞的住宅區，除了有緊緊相鄰的老舊低矮公寓，還有許多店家穿插其中。孩子們玩鬧的歡笑聲、推車商人的叫賣聲，對我來說都已經是熟悉的風景。不過今天的超市開幕活動噪音，分貝聲更是不容小覷。我永遠不會忘記，伽倻超市。整個夏天我都在忍受他們的裝修噪音，此刻他們正以聲響傳遍整個社區的開幕活動，爲過去幾個月的裝修畫下華麗的句點。以快節奏的舞曲大會串爲背景，女主持人以一副令知名歌手張美華都自嘆弗如的菸嗓，將超市重新開幕的宣傳詞喊得震天價響。

「望遠二洞新景點、街坊鄰居最佳去處，伽倻超市華麗開幕！要以人人滿意的價格服務全體居民！還有更多超讚促銷活動等著望遠二洞的居民朋友，歡迎大家移動你的腳步，到店領取贈品、挑戰活動！來、來，歡迎光臨。好的，感謝您！章魚、魷魚、鯖魚、明太魚、竹筴魚、多線魚，你想得到的海鮮這裡都找得到。阿姨，快來這裡看看。對、對……」

我眞的很想衝出去，抓起一條明太魚賞她幾個巴掌。

我爬起來，決定逃到最近的汗蒸幕去。我得趁這個機會讓自己出個汗、好好睡一覺，再洗個爽爽的澡。

我抓起一張萬元紙鈔塞進口袋，正想衝出家門，才發現家裡一個人也沒有。金部長跟師父可能都已經開始他們忙碌的一天，而就是在這種日子，我才應該好好享受一下睽違已久的獨居生活（感覺那似乎是好久以前的事了），偏偏那該死的超市舉行什麼開幕活動逼得我不得不出門。嗚呼，哀哉！

我走下樓，再次堅定決心，絕不會到伽倻超市消費。我走出巷子來到大街上，這才看見開幕活動究竟多麼盛大。在有如蜘蛛網一般，幾乎遮蔽整片天空的萬國旗之下，不知名的女主持人依然以她那副菸嗓，熱烈主持著活動。後面的另外兩名女助理與人形氣球，則配合音樂歡快舞動。被聲音吸引而來的人群，正爭先恐後地搶吃超市用來招待客人的食物。爲何開幕活動總是這麼沒創意、這麼混亂？仔細想想，造成混亂似乎才是活動的重點。

正當我想忽視這一切，直接離開現場時，竟看見金部長與師父站在人群中排隊。怪了，他們在那幹麼？恰好這時行人號誌轉綠，我便走到馬路對面。隨著距離拉近我才發現，這兩人正一邊分吃開幕活動提供的米餅與仙貝（煎餅），一邊欣賞著女主持人的背影。他們認眞的樣子，實在讓我哭笑不得，於是我決定避開他們，沒想到他們竟一眼就看到我。

「你起來啦？快過來，超讚的啦。」

我無奈地被拉了過去，不知不覺間，我竟然站在他們中間，一連吃了四塊仙貝。原本睏到不行的身體讓我感覺不到飢餓，可是一開始吃就停不下來了。金部長還拿了個果凍過來，要我也吃吃看。師父雙眼發亮，緊緊盯著那些載歌載舞的女舞者，監視她們那貼身的舞衣有沒有被臀部夾住。我看見一旁有洗衣店的大叔，以及經常在超級爺爺家出入的朋友。最後，我跟社區裡的這些大叔一起，一邊吃著免費的零食，一邊扮演替開幕活動衝人氣的臨時演員。我打了師父一下，說：

「師父，都要被你看到穿了啦。」

「嗯？什麼？」

「我說那個舞者小姐的屁股。」

「哎呀，看一下而已，哪有什麼啦？等等，你要拿這個啦。」

師父沒有解釋清楚，只是從口袋裡掏出一張皺皺的傳單。金部長也在一旁解釋，只有前五十人能享有優惠，催促我趕快去申請。我看了看手上的傳單。

伽御超市開幕紀念特別活動

伽御小吃快食大賽
第一名：平面超級數位電視（價值一百萬韓元）
第二名：五十萬韓元伽御超市消費點數
參加獎：〇〇泡麵五包裝一組
參加資格：望遠二洞居民

我不喜歡在人前拋頭露面，吃東西也沒有別人快，這兩人幹麼不自己報名，反而要催我去？是因爲只有望遠二洞的居民能申請，所以才決定推派我嗎？

「要是有第二名的話，那我們一個月的生活費就安全了。」金部長繼續催促我。

「不對吧？應該要拿第一名，再把電視拿去賣，這樣才有賺啊。吳作，你是不是還不餓啊？可以免費吃一堆小吃耶……」師父挖苦我。

「如果眞的這麼缺錢，那就由部長跟師父你們去報名吧，記得先把戶籍遷過來。」兩人失望地看著我。

「我們已經申請啦。」

「在我看來，金部很有機會贏。」

「咦？你們什麼時候把戶籍遷來的？」

「我一搬來就遷啦，你不知道喔？大哥則是爲了參加這活動，剛剛去區公所辦了啦。」

「什麼啊？你們怎麼都沒先問過我？」

「幹麼這樣，吳作，這樣很好玩啊。」

我嘆了口氣，無奈地塡寫報名表。不知是不是因爲我跟師父是師徒關係，實在無法抵抗他的催促。我出示居民證給承辦人看，並提交了報名表。我沒有跟著金部長和師父一起走進超市，而是逕自往汗蒸幕走去。努力忽視兩人在身後呼喚我的聲音，還一邊想像他們在我身後不滿地噘著嘴的模樣。我好歹也是最先租下這間房子的人，他們要遷戶籍，也應該先告訴我才對吧？我決定要讓他們知道，這一丁點大的頂樓加蓋也必須要有同居規則！話說回來，快食大賽怎麼辦啊？我要先吃一大堆我最愛的血腸再被淘汰才行。

三天後，星期六，「伽倻超市開幕紀念特別活動」登場了。開在超市側邊的伽倻小吃，由超市老闆的大女兒所經營。他們似乎是想趁著宣傳超市開幕，順便讓大家認識小吃店的好味道，所以才企畫了這個活動。五十名挑戰者聚集，瞬間讓超市像通勤時間的地鐵站一樣擁擠。社區裡最愛管閒事的超級爺爺正吹著哨子，要求挑戰者們在旁排成一列。

我、師父與金部長一早什麼也沒吃，就等著這個下午兩點登場的活動。他們兩人把參賽證緊緊握在手上，好像那是他們這輩子買的第一張彩券。而我則感覺自己像是街友，正在等待免費的愛心餐。

沒過多久，比賽便以五人一組的形式展開。

所有人的桌子前面，都有堆得像小山一樣的辣炒年糕、餃子、血腸、炸物、關東煮等五種小吃，參賽者必須在一分鐘內吃光才算通過預賽。第一組是一名塊頭很大的國中男生、兩位阿姨跟兩位大叔。大家都像鮟鱇魚一樣，拚命張嘴吃個不停。可能是因爲那個滿臉青春痘的國中男生還在發育，他很快就脫穎而出。幾位阿姨叔叔的速度，並沒有預期中那麼快。最重要的是，關東煮連熱湯都必須喝光，絕對是最大難關。

「關東煮最後再吃，等湯涼一點再喝比較好。」

「一分鐘之內是能變得多涼？」

「大哥，別擔心啦，我不怕燙。」

「不過啊，部長，你不是不能吃辣嗎？」

「金部，那你就把辣炒年糕泡進關東煮的湯裡吃。」

「其實我做好準備了。」

金部長低聲對著我跟師父說。我們都很好奇，但他沒有繼續說下去，只是拋了個媚眼，並做出要我們保守祕密的手勢。只要克服了不能吃辣的問題，大胃王金部長確實有機會獲勝。一想到這，我覺得士氣大振。

三人之中，首先由我打頭陣。我跟一名穿制服的國中女生，還有看起來應該是她媽媽的漂亮阿姨，以及另外兩名大叔一組。我把那名穿著制服的女學生當成假想敵，她的體型很瘦小，實在不太像會挑戰這種比賽的人，我想我應該能贏她，至少不要吊車尾啦。沒想到我隨即發現，她跟她媽媽交換了一個銳利的眼神，接著就感受到她要拚死一搏的決心。就這麼想得第一名嗎？她家是缺電視喔……我的士氣嚴重受挫，只好把視線移回眼前的食物上。走近一看，發現這些食物的分量還眞是不少。

提醒比賽開始的鈴聲響起，主持人提高分貝報導賽況。

「十三號的女學生速度好快。女學生本來就很愛這些小吃，這也很正常。好的，十四號參賽者是在吃便當嗎？怎麼在細細品味辣炒年糕啊？來啊，速度加快喔……」

我不是在細細品味，是眞的很辣。店家絕對是故意的，因爲平常要是這種辣度，店肯定早就倒了。爲了解辣，我只好拿起關東煮湯來喝，沒想到湯又燙又鹹，根本沒幫助。湯從我的嘴角流出來，主持人又調侃我說可能需要嬰兒用的圍兜兜。大家都在笑我，啊，我要崩潰了，眞是丟臉到不行，不知該如何是好，只能拚命低頭吃血腸，就這樣撐過一分鐘。

果然，我隔壁的國中女生第一，她媽媽第二，她們兩人通過預賽，但就連一起淘汰的兩位大叔都吃的比我多，我實在是丟臉丟到家了。我走回師父跟金部長身邊，哀怨地看著他們。不過他們一點都不在意我的慘敗，只是爭先恐後地開始問問題。

「很辣嗎？」

「根本就是辣椒粉派對！那個魚板湯不光是很燙，還鹹的要死！」

「肯定是故意要讓大家失敗的。都辦了一個這麼有意思的活動，怎麼可以故意做這麼難吃？」

「沒關係啦，大哥，這一點影響也沒有。」

我們回過頭一看，金部長不知掏出什麼往嘴裡一噴。那是維他命C嗎？還是漱口水？金部長做完這一個動作，我便看到師父努力掩飾臉上的笑容，而金部長則是握緊拳頭，像要上戰場一樣朝著參賽席走去。

比賽一開始，金部長便以驚人的速度立刻解決掉辣炒年糕。主持人說他的速度，簡直媲美最高速的光世代網路。主持人驚嘆「好快、好快」，不斷稱讚著金部長。師父則像在賽馬場替自己下注的馬加油那樣，握緊拳頭緊盯著賽況。我忍不住問師父，剛才金部長往嘴裡噴的是什麼，師父嘻嘻笑說那東西叫遲遲噴霧。遲遲噴霧？那是什麼？我歪頭表示不解，師父則奸詐地笑著，解釋說那是一種噴了以後能讓感覺變得比較遲鈍的噴霧。呃，聽他這樣一說我就知道了。現在金部長之所以能夠不在乎辣跟燙，一個勁地把抓到的東西全往嘴裡塞，都是因爲往嘴裡噴了能讓感覺變遲鈍的遲遲噴霧。哇，他的好勝心可眞是驚人。

我看著金部長的勇猛吃相，忍不住嘖了幾聲。而就在那一刻，我注意到金部長身旁有另一個人，以不亞於他的速度狂吃。這個人好像有點眼熟，是網咖的打工仔嗎？還是便利店的年輕店員……就在我回想曾在哪見過他時，比賽已經結束了。金部長第一，那個小夥子第二。兩人都以目前爲止的最高紀錄通過預賽。我仔細回想曾在哪裡見過那個第二名，沒想到剛比完賽的他，竟走過來主動跟我搭話。

「英俊哥，你怎麼會在這？」

他的嗓音聽起來，就像歷史劇裡面的奸臣一樣尖細，跟他那壯碩的體格一點也不搭。不過一聽到他的聲音，我立刻就想起來了，他是我大學時的社團學弟，三裝童子。

「哥，你也住這附近喔？」
「嗯，所以才會來參加這比賽啊。」
「對了，那兩位大叔是誰啊？」
「這說來話長啦。你住哪啊？」
「就在往蓄水池路上的正津考試院……哇，哥，眞的很高興見到你耶。」
「我住那邊的頂樓。我們住這麼近，怎麼從來都沒遇過你啊？」
我用下巴往馬路對面，那棟屋頂上有個顯眼黃色水塔的建築物比了比，那傢伙則笑著並對我伸出手，而我回握住他的手。
「哥，我要是拿第一名就請你吃飯。」
我跟三裝童子說話時，師父一如預期地被淘汰了。主持人宣布，全體參賽者當中，三裝童子是第二名，金部長則是第一名。金部長靠了過來問我三裝童子的來歷，而我則用剛才回答三裝童子的話來回答他們：「說來話長。」
接著，通過預賽的人分成兩組進行決賽，各組的第一名再參加總決賽。一如預期，進入總決賽的仍是金部長與三裝童子。兩人必須一決勝負，才能決定究竟是能贏得價値一百萬韓元的電視，還是五十萬韓元的超市購物點數。兩人都是我認識的人，這種感覺眞的好奇妙。
金部長是天生的大胃王，又有祕密武器遲遲噴霧，三裝童子塊頭很大、很能吃，而且我記得他也很會耍小聰明。金部長、我還有師父三人湊在一起爲總決賽集氣，金部長趁機偷偷往嘴裡噴遲遲噴霧。上場前，金部長還與第一次對他露出滿意神情的超級爺爺握了手。

至於三裝童子，則是先與同住考試院的鄰居「牛角眼鏡」跟「小平頭」擊了個掌，隨後才朝比賽的桌子走去。本以爲比賽就要開始，沒想到他竟然又繞到我前面來，並對著我舉起手。我下意識與他擊完掌，隨即感受到師父、金部長與超級爺爺投射過來的銳利目光。眞是的，到底是要我怎麼辦嘛？

比賽就要開始，主持人比現場所有人都更加投入，我能看出他完全沉浸其中，非常激動地預告兩人之間即將展開的較量。伽倻超市的老闆跟他的女兒，則滿意地看著現場。淘汰的參賽者都聚集在一旁，想看看這兩人有多能吃。我注意到有一家網路新聞前來採訪，這小小社區超市的開幕活動，可以說是空前成功。比賽正式開始前，主持人首先把麥克風遞給金部長。

「請教一下您的大名跟年紀。」

「我最愛望遠二洞，我是四十歲男性的希望，金昌景。」

「您住望遠二洞哪呢？」

金部長伸出長長的手，指向我們住的頂樓。

「就在那裡，在是望遠第一不動產超級爺爺名下的公寓頂樓。」

超級爺爺滿意地與金部長交換了一個眼神，我眞是越來越受不了他們這樣。

「您現在從事什麼工作？」

「啊，沒特別做什麼，就都做一點啦。望遠二洞，伽倻超市，加油！」

金部長簡單帶過這個困難的問題，並迅速喊個口號結束訪問，實在是機智過人。

「哇，金昌景先生眞的是充滿鬥志。那接下來換這邊，哇，眞是太健壯了。請教一下您的大名跟年紀。」

「我住在望遠二洞正津考試院，二十九歲，柳才完。」

話一說完，牛角眼鏡跟小平頭便立刻發出刺耳的歡呼聲。

「啊，在準備考試啊？您在準備什麼考試呢？」

「……沒有多了不起啦，就九級公務員而已。」

「所以是在準備高普考囉？聽說，現在就連九級公務員的考試競爭也都很激烈耶。」

「您說的沒錯。但您怎麼會說是高普考呢？九級公務員現在也已經列入國家特考囉。除了司法、立法、行政、外交等四大特考之外，教師資格考也是特考的一種，當然還有國營電視台人員特考啦。不過呢，我覺得體感上，九級的壓力才是最大的。要說爲什麼嘛……」

「好的，就先訪問到這裡，完全能感受到這位特考生有滿腹委屈想抒發呢。來，現在替自己加個油吧。」

「特考生最強！加油！」

三裝童子這傢伙，一點都沒變。最喜歡裝腔作勢，話很多、臉皮也很厚。不過聽他說在準備考公務員，眞讓我有點訝異。我還以爲他會找一份能靠口才混飯吃的工作，例如補習班人氣講師，或是汽車銷售冠軍的業務員。

就在所有人的關注之下……比賽鈴聲終於響起。

兩人像飢腸轆轆、覬覦他人食物的狗，比賽一開始便用極快的速度把面前的碗清空，一碗接一碗吃個不停。不知是不是遲遲噴霧的效果，讓金部長一開始獲得領先。本以爲三裝童子氣數已盡，沒想到他竟把魚板先吃光，並把辣炒年糕與炸物全部倒進湯裡，然後拿起整碗湯來直接喝下肚，這畫面還眞是壯觀。

「嗚哇！」

讚嘆聲此起彼落，主持人激動轉播賽況。泡在湯裡的辣炒年糕與炸物，三裝童子連嚼都沒嚼就直接吞下肚。金部長瞥了三裝童子一眼，也把自己碗裡剩下的食物全掃在一起，拿到嘴邊想一口氣吞下。但就在那一刻，他竟不小心嗆到而咳了起來。

就從這裡開始，勝負的天秤開始傾斜。三裝童子用他的小聰明擬定戰術，以此贏過違規偷用藥物的金部長。金部長帶著哀痛神情迴避我們的目光，三裝童子則跟朋友們一同歡呼，隨後帶著笑容看向我。我必須好好控管自己的表情才行。

兩天後，星期一下午，三裝童子帶著在伽倻超市買的衛生紙與清潔劑前來拜訪。這兩樣東西，都是人們在新居喬遷時經常互送的禮物。幸好金部長跟師父都出門了，我才能開心迎接他與他帶來的禮物。

「哇，哥，這裡的視野很棒耶，頂樓加蓋眞的還是挺浪漫的啦。」

「別提了，這裡夏天很熱冬天很冷，但該付的錢都還是要付，還是像你住考試院舒服多了。」

「考試院才不適合人住咧。如果沒有時時刻刻帶著準備考試的緊張感，反而會有種我好像是犯了什麼罪，正在坐牢的感覺。」

「話說回來，你什麼時候開始準備考公務員的？」

「才剛開始沒多久。」

這傢伙說話的口氣，聽起來像是個沒考上大學的重考生。

三裝童子說他大學畢業後，到新林洞住了兩年準備司法特考。放棄司法特考後，就搬到望遠洞的正津考試院，開始準備公務員考試。雖然他家就在首爾，但他還是在特考村與考試院之間流連，這都是因爲他跟他爸媽之間有些問題。我老實告訴他，我從來不覺得他適合當法官還是公務員，他也同意我的看法。只是他沒什麼特別的夢想，現在的生活對他來說，就只是搭上一班名叫學校的公車，在公務員考試這站下車之後，沒有轉搭上通往世界的公車而已。

「我不知道我想做什麼。」

「你明明就多才多藝啊，幹麼講這種話？」

「多才多藝的人就容易優柔寡斷嘛。」

「怎麼大家都這樣啊？」

「哪來的『大家』？」

「你看就知道啦，我這邊很多食客。現在已經有那天跟你比賽的大叔，還有教我畫漫畫的師父，感覺大家的人生都停滯了。」

「那你呢？」

「我沒有啊，我現在還在畫漫畫。」

「是喔？那你最近有出什麼漫畫？」

「好啦好啦，也包括我啦，可以了吧？」

聽完這句話，三裝童子才像找到共犯一樣，露出狡猾的笑容。離去前，他說以後會常來找我玩。我一方面覺得開心，一方面又覺得不太舒服。開心的是他能讓我回想起青澀的大學時期，不舒服的是我們大學畢業已經五年、十年過去，卻依然沒能在社會上站穩腳步。跟他的重逢，簡直是再三證實了我們的停滯不前。

晚上，小酌回來的金部長看見衛生紙跟清潔劑，便問我那是哪來的。聽我說是三裝童子帶來的，他心中那股輸掉比賽的失敗感似乎才稍稍平息。於是，他主動開口說哪天要找三裝童子來一起喝酒。

凌晨，酩酊大醉的師父回來，看到衛生紙跟清潔劑後又問了一樣的問題。我回答他，他也跟金部長說了一樣的話。看來，大叔們的思考模式應該都差不多。

「不過，你爲什麼叫三裝童子啊？」

這天是二十四節氣中的末伏，雖然通常要吃蔘雞湯，但我們選擇傍晚在屋頂烤五花肉做爲替代，還順便叫上了三裝童子。三裝童子似乎知道他是這裡面年紀最小的，便認眞地負責烤肉。被問到這個問題時，他以尷尬的微笑代替回答，於是我主動出面。

「裝懂、裝帥、裝有錢，這三件事他是專家。」

「啊哈，原來是因爲這樣叫三『裝』啊，我還以爲是因爲故鄉在三陟咧。」

「我是以爲他眞的有三尺*那麼高……」

三裝童子有些尷尬地轉頭看我，而我則安慰他，說這就是大叔們開玩笑的方式。這兩位大叔一副得意洋洋的樣子，似乎是以爲他們的三流幽默，澈底擊敗了我們。

「這是一個學妹幫我取的綽號，因爲我在女生面前特別愛裝。」三裝童子補充說明。

「沒關係啦，男生就是要會虛張聲勢，要有一種稍微過度自信的感覺，你這程度還好啦。」

金部長端出他那久違的部長架子，擺出一副在開導新進員工的態度。接著話鋒一轉，開始問起三裝童子怎麼那麼會吃，把話題帶回那天的比賽上。

「我不是大胃王，只是有事先擬好策略。世界上有一群人叫美食戰士，他們是專門參加大胃王比賽的選手。有個叫小林尊的日本人就是有名的大胃王，有一次他一口氣吃了九十八個漢堡，還登上金氏世界紀錄。雖然他體型又小又瘦，吃下去的量卻比身材壯得跟山一樣的外國選手還多兩倍。他的胃空間很大，嘴巴也可以張得非常大。總之，我就是利用了一下這個原理。大家都是餓著肚子去參加的吧？我反而是在比賽前幾天暴飲暴食，刻意把胃撐大，還做了張嘴訓練。」

「喔，你不是裝懂，是真的很懂耶。」

「越看越覺得你長得真帥。」

「你家裡應該也很有錢吧？那就不是三裝童子啦，而是那種人人稱羨的含金湯匙啦。」

「哎呀，你們態度也變太快了吧？」

「可是三裝童子這個名字真的太長了，你以後就叫三童吧。」

「三童不錯，很帥！哈哈。」

---

*在韓文中，「裝」「尺」「陟」同音。

三裝童子這傢伙，在兩個大叔你一言我一語的調侃之下，似乎有些難爲情了。看來就算是這個厚臉皮的傢伙，也難以招架大叔的調侃攻勢。後來兩位大叔甚至變本加厲，開始對三裝童子提出各種人生建言。人人都喜歡談自己的事，而所謂的忠告，也都只是大叔自己的人生經歷而已，剛巧這兩位大叔又很愛暢談自己的人生往事。不知道是不是到了大叔的年紀，就會領到愛提當年勇的證書。

他們現在正對著三裝童子，大談那些我現在連聽都不屑聽的事。大家心中似乎都有很多委屈，這天的酒席似乎成了一場爲大家消除內心憤恨的法事。三裝童子人如其名，一直在「假裝」聽他們說話。吃完飯後，我們又喝了一輪酒，大叔們開始鼓譟，說既然他名字裡有「三」，就應該要喝到第三輪。在我看來，他們肯定是借題發揮，想要一解大胃王比賽敗北的心頭之恨。我對那個發出求救眼神的傢伙擺了擺手，便退出了這場酒席。三層肉、三裝童子、三童、馬鮫魚*……是個三三相連到天邊的夜晚啊。

幾天後的傍晚，三裝童子帶著有兩個圍棋盤那麼大的平面電視來到屋頂。他說反正考試院也沒地方放，再加上電視太吵也沒法看，乾脆拿到這裡來跟大家分享。我說我們都不太看電視，要不要乾脆把電視賣了，沒想到師父不知何時已在臥室的一角清出位置。我說申請有線電視要花錢，金部長卻跳出來看了一下散落在房間一角的有線電視纜線，說接線這種事他一個人就能搞定。

不到三十分鐘，我的房間已經開始傳出職業棒球的轉播聲。大家可能都很愛棒球吧，只見他們三人瞬間成了主播跟球評，你一言我一語聊了起來。熱烈的程度甚至讓我懷疑這段時間沒棒球轉播可看的他們，究竟是怎麼活下來的？唉，記得幾年前，我才因爲自己支持的隊伍戰績上上下下而倍感煎熬，便毅然決然戒掉棒球。他們現在這樣看起棒球來，眞是讓我傷腦筋。

後來我才知道，三裝童子把電視搬來，其實是他們的計謀。他們計畫要三裝童子提議搬電視過來，師父跟金部長則開口附和，讓我不得不妥協。師父是體育頻道跟圍棋頻道的愛好者，金師父則是各種生存選秀節目的狂熱收視戶。

至於三裝童子能有什麼好處？他現在每天都會以看電視爲藉口來我家。師父躺在床上看圍棋時，他會坐在一旁，說一些單手之類的圍棋用語，在那邊不懂裝懂，還會跟金部長一起，賭選秀節目參賽者的排名。如果看到女團成員去上綜藝節目，他還會幫忙提供隸屬哪間經紀公司的背景資料。簡言之，他就是沒在讀書，整天來我家玩。

我的頂樓加蓋套房，不知不覺成了無業遊民的遊樂場。事情怎麼會變成這樣？寧靜的頂樓早晨已經消失。我想那些在寧靜的早晨發現國家被日本帝國侵略，一夕間慘遭殖民的百姓，肯定就是這麼痛苦吧。我簡直都要瘋了。

---

*馬鮫魚的第一個字在韓文中發音同「三」。

辣燉鮟鱇魚與龍舌蘭酒

「還不快給我起來！」

如雷聲一般的怒吼從帳篷外頭傳來，顯然是超級爺爺站在頂樓的樓梯口大喊。昨天清晨，師父、金部長與三裝童子說有朴智星的足球比賽，全都擠到有床鋪的房間來。我為了躲開他們，便跑到金部長的帳篷裡睡覺。

但這是怎麼回事？超級爺爺居然代替我來叫他們起床？看了一下時間，是早上七點半，這對他們來說是睡意正濃的清晨時分。不出所料，我聽見師父與金部長嘟囔著向超級爺爺抗議。超級爺爺很快脫了鞋往屋內走去，剛平息下去的火氣，被兩人的抗議聲再度激起。這幅情景，讓我聯想到當兵時，宿舍裡的人為因應緊急狀況而出動的畫面。光想就覺得可怕。幸好我不是住在宿舍裡，而是睡在野戰帳篷，這個選擇眞是棒極了。

接著，超級爺爺來到屋外，探頭進到我的帳篷，看著我要我趕快起來。他說有工作進來，叫我別再繼續混，大家今天都要忙一整天。瞬間，我開始動起歪腦筋。我用今天得去一趟出版社來搪塞他，沒想到超級爺爺竟露出殖民時期日本巡警打量可疑人士的表情，瞇著眼看了我一會兒，又斥責說年輕人應該早點起床做事，隨後便離開帳篷進屋去了。

我實在太好奇他究竟要幹麼，只好從帳篷裡爬出來。探頭往屋內一看，發現那三個平時我拚老命也叫不動的傢伙，正被超級爺爺逼著從床上爬起來。超級爺爺就像為撲滅蟑螂而出動的清潔公司員工，一點也不留情。

稍後，師父、金部長與三裝童子帶著不甘願的神情，拿著衣服走了出來。超級爺爺告訴他們，每個人的日薪是九萬韓元，要他們趕快跟上腳步，隨後便逕自下樓了。金部長一改不耐煩的神情，回頭望向師父。

「大哥，他說有九萬韓元耶。」

「這老人家眞是的，到底是什麼工作……」

「我要做。」

三裝童子首先往樓梯口走去，跟上超級爺爺的步伐，接著金部長也拉著褲腰跟上去。師父回頭看著我，我騙他說我得去出版社，師父舔了下嘴唇，沒多說什麼便跟上去了。超級爺爺的鞭子與紅蘿蔔大顯神威，蟑螂們乖乖離開了頂樓。

我進到空蕩蕩的房間，整個人倒在床上。好久沒有這樣獨占一張床啦！我忍不住笑了出來，接著發現有個東西抵在我的背上，我伸手一拿，發現是遙控器。

我打開電視，正在播出晨間節目「這個時段的交通情報」，畫面是江邊北路塞車路段的即時監控影像。女記者一身俐落的辦公室套裝，以清新文雅的聲音播報新聞，並對著我露出微笑。她說塞車情況正在緩解，並稍稍彎曲了穿著黑色絲襪的腿。黑絲襪更強調了她的腿長，貼身的裙子則突顯了寬寬的骨盆。開始畫畫之後，本來就會特別關注別人的身材比例，而她的長腿、寬骨盆與性感的上半身（要說得更明確一點，是胸部）讓我印象非常深刻，我的下半身不受控制地激動起來。

仔細想想，我好像已經很久沒自慰了。跟幾個男人擠在一起，就像住在雞舍一樣，實在很難有「那種機會」。這空間又悶又昏暗，根本不會讓人產生任何性慾。

我像在問答節目裡，發現自己知道答案的參賽者一樣興奮，那裡正在喚醒全身的感官。答案就是現在！不知不覺間，女記者走出電視，來到我面前，我脫下短褲跟內褲專注自慰。我閉上雙眼，不斷回想剛才女記者的模樣。電視的聲音干擾我的想像，我趕緊用左手摸到遙控器把聲音關掉，並專注想像。但感覺來得太快了，是要就這樣射精嗎？還是該要忍一忍多摸幾下呢？這種機會可不多啊……我想盡可能享受越久越好。現在家裡一個人也沒有！女記者才脫下襯衫而已，這太過分了啦！但我的右手就像「寄生獸」，變得好像不屬於我，不斷抗拒大腦的命令。呃呃、喔喔、啊啊，好啦，結束後再打一發就好……

「嗯啊啊！」

射精的同時，我也發出了呻吟聲。不知是不是太久沒自慰了，說是「噴射」好像比較合適。我的身體放鬆下來，整個人埋進床鋪裡，大口大口深呼吸。啊，好久沒有享受獨處的快樂了。這可以是「真正不受拘束的自慰」吧？我起身整理了一下，然後往床邊一看，發現那裡恰好有包菸。我開心地抽起了菸，並重新把電視聲音轉大，新聞正在播報「演藝圈快報」單元。電影演員B出現在螢幕上，宣傳最近上映的電影。她還是好美，是我喜歡的類型。不過剛剛自慰完，現在的我可是心如止水。果然，只要射精過後，男人都像坐懷不亂的聖人。我開始覺得很睏，想再打一發的心情澈底消失，睡魔趁機襲擊了我。我一邊想著希望能在夢中再次見到剛才那名女記者，一邊沉沉睡去。

昏睡醒來，已是午餐時間。

一睡飽，我便開始好奇他們的行蹤。到底是什麼工作，日薪竟然有九萬韓元？我突然覺得，我也應該要跟去才對。不對，擇日不如撞日，既然都拿出版社當藉口了，不如就跟出版社聯絡一下。

送出原稿已經過了兩個星期，出版社卻沒有任何消息。我怕他們會叫我重畫，實在不敢主動聯絡。可是我還是得問尾款何時會入帳、會不會有新的案子。對，今天我一定要打電話給出版社。然後我要躺在床上看電視，耍廢耍到那群蟑螂回來爲止。這可是屬於我的和平，睽違好幾個月的獨處啊。

我喝了口水，拿著手機躺回床上，撥電話給出版社。小聰明很快接起電話。他用一副理所當然的口吻，告訴我稿子正在編輯中。我問他有沒有什麼問題，他說：「要是有問題我就會跟你聯絡了。」講得非常理所當然，眞是個凡事都理所當然的人啊。我問他稿費的事，他說要等書出版後才能給我，我接著問他預計何時出版，他回說大概要等一個月左右。我不自覺嘆了口氣，電話那頭陷入短暫的沉默。過了一會兒，他才接著說現在還有一份稿子要畫，問我有沒有興趣。我對此表達極大的興趣，接著小聰明就說他下星期要截稿，最近很忙，要我下星期一到公司去找他。聽完，我雖然在心裡放煙火，但還是盡量壓抑情緒，以冷靜、平穩又理所當然的態度回應他。對啦，這種卑微就是乙方面對甲方時應有的姿態。我掛上電話，覺得自己好像有點了不起。

帳戶裡大概還剩十萬韓元，要撐過一個月會有點辛苦，但我還有今天去賺錢的室友啊。對啊，暫時就跟在他們身邊討口飯吃吧。這段時間我幫了他們不少，現在反過來讓他們幫幫我也不錯，我把這個策略命名爲「寄生蟲策略」。話說回來，他們是蟑螂，而我是寄生蟲，一群臭男人住在一起，就是這樣吧？既然這是個充斥蟑螂、寄生蟲、螞蟻、蟋蟀、灶馬的空間，那我不如當隻卡夫卡小說裡出現的蟲怎麼樣？就讓我化身格雷戈爾·薩姆沙*。如果師父在場，肯定會拿薩姆沙的諧音來開玩笑，要我「快睡，夢裡什麼都有」。睡吧。我想變成蜻蜓#似乎也不錯，Dragon Fly是蜻蜓，Butterfly是蝴蝶，只有Fly就是蒼蠅。而現在正在干擾我的，則是叫做Mosquito的蚊子。我像在饒舌，喃喃自語地唸著各種昆蟲的英文……再次進入夢鄉。

某人響亮的聲音將我吵醒，我睜眼才發現，天不知何時已經黑了。

久違地獨占整張床睡了一覺，讓我睡得很沉。跟早上一樣的大嗓門把我吵醒，我微微撐起上半身，看見裸著上半身、挺著一顆啤酒肚的金部長，正一邊抓著背一邊要我趕快起來。有人在浴室裡沖澡。既然是金部長在外頭等，裡頭的應該是師父。三裝童子要沖澡應該會回自己的考試院房間吧？看來大家今天是做了一天苦力，才會一回來就立刻洗澡。但為什麼要把我叫醒？見我有意重新躺回床上，金部長見狀又大喊：

「趕快起來啦，大哥要請客。」

我立刻從床上彈起來。請客？這還眞是稀奇。

我們一起從望遠站的十字路口出發，往合井洞方向沿著上坡走了一段路，然後彎進

---

*卡夫卡短篇小說〈變形記〉的主角。

#在韓文中，「蜻蜓」與會聯想到睡覺的「床鋪」同音。

一條巷子。由於這附近有不少公司行號，所以這一帶開了許多空間不大卻相當美味的餐廳，算是一條美食街。師父領在前頭，一路不停左右張望，讓我們有點擔心。畢竟師父不是很擅長認路的人，而且不知道是不是因爲今天做了一整天苦力，他的步伐看起來有些不穩。我問說，到廢棄物處理場做物品分類，是會讓人累到雙腳發抖的事嗎？金部長瞬間化身當過兵的老鳥，說沒做過的人不會懂。我想改問三裝童子，但他一定會裝模作樣地說很累，我決定跳過他。總之，瘦巴巴的師父步履蹣跚地走在前頭，最後終於找到他說要請我們吃的那間辣燉鮟鱇魚餐廳。

一走進這間名叫「馬山醜八怪鮟鱇魚」的餐廳，立即有一名風度翩翩的中年男子上前來迎接師父。

他跟這名男子說，難得來拜訪一下住在望遠洞的徒弟，就順道來這裡吃頓飯。什麼難得……他都把戶籍遷到望遠洞了耶！

這位老闆似乎是師父的後輩，師父似乎也想要留點面子，我們便順著他的意，靜靜入座，沒揭穿他的謊言。這間店約有二十坪，店內擺了八張桌子，布置得相當雅緻。店內除了我們之外，只有一桌似乎早早開吃，已進入微醺狀態的三位大叔。餐廳老闆是師父在劇場界的後輩，風度翩翩且神似演員盧宙鉉，過去肯定都是分到比師父更好的角色。

老闆娘將裝著辣燉鮟鱇魚的鍋子端到師父面前，師父說：

「這傢伙就是好命結對了婚，剛好老婆是馬山人，辣燉鮟鱇魚什麼的，沒有一道料理難得倒她。」

「哎呀，大哥，論好命，我還比不上你呢。對了，大嫂的美容室生意好嗎？」

瞬間，所有人都閉上了嘴。老闆對這情況感到有些疑惑，金部長趕緊舉杯邀大家乾杯轉移話題。師父靜靜喝光杯裡的燒酒，並轉頭看向老闆。

「生意好極囉，她都沒時間幫我剪頭髮。」

接著，師父撥了撥他那頭茂密的長髮，我注意到白髮與黑髮的比例，恰好是四比六。很不會察言觀色的老闆則接著說，大嫂竟然連染個白頭髮都不願意幫忙，眞是太過分了。師父厚著臉皮繼續接話，我們三個則是尷尬地把杯裡的酒喝完。我突然有點好奇，師父什麼時候才能剪頭髮？唯一能確定的是，一定要離開我家才有機會。

不知不覺間，桌子一角已經排滿了超過十個燒酒空瓶。包括老闆在內，我們四人都喝醉了。師父跟老闆在當舞台劇演員時，每天都一起喝酒喝到爛醉才肯分開。他們無止盡的話當年，簡直像在演一齣無聊的雙人舞台劇。

時間已超過晚上十一點，電視連續劇似乎也結束了，我感覺老闆娘一直站在廚房那裡瞪我們。金部長早已開始跟餐廳老闆稱兄道弟，你來我往地喝著酒。師父則透過老闆拿到其他人的聯絡方式，當場撥電話給另一位舞台劇後輩，吵著要他立刻過來這裡聚一聚。老實說，換做是我，肯定不會來。三裝童子這傢伙明明很會喝，但不知道是不是因爲今天付出太多勞力，居然已經醉了。他滿臉通紅地一直問我：「哥，眞的好開心見到你，你應該也很開心能見到我吧？眞的吧？」

你發酒瘋我就不開心啦，臭小子。

最後，老闆娘丟下一句她要先回家之後，怒瞪了老闆一眼便匆匆離開。這似乎讓老闆更開心，只見他立刻起身大喊，說接下來喝的酒都算他的！我有些開心又不是那麼開心。我有點醉，聚會卻還沒有要結束的意思。金部長拚命吹捧，說餐廳老闆很有膽識。師父則補上一句，說如果不想像他一樣被晚年離婚，那還是要小心點。老闆豪爽地大笑，並用力握緊了拳頭。

「前輩，我那裡很厲害啦。就算老婆生氣了，還是能靠那裡拿到一些分數。」

「……你還會跟老婆做喔？」

「咳，前輩，你硬不起來了吧？」老闆做了做手勢，捉弄起師父。

「就算硬也不是對老婆硬啊。」

「前輩，你也知道，我年輕的時候啊，只要是我想要的女人，都能手到擒來。但現在啊，還能有個老婆就讓我很感激了。」

「肯定是感激不盡吧。」

「大哥，第一次見面的時候，我不是有給你加拿大帶回來的威而鋼嗎？你用了嗎？」

金部長看準時機插嘴，他的話卻讓師父整張臉垮了下來。

「你怎麼又來了？我哪知道什麼威而鋼還萎而康啊？我剛好貧血，以為那是維他命，早就吃掉了啦。」

「咦？金部長，你有威而鋼喔？」

「大哥，別叫我金部長啦，就叫我昌景吧。你需要威而鋼嗎？」

「用了也沒損失啊，拿來吧。」

「臭小子，你不是說很能硬嗎？剛剛一定是在騙人吧？嘿嘿。」

師父拿起一塊馬鈴薯塞進老闆嘴裡，老闆發現自己的謊言被揭穿，不高興地皺起眉頭，而我跟三裝童子則笑了出來。果然，一群男人在一起，不管性事順不順利都會一定會被恥笑。

「前輩，有了那個東西，我就會更厲害、更被愛啊，不是因為不行才要用啦。總之，金部長，不對，昌景啊，下次你拿過來，我再請你喝酒，好嗎？」

「我當然好囉，你要好好招待我喔。威而鋼這東西可厲害了，韓國那些假貨都比不上它。我在加拿大時，可是靠這個讓老婆幫我加了不少分。幹，但後來又因為不會賺錢被她瞧不起啦。」

金部長突然一把抓住老闆，一副立刻要放聲大哭的模樣。老闆安慰他，說他看起來還很年輕，不需要這麼沮喪。老闆開始鼓勵金部長繼續找個方向來努力，兩人之間的話題瞬間從淫亂下流變成人生諮詢。

師父搖了搖頭，看著我跟三裝童子，並以下巴暗示我們跟著他離開。太好了，我正覺得無聊呢！於是，我們兩人便跟著師父走出餐廳。

「你付錢了嗎？」

「沒有。」

「呃，那怎麼辦？」

「剛才吃的那些讓金部長付，剩下的酒錢我那個後輩說要請啊。」

師父露出奸詐的笑容，而我則立刻聯想到金部長明天會有多氣。

師父要計程車開到大學路駱山花園後面的巷子裡。那裡的路很難走，但因爲師父渾身酒氣，司機放棄跟他爭論，只能不甘願地將車開進蜿蜒曲折的巷弄。

最後，車子停在一棟大樓前，「頑皮女孩」的粉紅色招牌掛在大樓外牆上閃耀著光芒。師父下了車，豪邁地往位在二樓的「頑皮女孩」走去。這該不會是類似比基尼酒吧那種色色的地方吧？我懷抱著壓力而不是期待，跟在師父後頭走上樓梯。跟女友分手後，我連跟女生肢體接觸的機會都沒有。這三年來，我過得就像清心寡慾的修道僧！就這樣，我帶著隨心跳起伏的思緒，踏進了「頑皮女孩」。

在亮紅色燈光照耀之下，酒精與香水的氣味在微微悶熱的空氣中擴散。陳列著洋酒的吧檯前，是一排長長的座位，一旁有四張排成一列的長桌。吧台有兩組客人，長桌有一組客人，每個人身邊都貼著一名穿著辦公室套裝的女子。一看見辦公室套裝，就讓我想起早上那名女記者，突然有些難爲情。師父一屁股坐上門邊的吧台椅，並回頭看著我。我也跟著坐到師父身旁的椅子上，探頭看了看內部裝潢。成爲漫畫家後，我開始養成無論去哪，都會觀察一下背景環境的習慣。頑皮女孩，雖然從店名看不太出來裡面實際上是怎樣的一間店，但應該是讓女調酒師穿著辦公室套裝，陪客人聊天的地方。師父又跟這個地方有什麼淵源呢？

「大哥，我不是叫你不要喝醉了才來嗎？」

回頭一看，一名看似是老闆娘，年紀約四十出頭的女子來到師父面前。她一張脂粉未施的臉孔，讓我聯想到某位以素顏爲傲的個性派女演員。我突然有幾個想法：第一，師父剛剛跟劇場界的後輩，也就是辣燉鮟鱇魚餐廳的老闆碰了面。第二，這裡是小劇場林立的大學路。第三，她用男性化的口吻叫師父「大哥」，這女人肯定是師父的劇場界後輩。

「妳走開啦，叫其他妹妹過來，再把我放在這的酒也拿來。」

「你寄放的酒都被我喝掉了。」

「什麼？妳是這樣做生意的嗎？」

「我怕放到壞了，不行喔？」

「那妳就拿其他快要壞掉的酒來吧。」

老闆娘吐了吐舌頭，隨後便轉身離開。我問師父，他跟老闆娘是什麼關係，師父只說是對方是他一個熟人。一個熟人啊……這說不定是最簡單，也是最舒服的關係。熟識的女人、熟識的哥哥、熟識的姐姐、熟識的朋友、熟識的人，從這些稱呼之中找出最大公約數，最後得出的結論就是「一個熟人」。可是我的推理很完美，我相信他一定是在搪塞我。我以名偵探找出犯人的銳利眼神望向師父，才發現，他不知何時已經頭靠在吧台上閉起眼睛了。就在我開始後悔，不該隨便跟他來這種地方時……

「老師。」

在我思考要不要叫醒師父時，一名女性的低沉嗓音傳來。對方留著一頭與那低沉嗓音十分相襯的短髮，令我聯想到戲劇中的美少年。比起漂亮兩個字，我認爲帥氣更適合用來形容她的外表。她端著還剩半瓶的龍舌蘭酒、杯子、冰塊、檸檬與鹽巴過來放在吧台上，並對我做出希望我幫忙的表情。

我試著叫醒師父，搖了他肩膀兩、三下，師父才終於醒過來，並撐起上半身看著眼前的女子。

「老師，您還記得我嗎？」

哎呀，這老頭子，都來到這種地方了，居然還要女服務生稱他爲「老師」……

「嗯……珠賢啊，妳怎麼在這？」

「哎呀，老師，你怎麼又叫我珠賢？我叫珠妍啦，珠妍。」

「好啦，珠妍是主演，我是助演。」

又是諧音笑話，女子露出厭惡的神情，我也同樣用表情表達我的不耐。

「我來眞華姐這裡工作有段時間了。之前你來過一次，那時也問過一樣的話喔，嘿嘿。」

她的笑聽起來非常可愛，卻與低沉的嗓音有些不搭，實在非常有趣。她來了之後，我便像沉浸在廣播裡，聽著主持人朗讀來信的聽眾，豎起耳朵認眞聆聽她與師父的對話。她說最近這六個月內，師父總共來過三次，每一次都是在喝醉的狀態下進來，而且看到她都會非常開心。喝個幾杯之後，師父便會丟下同行的夥伴獨自離開。師父說過去事情他早就已經忘了，根本不需要再多提。接著又繼續跳針，說很高興看到珠妍，並問她工作會不會很辛苦。珠妍似乎也回答得有些煩了，便看了我一眼問說：

「這位是誰啊？在跟老師一起來過的人當中，他是最年輕的一個。」

跟師父到處跑的唯一優點，就是我單身而且年輕！

「嗯，他跟妳一樣，也是我的弟子。」

傻眼，「他跟妳一樣」是什麼意思？我緊張兮兮地望向珠妍，而她也剛好看向我，我們面面相覷。有那麼一瞬間，我們都感受到對方的尷尬，接著她便開口：

「那你是漫畫家嗎？」

「……對，那妳也是……？」

「我只是想成爲漫畫家而已啦。我以前上過老師的編劇課。」

「原、原來如此，那妳怎麼會在這……我的意思不是說這裡很奇怪。只是很好奇，如果只是上過課的話，怎麼會一直跟老師保持聯絡呢？也是因爲一直有聯絡，才會再在這裡碰到面吧？對……對吧？」

好可怕。跟漂亮女生講話，我就開始胡說八道了。

她專心聽我說完後便微微低下頭，露出一個微笑，並將杯子推到我面前。我實在無法分辨，那個微笑只是單純的笑，還是有些挖苦的笑。

「四年前我上過老師的課。這段時間一直沒有跟老師聯絡，我們是在這裡偶然碰到面的。不過，要說是偶然也有點牽強……話說回來，你想怎麼喝？」

她拿起龍舌蘭酒瓶問我，我說不稀釋直接喝。這時，師父也高喊說要不稀釋直接喝。她則回了師父一句「你本來就是什麼酒都不稀釋直接喝」，並幫師父倒了滿滿一杯，接著替我也倒一杯。滿臉通紅的我，不知是不是因爲覺得剛才那番話無倫次有些丟臉，爲了掩飾尷尬，便一口氣把整杯未經稀釋的龍舌蘭乾了。師父看著我微微笑了笑，動手拿了一小片檸檬角，用嘴巴啃了一下，隨後一口氣將龍舌蘭喝光，並立刻捏起一撮鹽巴往嘴裡丟。喝完之後，他用「臭小子，龍舌蘭要這樣喝啦」的表情看著我笑，實在有夠討厭。

這名叫珠妍的女子，再度替我跟師父各倒了一杯酒。

「你這是墨西哥式的喝法呢。」

「什麼？」

「聽說美國大學生會爲了耍帥，先咬一口檸檬，然後再沾點鹽巴配著龍舌蘭喝。可是在原產地墨西哥，通常都是直接喝酒。」

「眞的嗎？哈哈。」

「什麼啊？珠妍，妳的意思是說，我是個不懂事的美國大學生囉？」

「老師你啊，應該是美國的教授，嘿嘿。」

「哎呀，妳也太會說話了吧？」

「可能就是因爲這樣，我才有辦法在這裡撐一年吧。」

「我都不知道妳在這工作，那女人會不會對妳很無情？」

「眞華姐對我很好，我跟她的關係，說不定比跟你還好呢。」

「是嗎？那眞是太好了。妳們能這樣一起好好做事……我算是功德一件吧？」

「當然囉。」

師父又乾杯了。不知道是不是因爲我看起來有些坐立難安，只見她回過頭來對我露出一個微笑，試圖緩和我的緊張。雖然分不出那只是工作用的笑容，還是用來表達好感的笑容，總之，那微笑很自然地感染了我。

「你是漫畫家的話，那有過什麼作品嗎？……會是我也知道的作品嗎？」

「我的出道作品是在雜誌上連載，不算出名的作品。現在……我在畫知識類漫畫，是以小朋友爲對象的……」

「啊，我喜歡知識類漫畫，都會拿外甥的來看耶。」

「妳喜歡啊？眞是太好了。」

哎呀，沒想到畫知識類漫畫竟然是件這麼開心的事！

「以後帶你畫的知識類漫畫來給我看，我免費請你喝啤酒。」

「眞的嗎？」

「眞的，一本換一瓶。」

「哈哈，謝謝。」

她以笑容代替回答。師父伸長了脖子看著我們。

「你們現是在談戀愛喔？」師父露出狡猾的笑容。

我不知道該說什麼，只是瞪了師父一眼，她卻一點也不在乎，反倒替師父再度斟了杯酒。

「什麼談戀愛啊？只是拉客人而已嘛。來，兩位快把酒喝了吧！」

說完，她又對著我露出笑容。那一刻，我決定相信那絕對不是營業用的笑容。

不管怎樣，既然天氣變涼了

醒來後才發現，我躺在帳篷裡，沐浴在頂樓溫暖的陽光下。身旁的師父一腳跨在我的腳上，睡得非常沉。我把師父的腳推開並坐起身，注意到三裝童子似乎人在廚房裡。似乎是感覺到我的動靜，他探出頭來問我要不要吃泡麵。我問他什麼時候來的，他說昨晚就在這了。這個臭小子居然笑著說，他的歸巢本能現在會主動帶他來這了，接著他問起我昨天怎麼醉成那樣，我說是因爲我連他那一份的龍舌蘭都一起喝了。

據三裝童子說，昨晚金部長沒有回來。看來金部長的歸巢本能退化了，眞想給他吃點拯救歸巢本能的威而鋼。我一頭倒在空蕩蕩的床鋪上，三裝童子再次問我要不要吃泡麵，我叫他連師父的份一起煮，並開始回想昨天的事。

我唯一能想起來的，只有那個叫珠妍的

女生滿是笑意的眉眼。只要遇到有好感的女生，我一定會喝到斷片。這是因爲我總是緊張到沒法多說話，轉而拚命喝酒的關係嗎？這個習慣眞是糟糕。等師父醒來，我得跟師父好好打聽她的事。可是師父會記得昨晚的事嗎？

等到特地煮給他吃的那一碗麵都泡爛了，師父才終於爬起來坐到餐桌前。他說，他就是喜歡這種泡得很爛，像是老人中心特別做給老人吃的泡麵。他夾起已經粗得像是烏龍麵一樣的泡麵，吃得津津有味，彷彿眞是置身老人中心。

我問起昨天的事，師父的回答不出我所料，要我別刻意去想已經過去的事，還要我別破壞他平靜的早晨。什麼早晨啊，現在都已經超過中午十二點了！我自己的生活雖然好不到哪去，但師父面臨晚年離婚，還是很令人擔心。而三裝童子這傢伙，長輩在這邊吃飯，他居然自己一個人跑去床上躺了，這種無論發生什麼事都一副天下太平的態度，也實在有點讓人擔心。他明明是在準備公務員考試，卻完全沒有回考試院去讀書的意思，他是不是以爲把背包跟書放在考試院，它們就會自動替他讀書？我接著想到金部長，又是一連串的擔心。這三個令人擔心的傢伙，連成一個三角形刺痛我的腦門。噹噹噹！現在可不是擔心別人的時候，我都自身難保了。這幾個傢伙不知從什麼時候開始，像我的四肢一樣，整天跟我黏在一起形影不離。不知道有沒有什麼方法能甩開他們？如果想把他們趕出去，那我可眞的得狠下心來才行。唉，現在我能做的也只有嘆氣。

就在這時，我聽見有人爬上樓梯的聲音。這麼沉重的腳步聲，想必是金部長了吧？

下一秒，金部長頂著一張浮腫的臉，挺著胖嘟嘟的肚子走了進來。

「你們現在是在醒酒嗎？」

「你吃飯了嗎？」

「我當然是煮了個黃豆芽醒酒湯喝了啊。」

「是尙順煮給你吃的嗎？」

師父一臉很想吃黃豆芽醒酒湯的樣子。

「不是，昨天我跟尙順哥在他餐廳裡喝著喝著，就兩個人一起醉倒了。早上醒來發現廚房裡有很多黃豆芽，所以我就親自動手煮了一點醒酒湯，跟尙順哥兩個人分著喝。」

「哇，是金部長的招牌黃豆芽醒酒湯耶！」

師父似乎瞬間對泡麵失去興趣，一把將面前的泡麵推開。

「老闆也說好吃嗎？」我好奇地問。

「當然囉，他還叫我趕快去開店呢。」

「尙順這傢伙……眞是很愛多管閒事耶！管好他自己的店啦！」

「總之，多虧了大哥，我認識了尙順哥這樣的好人，我已經把他納入我的人脈資料庫了。對了，昨天爲什麼大家都先走了？」

「不知道，不記得了。」

「我也不記得了。」

「你們眞的是……是丟下我去了什麼好地方嗎？」
「好了啦，你趕快去幫我們煮醒酒湯啦。」
「你現在不是在吃泡麵醒酒了嗎？」
「這麵都泡爛了，有夠難吃，哪有辦法解酒？我想吃你煮的醒酒湯啦。」
「尙順哥的餐廳應該還有剩。」
「去到那裡都幾點了？不然你去幫我外帶回來啊。」
「大哥，你怎麼一大早就在無理取鬧啊？」
不理會一碰面就鬥嘴的師父跟金部長，我進到房間裡，在三裝童子身旁躺下。這傢伙不知何時已經睡死，開始鼾聲大作。我躺在他身旁，聽著外頭兩人爲了醒酒湯吵得不可開交。金部長的黃豆芽醒酒湯，竟然能擄獲餐廳老闆的胃，眞的讓我非常驚訝。接著我突然想到，既然那間辣燉鮟鱇魚餐廳是晚上才營業，那白天是不是能在那賣醒酒湯？
我趕緊從床上爬起來，跑到兩個持續在鬥嘴的男人面前，他們好奇地看著我。
「就在那裡賣醒酒湯吧。」
聽完我說的話，他們都靜了下來，歪著頭思考我說的話。
「反正辣燉鮟鱇魚清晨跟白天都不賣嘛，部長你就趁這段時間賣醒酒湯啊。」
「這件事沒有你想得那麼簡單耶，要在同一個地址登記兩間店，還得要先去跟房東商量……」

「遇到問題，我們可以想辦法解決啊。人生就是不停解決問題，這不是部長你說的嗎？師父可以去說服老闆啊。」

「我沒辦法說服他。」

「眞是的，你不是說他對你言聽計從嗎？」

「尙順可能還行啦，問題是這間店眞正的老闆是他老婆。」

「不是啊，又沒人要他們免費出借。反正都是要付租金，如果有人能分租，他們也能多賺一點錢，那不是很好嗎？我看他們生意也不太好，如果我是老闆娘，肯定會答應。」

金部長似乎被我說動，接著便轉頭面向師父。

「大哥，這話有道理耶。」

「我不知道啦，你們自己看著辦。」

「欸，你眞的要這麼不配合嗎？我已經讓你在我家舒舒服服住上一個月了耶。」

師父不敢置信地瞪大了眼看我，似乎是在責怪我說了不該說的話。但我不甘示弱，再度問師父，之前講好的電費要怎麼辦？師父沉默不語，金部長則往師父那靠了一步。

「要不要去跟尙順哥提提看？」

師父假裝沒聽見，逕自轉頭走進臥房，把躺在床上正呼呼大睡的三裝童子推往一邊，一頭倒在床上。我剛才說的那句話，似乎傷到了他的心，我心裡覺得很不好意思，又不想低頭。

「部長，我們去跟餐廳老闆碰面吧。哼！師父眞是不要臉。」

沒想到我話才說完，師父竟起身衝了出來：

「臭小子，你說什麼不要臉？你怎麼能這樣跟師父說話？」

瞬間，屋內一陣靜默。三裝童子不知何時已經醒來，正坐在床上，睜著一雙滿是血絲的眼看著我們。我站在原地，刻意避開師父的視線，金部長的嘴唇開開合合，似乎是想說點什麼又說不出口。

「我也一起去就是了嘛！但就算我幫不上忙，你也不准說閒話喔！」

師父套上人字拖，領在前頭走下樓去。

我露出作戰成功的表情，奸詐地笑著看向金部長，金部長也嘻嘻笑著穿上拖鞋。三裝童子雖不明究理，但還是跟在我們身後走下樓。

「你知道辣燉鮟鱇魚跟黃豆芽醒酒湯的共通點嗎？就是兩道菜都要用很多黃豆芽。你們是不是每天都會剩下一堆黃豆芽要丟？那可以拿來做成醒酒湯，節省成本又能賺錢，多好？」

來到店裡發現，師父意外地積極說服老闆。

「但這又不能賺多少，幹麼這麼麻煩？一起用同一個店面沒有嘴巴上講的那麼簡單啦。」一聽餐廳老闆開口反駁，我趕緊回話。

「老闆，這一帶的巷子裡面啊，清晨真的會有很多合井洞跟望遠洞的上班族到處徘徊。而且這附近有很多出版社，在出版社上班的人，不都很愛喝酒嗎？在清晨跟上午賣醒酒湯，不光是可以小賺一點，還能幫你分擔店面租金。而且金部長也認識很多出版社的人，可以幫忙做宣傳啦。」

聽我這麼一說，老闆便轉頭看向金部長，金部長也睜大眼睛拚命點頭。

「這個嘛……但我還是沒辦法決定，你們也知道，我老婆才是老闆。」

看老闆一直迴避，金部長便偷偷掏出一個白色的藥罐。

「大哥，這是昨天說的那個，加拿大產品。只要有了這個，一定能擄獲嫂子的心啦。」

老闆以極快的速度將藥罐搶了過去，試圖以豪邁的笑聲拖延回答的時間。

「喂，你這臭小子！以前好歹是大名鼎鼎的美男演員，現在居然被家裡的黃臉婆吃得死死的！」

師父也跟著補了一槍，沒想到卻造成反效果，讓老闆氣得罵了起來。

「真是的，那大哥你是好得到哪去了？你不是被大嫂趕出來，到處寄住在後輩家嗎？我昨天都聽昌景講了！」

「什麼？」

師父氣得瞪了金部長一眼，然後又轉頭看向老闆。

老闆不甘示弱地瞪了回去，金部長跟我趕緊出聲勸架。我對師父使了個眼色，金部長則嘗試再次說服老闆……這時，一直呆坐在一旁的三裝童子突然起身。

「大口鮟鱇黃豆芽醒酒湯。」

「咦？」

「你說什麼？」

所有人呆看著三裝童子，他則滿面笑容地說：「餐點名不要只有黃豆芽，也放一點跟鮟鱇魚有關的字眼進去，叫做大口鮟鱇黃豆芽醒酒湯啊。不覺得這樣聽起來很有大口吃飯的感覺嗎？」

三裝童子好像以爲自己是阿基米德，一臉滿足地大喊「我發現了」。沒想到大家開始反駁他。

「大口鮟鱇啊……醒酒湯裡面再加鮟鱇魚，成本應該會很高吧？」

「那只要加一點點就好。」

「也對，只要加大姆指指頭這麼多的鮟鱇魚，湯頭就會完全不一樣。」

大家七嘴八舌發表意見，三裝童子則堅持不管賣什麼，取名都是最重要的。他似乎打從心底認爲，「大口鮟鱇黃豆芽醒酒湯」這個名字無懈可擊。我們七嘴八舌討論起來，老闆不耐煩地皺著眉頭，搖搖頭並拍了幾下手要大家注意。

「不管了，先這樣啦。我會回去跟我老婆商量，你們先回去吧。」

「要積極說服喔，大哥。還有，那東西也要記得用喔。」金部長再次提醒老闆。

我們開門走出餐廳，師父卻往廚房走去。

「好了啦，前輩，你趕快走啦！」

「等等，我是來吃這個的。」

師父開火，加熱那個裝著醒酒湯的鍋子。老闆無奈地嘆了口氣，我們則丟下師父，先返回我位在頂樓的套房。

接下來幾天，三裝童子開始向金部長提出許多店面經營的建議與行銷方案。這次他可不是裝的，在我聽來，也覺得這些計畫很不錯。金部長認爲只要便宜好吃就行得通，拚命無視三裝童子的提議。可是三裝童子認爲，一間店不能只有東西好吃，應該要強調是「醒酒用」的餐點，提議要用「醒酒馬車」當成店名。師父說，這又不是在做布帳馬車路邊攤*，而且是借用別人的店面，何必特別取個新的店名？我則認爲醒酒馬車這個名字不錯，金部長卻回過頭來罵我，說就因爲我老是附和，三裝童子才會一天到晚不懂裝懂。罵完我之後，又數落三裝童子，要他別在那裝懂，還是趕快回去認眞準備公務員

*韓文的路邊攤直譯爲「布帳馬車」。

考試。這麼幾句話，把三裝童子氣得連再見都沒說就離開了。

接下來連續一個星期，三裝童子都沒來找我。

現在電視完全被師父霸占。他最近熱衷看棒球，白天看美國大聯盟，傍晚是日本職棒和韓國職棒輪流看，晚上則看「棒球賽事精華」，甚至凌晨的棒球重播也沒有錯過。他像具躺在床上，毫無生命徵象的木乃伊，只有那隻轉遙控器的手還會動。

昨天，師父回了安山一趟。他沒事先告訴我們，只在我們出門採購時，留下寫有「我走了」的紙條。我們很怕打電話過去他又會回來，所以都沒聯絡他。但對於他爲何突然決定回家，我們也實在感到好奇。

「是因爲他支持的ＬＧ棒球隊沒進季後賽吧？」

「哪可能因爲這種事就決定回家？」

「你沒在關心所以不知道，支持的隊伍一旦被淘汰，棒球就會變得很難看。大哥在這裡除了看棒球之外，還有做什麼嗎？」

「你說的也對。」

總之，兩個人消失了，但他們帶來的冷氣跟電視卻留下了。

現在只剩我跟金部長兩人，原本跟老鼠窩一樣擠的頂樓套房，瞬間有如別墅一樣寬敞。這間小小的頂樓加蓋套房，居然能變得這麼舒適！這裡果眞是我最甜蜜的家了！

就這麼過了四天，就在我開始好奇師父是否安好，還有三裝童子的近況時，金部長接到一通電話，立刻衝進來找我。

「喂，你知道我接到什麼電話嗎？」

「師父嗎？」

「不是啦，你知道的嘛！」

「三裝童子喔？是他來跟你道歉了嗎？」

「他們都離開了，你不是很開心嗎？現在又開始想他們囉？」

「唉唷，不是啦，到底是誰啦？」

見我終於著急起來，愛賣關子的金部長終於說：

「是鮟鱇魚餐廳的尚順哥打來，說大嫂想跟我見一面，要我準備一下。」

哇，事情有轉機了，金部長終於有機會翻身了嗎？

回國三個月來，他每件事都很不順，希望他一定要好好抓住這個機會。如果想把握機會，還是需要師父的支援跟三裝童子的創意！我說需要他們的幫忙，並要金部長聯絡他們，說就快要跟餐廳老闆娘碰面開會，叫他們做一下準備。但金部長想了想，還是把事情推給我，要我去聯絡。可是如果由我主動跟他們聯絡，彷彿是正式向他們發出同居邀請，於是我委婉拒絕。金部長說他自己一個人也會盡力試試，叫我不需要太擔心。哎呀，這位大叔，現在這情況，我有辦法不擔心嗎？看來還是要由我來跟他們聯絡了。老實說，我確實也很想他們。果然啊，人眞的很擅長找藉口自圓其說。我無奈地拿起手機撥電話。

辣燉鮟鱇魚餐廳實際上的經營者是老闆娘，她要師父幫忙擔保金部長的人格。師父似乎也知道自己的用途，沒多說什麼便同意。老闆娘表示，她很滿意金部長提出的經營企畫，但經營餐廳這種事，最看重的還是人的問題。她問金部長打算跟誰合夥，金部長便指向我跟三裝童子，我們則沒想太多便點頭。於是一瞬間，我們成了金部長手下備用的打工仔。最後，老闆娘提出先試做兩個月的條件，同意把店分租給金部長。兩個月後如果沒有顯著的成果，就不能繼續做醒酒湯生意，開店日就訂在本月店租繳納日的隔天。

準確地說，現在只剩半個月可以準備。金部長很豪邁，立刻表示絕對能配合時間做好準備。我知道他一直都很樂觀，但今天似乎有些過頭了。不過我也能理解，畢竟他回到韓國後做了許多嘗試，這個是其中最具可行性的方案。

「你眞的可以幫忙嗎？」

「下下禮拜考試結束以後我就沒事啦。」

「但我沒辦法給你很多錢喔。」

「我也不知道自己能做到什麼時候。」

「好啦，那店名就用你取的『醒酒馬車』吧。」

「菜名也要用『大口鮟鱇黃豆芽醒酒湯』。」

「好啦，就叫『大口鮟鱇』。」

金部長跟三裝童子一拍即合。這兩人一開始是大胃王比賽的競爭對手，平時的相處，也像湯姆貓與傑利鼠那樣總是吵吵鬧鬧，沒想到最後竟然會變成雇主與員工，要朝著同一個目標努力。三裝童子一如既往的單純，只因爲店名是他取的就很開心。而金部長也十分投入餐廳的規畫，彷彿開一間醒酒湯店，就是他尋覓已久的天職。我應該開心嗎？雖然還是覺得有些不踏實，但我的確很開心。

相較於他們，我跟師父就顯得有些尷尬。師父從安山回來之後，話變少了。我有很多事情想問，但我不喜歡他那麼任性，所以不想先低頭。雖然他是我的師父，但既然我們現在是室友，就應該要互相幫忙才對。

回到我家，師父什麼都不做。我說的不是打掃洗衣這類事，而是他又變成那具握著遙控器的木乃伊，成天只會躺在床上看棒球。我們舉杯約定一起創作好漫畫的決心、搭著彼此的肩膀在弘大鬧街徘徊，一邊唱著金光石歌曲的回憶，如今都變得模糊。師父是我的老師、是前輩、是朋友、是同事，同時也像哥哥。但現在的他，卻是個渾身散發強烈憂鬱感的落魄中年人。我怕他的無力傳染給我，也開始厭惡起這樣的他。

隔天晚上，金部長跟三裝童子做出第一碗醒酒湯，並邀請我們試吃。不知是黃豆芽的問題，還是鮟鱇魚的問題，味道有點腥，但鮟鱇魚湯頭與黃豆芽湯飯的組合並不差。

金部長稱讚三裝童子，說他似乎很有做菜的天分，三裝童子則表現出一副跟他八竿子打不著邊的謙虛。而師父喝了幾口湯之後，便去冰箱拿了瓶燒酒出來。他這幾天都不吃飯只喝酒，意志非常消沉，讓我們都很擔心。只見師父拿了個馬克杯，替自己倒了滿滿一杯的燒酒，一口乾了之後，便接著舀起一塊鮟鱇魚來吃。

「沒有能配鮟鱇魚的芥末跟醬油耶。」

「對耶，店裡也會需要這個。」

「大哥，這不是下酒菜，是醒酒湯耶……」

「臭小子，你是第一天喝酒喔？醒酒湯就是要配酒啊，你不知道嗎？」

金部長一下子被嗆得啞口無言，只能不高興地嘟著嘴。我忍不住說道：

「先不說別的，湯飯的味道怎麼樣？」

「不知道啦，煮碗辣一點的來試試看。」

師父不知爲何，不願意正面回答，丟下一句話之後，就老大不高興地起身往廁所走去。金部長皺著眉看了我一眼，三裝童子也試喝了一口，從表情上可以看出，他也對師父的反應十分不滿。

師父從廁所回來後，立即拿起酒杯喝了口酒，接著又拿起湯匙舀了口湯飯。嘴裡的湯飯才咀嚼到一半時，他的動作卻停了下來。他壓抑著情緒，將手上的湯匙放回飯碗裡。原本擱在桌上的雙手，無力地垂下。他抬頭看著我們，哽咽地嘆了口氣。

「我這次回去簽字離婚了。」瞬間，我們只能沉默看著他。

「戶政事務所說我有一個月的考慮時間，但我覺得就是已經結束了⋯⋯」

「大哥⋯⋯有小孩的話，考慮時間是三個月，有三個月的話應該能想辦法⋯⋯」金部長小心翼翼地說。

「師父的兒子不是已經大學了嗎？孩子未成年的話是三個月，但如果孩子已經成年了或沒有小孩，那就是一個月。」

曾經準備過司法考試的三裝童子一刻也不能忍，立刻跳出來炫耀他的法律知識。

我對兩人使了個眼色要他們閉嘴，於是我們再度陷入沉默。

師父欲言又止，最後只是拿起杯子把酒喝光。

金部長拿起酒瓶，往自己面前的空湯碗倒了一點，也跟著喝了一杯。這彷彿是個訊號，我跟三裝童子也分別朝自己的湯碗倒了點酒。三裝童子習慣性地把湯碗舉起來想要乾杯，卻被金部長瞪了一眼。我們本想就這樣各自把酒喝光，沒想到師父竟制止我們。我們抬頭看他，發現他竟舉著杯。

「好啦，乾杯啦，乾杯！」

我們有些遲疑，但還是拿起裝著酒的湯碗，去碰師父高舉在空中的酒杯，然後仰頭一飲而盡。師父又再度陷入沉默，這時我才感覺到，對外總是自嘲被晚年離婚的師父，心裡其實有許多擔憂與悔恨。我連這點都沒看出來，只顧著怪他在這裡待太久，甚至覺得他很惹人厭，眞是太小心眼了，我對自己失望透了。

乾杯後，師父神情不再那麼緊繃，伸手戳了戳三裝童子的肩膀。

「欸，三童，你因爲幫忙店裡的事，跟金部感情變好是很不錯啦，但這樣下去，你的考試會不會完蛋啊？」

只見三裝童子露出開朗的笑容。他總是能樂觀面對這種情況，讓我覺得這時的他看起來有點帥。

「別擔心啦，又不是第一次落榜了，沒事。」

「臭小子，又在那裝了。你別叫什麼三陟還是三裝的，改叫蔚珍*吧！」

聽到師父招牌的冷笑話，我突然放心了。雖然這熟悉的幽默沒讓我笑出來，卻使我感到安心。

「大哥，我心裡眞的很感謝你這次爲我做擔保。」

「臭小子，不要只在心裡感謝啦，要好好做！你今天做出來這東西，只有六十分耶！」師父手指著大口鮟鱇黃豆芽醒酒湯的試作版。

金部長尷尬地拿起湯匙舀了一匙湯。

接著師父看了我一眼，好像是想對我也說點什麼。我突然想到，冷嘲熱諷可是師父的專長。

「你談戀愛談得順利嗎？」

咦？是在說什麼……沒頭沒腦的一句話，不光是我，就連三裝童子跟金部長都摸不著頭緒。

「你那時跟珠妍不是聊得很來嗎？還沒開始約會喔？」

「你在說什麼蠢話啊？我連她的電話號碼都不知道！」

「哇，你這個白癡，人家主動的時候，就要趕快把握機會啊！」師父戳了戳我的腰。

「大哥，你在說什麼？你介紹誰給英俊認識啊？」

「對喔！那天你們兩個跑去色色的地方，肯定是在那邊介紹女人給他吧？對吧？」

我好像偷叫外送來吃當場被抓包一樣，被他們三人圍著質問。看到我驚慌失措的樣子，師父似乎非常開心。他說：

「那天我帶他去後輩在大學路開的酒吧，遇到以前上過我課的學生，那個學生現在在那邊上班。學生跟我的後輩之所以會認識，是因爲我以前曾經在下課後，帶學生去那個

*三陟與蔚珍都是韓國地名，兩地位置接近，但蔚珍面積較大。這裡採諧音趣味，建議與三陟發音相同的「三裝」童子，與其以小地方三陟爲名，不如改以蔚珍爲名。

後輩開的小餐酒館聚餐。她們兩個認識之後就一直有聯絡。我這個後輩後來又開了間酒吧，這個學生就跑去那邊工作了。」

「原來是有這層關係啊。」

「是很色的地方嗎？」

「色個頭啦，就是陪聊天的地方而已啦。」

「漂亮嗎？」

「後輩很醜，學生很美。」

「那英俊哥是看上那個學生囉？」

「對啊，他就是大隻雞晚啼啦。我看他們兩個聊得有夠開心，害我很像是沒人理的糟老頭……」

這三人意氣相投，炮口一致對我，真是夠嗆的。再這樣放任他們說下去，我恐怕就要被說成變態怪叔叔了。我趕緊拿起餐具，連續敲了桌子好幾下，所有人都瞪大了眼看著我。

「我要是眞的有做什麼，當然是不介意你們這樣講。可是我什麼都沒做啊！我甚至不太記得那天的事了耶！師父才是咧，如果你跟那個學生的關係那麼好，那就把她的電話給我嘛。」

「看來你也不是沒意思嘛？」

金部長張著那有如鯊魚般的血盆大口笑了出來。

「哇，哥，你居然也會想跟女生交往喔？」三裝童子不識相地接話。

「吳作，你就是這樣不行啦。過去這十天來，你要是有主動跟我提一下，我肯定會再帶你去。電話號碼這種東西，我立刻就能幫你要來，懂嗎？可是看你這副德性啊，就算現在硬把你們關進旅館房間也沒用啦。瞧你這個樣，誰想跟你談戀愛啦？」

彷彿是要發洩被老婆甩掉的不滿，順道洗刷他不會討女人歡心的汙名，師父開始傳授許多跟女生相處的建議談。金部長跟三裝童子知道師父只是虛張聲勢，卻依然十分樂見我受盡屈辱的模樣。眞是的，氣死人了。就在這時，我腦海中閃過一個念頭。不如乾脆趁這個機會，直接拜託師父撮合我們好了。好，師父說這些話，不就表示他能幫我嗎？我逮到機會，開口說：

「師父，那從現在開始就拜託你了，大力促成我們吧，先告訴我那位小姐的電話號碼吧。」

看著原本傻呼呼承受攻擊的我突然變得積極，旁邊那兩個觀眾突然換上羨慕的神情，而師父則顯得有些爲難。

「太遲了啦！我剛被離婚耶，現在哪有心情去幫你談戀愛？」

「給我電話就好啦，剩下的我會自己看著辦。」

我這樣的反應，讓所有人又大吃一驚。果然，改變思維模式很重要，這下成功讓他們閉嘴了。而我的積極，也讓師父只能老實說，他根本不知道後輩和學生的電話。原本在一旁敲邊鼓說「今天去問就知道了」的金部長，不知是不是考慮到昂貴的酒錢，也改口說等開店那天再去慶祝。至於三裝童子，則要我等他考完試，再請他去那裡喝一杯，但被我鄭重拒絕。

這樣鬧了一輪下來，大家的心情似乎都輕鬆許多。師父喝起從家裡帶來的洋酒，並鼓勵我們，說四人可以好好在這間頂樓加蓋套房裡相處。師父主導整個氣氛，好像他才是這間房子的簽約租客一樣。我不想打壞氣氛，沒多說什麼便接受了他的鼓勵，與大家乾杯。是的，我又得開始過擁擠的生活了，幸好天氣也開始變涼了嘛。

而且，能藉著這樣的機會再度談論起她，也讓我很開心。

中秋節

星期一，我去出版社找小聰明。他正因為我之前畫的《啊，原來如此：應急作物篇》及新叢書企畫忙得焦頭爛額。他一下講電話、一下跟印刷廠的人討論印刷的預算，一下又對女職員下達某些指示。接著他對我示意，請我稍等一下，隨後再度拿起話筒撥了通電話。

我上午十一點來到這，坐在桌子旁看了超過三十分鐘的知識類漫畫，已經開始覺得無聊了。再這樣下去，我該不會得跟他一起吃午餐吧？我可不想跟小聰明兩人單獨吃飯啊，眞希望他能趕快跟我交代一下工作，好讓我能離開這裡。

等他的時候，我觀察了一下，發現艾通思出版的知識類漫畫，大致可分為兒童文學作品改編與教育叢書兩個系列。教育叢書「啊，原來如此」系列，吸收了知名的

「WHY」系列叢書優點，但在主題分類上似乎比較粗糙。雖然出版社為這套書創造了「烏利沃利探險隊」，嘗試勾起小朋友的興趣，但角色設定不夠明確又非常幼稚，成效並不理想。他們還在書裡建立起一個「恐龍的世界」，我覺得這沒什麼新意，而且恐龍的分類應該更細一點才對。想必我負責的這一集，肯定也會默默堆在辦公室裡賣不出去吧。只希望買這些書回去看的小朋友，不會討厭我畫的內容。

相較之下，改編兒童文學作品就比較吸引我。內容是把《第一次騎腳踏車》《去外婆家》《那女孩迷倒了我》之類的兒童故事，以教養漫畫的形式重新詮釋。我甚至覺得，如果是這樣的內容，那我也可以自己寫腳本自己畫。以後有機會，我應該可以試著提案看看。不知是不是因爲我有些年紀了，比起那些有華麗設定的故事，現在的我更喜歡溫暖細膩的題材。有時候甚至覺得，我說不定更擅長畫這類故事。當然，一方面也是有點膚淺地想，既然我沒法把超炫的題材畫得很有趣，那試著畫點平凡的日常似乎也不錯。

終於，小聰明推了推眼鏡朝我走來，只見他看了一眼我正在讀的兒童文學改編作品。

「怎麼樣？」

「跟『啊，原來如此』系列相比，我好像比較喜歡這個。」

「這個系列還剩一個故事，你要畫畫看嗎？」

「那我能先看一下故事嗎?」

雖然我已經在心裡放煙火，但表面上還是十分平靜。

「好，我再把故事寄給你，你讀完再跟我說吧。」

「你說的案子就是這一個嗎?」

「對，你可以離開了。」

我一方面覺得幸好他沒有邀我一起吃飯，一方面又覺得有些空虛。就在這時，我突然想起一件事。於是我問小聰明，能不能給我幾本兒童文學改編作品當參考。提出這個要求，似乎是代表我同意接下這個案子，但我其實眞的只是想拿這些書回家。

小聰明交代他底下的女員工「拿幾本書給吳作家」，然後就對我揮了揮手，回到自己的位置上繼續處理公務。

一名溫柔婉約的女員工，帶我到辦公室一角的書櫃前，親切地告訴我需要什麼書就儘管拿。見我豪邁地挑了十本，她拿出一個厚實的購物袋給我裝。

向她鞠躬道謝後，我離開了辦公室，沒想到這時，小聰明跑來叫住我，問我有沒有L前輩的消息，我說自從前輩搞消失後，就再也沒跟他聯絡了。小聰明聽完，目露凶光地說，如果L前輩聯絡我，那不管他說什麼都絕對不能借錢給他。我說我根本沒錢能借人，小聰明還是提醒我，L前輩現在因爲私人借貸導致經濟出狀況，似乎爲了籌錢已是不擇手段，叫我要多加注意。

離開辦公室，我的心情非常沉重。我一直都沒機會好好感謝介紹我來這間出版社的L前輩。後來，他人間蒸發，我也意外接替了他的工作，怎麼說都應該跟他聯絡一下，聊表感謝才對。

坐在公車上，看著那一整袋書，不知爲何感到非常踏實。雖然還沒收到另一半稿費，我畫的那本書也還沒出版，但已經收到出版社的贈書，也有了下一個案子，感覺自己似乎眞的成了作家。其實眞正令我感到開心的是，我可以把這些書拿去給珠妍。我記得她說很喜歡看知識類漫畫，所以才不管什麼創作參考資料，我要把這些全部拿去給她！有這麼多本，應該就有理由常常去找她了？也應該可以要到電話了。下次就可以把我畫的漫畫拿給她。

回到家一看，大家正在吃午餐。今日菜單依然是大口鮟鱇黃豆芽醒酒湯，只不過是新的試作版。但吃到現在，不管是哪個版本，似乎都吃不出差別了。我喝了兩口湯，丟下一句味道比之前好多了，便跑去躺在床上。

一想到晚上要去大學路的酒吧，我就興奮到什麼事都做不了。每到換季，人們都能清楚感覺到氣溫變化，而此刻，我也清楚感受到自己情緒的溫差變化。我明白，那是對某人產生好感時才會有的感覺。我也感覺得到，自己的內心深處正在產生敏感且細微的改變。由於我對她還不了解，所以更容易產生各種想像。我很自然地想像她陪在我身邊的模樣，好像我們一定會跟彼此在一起。她的個子不矮，但我的身高只比韓國男性平均身高要高一些，她穿上高跟鞋後，身高甚至會超過我。但她長得很可愛，所以就算高一點、肩膀寬一點也沒關係。

開始畫漫畫之後，我培養出屬於自己的美學觀點。我知道當人們深深沉迷於某些事物時，會以「可愛」來形容一切事物的美。「好美」「好漂亮」「好帥」等修辭，最後都會變形成「好可愛」，或是任何能歸類爲「可愛」的形容。至於「可愛」的反義詞不是「不可愛」，而是「裝可愛」。

那天晚上，我帶著出版社送我的漫畫，前往大學路的小巷子去找「可愛」的她。

我好不容易抵達「頑皮女孩」，卻發現大門深鎖。我無處可去，只好坐在較高的階梯上滑手機。沒過多久，我才看見有人走進店裡準備開門。

我又坐了一會兒，才下樓走進已經開燈營業的店裡。一進店內，有個女生上前迎接，但那人不是珠妍，而是前女友敏珠。這是怎麼回事？敏珠怎麼會在這？敏珠也驚訝地看著我。我非常尷尬，像是不小心闖進了女仕澡堂。這到底怎麼回事啊？

我一驚醒，發現天已經黑了，這才意識到剛剛是場夢，而我人還在家裡。有時候我們會很慶幸自己是在做夢，例如夢到類似恐怖片、驚悚片、虐殺片或災難片的場景時。但敏珠出現的這個夢，不屬於上述任何一種。我究竟爲什麼會在這個時刻夢到前女友？雖然我不是心理學家也不是解夢大師，但我還是知道，這或許是暗示我必須澈底放下她，才有辦法接納新的對象。這是一齣藝術片，有一個令人出乎意料的女主角。想到這裡，我變得有點憂鬱，心情十分沉重。我得趕快去見珠妍，轉換一下心情才行。我打起精神，剛剛那場夢就像治頭暈的藥，讓我不再搖擺不定。

我發現房子裡裡外外都沒人。三裝童子應該回考試院去準備即將到來的考試，金部長肯定是在準備醒酒馬車的開店事宜。那師父呢？要不是在樓下跟超級爺爺下棋，就是跑去哪裡找酒喝了吧。是啊，大家想必都在各自度過美麗的夜晚，我也只要好好迎接自己的夜晚，不要再管別人的事，只專注在自己身上就好。我意識到畫知識類漫畫的工作，似乎無法讓我全心投入，面對新對象的這份感情，才眞正勾起了我心中的熱情。此刻，我感覺自己宛如風力發電機，在強風吹拂之下熱情轉動。

有別於稍早的夢，我抵達「頑皮女孩」時，招牌是亮著的。我提著沉甸甸且挺有分量的購物袋來到店門口。我在階梯口停下腳步，深吸了一口氣才踏上去。

可能是因爲時間還早，店裡沒有客人，裡頭也只有兩名服務生。我坐到吧台邊，兩人之中看起來比較年輕的那位來跟我打招呼。我說我來找珠妍，對方露出一個神祕的微笑，回說：「珠妍嗎？她說她等等會跟老闆娘一起過來。」

我不可能不做任何消費，只是坐著乾等，於是點了杯啤酒。沒過多久，剛才那個女孩便端著啤酒跟配酒的鯷魚乾過來。不知是不是因爲知道我是爲特定目的而來，還是我看起來就是一臉沒錢的窮酸樣，她們兩人都沒再理會我，自顧自地聊起天來。她們先是一起痛罵昨天的奧客，接著抱怨之前去做醫美的皮膚科很差，隨後話鋒一轉，開始批評起老闆娘性格孤僻。不曉得她們是不是以爲我耳聾，聽不見她們說話，這麼肆無忌憚的抱怨，令我莫名感到有些傷心。但一方面我也在想，珠妍既是她們的同事，那會不會也是帶著這樣的牢騷與無奈在工作。我很好奇，她的工作到底有多麼辛苦？

當然，眞實的珠妍與我對她的第一印象，想必是不一樣的。老實說，我根本不了解珠妍，只知道她待我格外親切，還有她學過漫畫相關知識，也很喜歡看漫畫。要是早點意識到自己對她一知半解，那就算會被嘲笑，我也應該多向師父問一些珠妍的事。不對，我要是問了，師父肯定會跟來。所以雖然不夠了解她會產生尷尬，但我還是應該自己一個人來。獨自面對她，讓她知道我對她有興趣，這就是我今天的目標。

我呆坐的一小時，都在想著與她有關的事。這一小時裡，我又多喝了兩瓶啤酒，並一直聽那兩位小姐閒聊。直到由兩名男性組成的第一組客人進到店內後，她們才終於停止聊天。只是換成那兩名中年男性虛張聲勢的談話，接棒攻擊我的耳朵。其中一人的聲音聽起來有點像金部長，讓我想起我的同居人們。我本想傳簡訊問金部長人在哪裡、在幹什麼，才意識到他們也都沒有找我。我可是在家工作的人耶……他們居然都不問我吃晚餐了沒？跑哪去了？我突然有點難過。

我等到累了，跟珠妍有關的事也想得有些累了，便看起自己帶來的知識類漫畫。我一頁一頁看出版社提供我當參考的改編作品，發現作畫品質比我預期的要好很多。翻回封面看一下繪者是誰，竟然是柳日權作家。曾被我們視爲英雄的漫畫家老師，現在居然替這樣一間小出版社畫小作品。難道艾通思其實不小，而是間了不起的出版社嗎？不可能。這顯然是在告訴我，漫畫界的工作眞的很少，就連知名創作者都沒有連載機會。柳日權作家跟師父交情很好，師父知道他在畫這個嗎？我眞想拿這本書回去給師父看，告訴他柳作家現在也在畫這些。好想跟他講這件事，可是講了又如何？我開始覺得對自己的未來感到無力且淒涼，正當我無奈地想喝光剩下的百威啤酒，突然有人從後面跟我搭話。

「你來了啊？」

那沙啞的低沉嗓音，瞬間讓我回想對她的第一印象。我反射性地揚起嘴角並轉過頭，看見她正與老闆娘一同進門，兩手都提著黑色塑膠袋。

「妳還記得我啊？」

「當然囉。你過得好嗎？」

她的回應怎麼會這麼自然？是不是她也一直在等我出現？瞬間，我在腦中編起上百種劇本。

「啊，你是那天跟仁壽哥一起來的人。今天怎麼會來？」

「我有東西要給珠妍，就想說順道來喝杯酒……」

「想喝酒啊？那你來對地方了。對了，仁壽哥沒來嗎？」

「對，只有我一個人來。」

「很好，以後要是想來，你就自己過來吧。」

「好。」

「開玩笑的啦，可以找仁壽哥一起來喝喝洋酒啊，哈哈。」

老闆娘說完便笑了笑，逕自朝廚房走去。

珠妍則依舊站在我面前，微微提起手上的袋子向我示意，然後才跟著老闆娘走進廚房。仔細一看，我發現她眞的很高，那雙穿著黑絲襪的長腿格外搶眼。但我可不能因爲身高這種事就退縮，還是專注在她那帥氣俐落的短髮、迷人到令人暈眩的笑眼吧。加油，吳英俊！她很快就要來找你啦！

我把漫畫書交給她，她的眼睛瞪得更大。彷彿是用黑色染膏染過，瞳孔也顯得無比深邃。爲了不要深陷其中，我努力盯著她的眼皮。她拿起書來，一本一本翻閱，期間連連驚嘆。這不是一般的漫畫，而是給小孩看的知識類漫畫，她竟也能看得這麼開心？這一點，實在跟一般想成爲漫畫家的人不太一樣。我把剛才那本由柳作家畫的書拿給她，還告訴她「這是知名老師畫的作品」。我注意到自己說這句話的語氣無比驕傲，好像那是我的作品。她嚇了一大跳，趕緊翻閱起柳老師的作品。

「我眞的很喜歡他的漫畫耶，你看過《午睡》嗎？」

「那本漫畫幾乎可以說是我的教科書，我臨摹過那本漫畫很多次！」

「哇，你果然是漫畫家耶。對了，你要不要再喝點啤酒？我上次說過吧？你拿漫畫來，我就請你喝酒。」

「這樣會影響你們的業績啦，我自己出錢，再拿一瓶百威來吧。」

「不，我眞的可以請你，但這書要給我。」

「書可以給妳，但妳就別請我了。」

「可是我這個人很固執耶，說出來的話就一定要做到，這可怎麼辦？」

「哈哈，好啦，妳先拿啤酒來吧。」

我們相處起來怎麼會這麼融洽啊？對話也自然到不行，就像事先寫好的劇本一樣。印象中我連畫自己的漫畫，也不曾寫出這麼流暢的台詞。總覺得再多跟她聊幾次，我說不定就能寫出一堆迷人的漫畫台詞。

稍後，她拿了七瓶百威過來。

「你喝了三瓶，再喝七瓶，就能抵十本書了吧？」

我笑著點點頭，對她的堅持舉白旗投降。

「我會陪你一起喝，你就不要推辭了。」

她再一次強調要請我，這樣的好意眞是讓我感到有些惶恐。

我們開了第一罐，替彼此倒了酒，並繼續聊天。

聊天的內容主要都跟漫畫有關。我是十年前，她則是四年前上過師父的課，所以眞要說起來，我是大她六屆的學長。她說她要叫我學長，我則拜託她千萬不要。接著她笑著說：「不然我要叫你哥哥嗎？我比你小，才二十幾……」而我沒有追問她到底是二十幾歲。

我問她爲什麼想當漫畫家，她笑說想畫出一部能紅透半邊天的作品，賺很多錢。接著她問我什麼時候要畫一部人氣火紅的作品，我則以尷尬的笑容代替回答。

我問她這份工作辛不辛苦，她說除了得喝很多酒之外，其他都還好。在這裡能接觸很多有趣的人，待遇也不差，只是偶爾會遇到奧客。她說自己跟店裡另外兩位姊姊不熟，不過有老闆娘當靠山，工作上沒遇到什麼困難。

我說我的靠山就是師父，珠妍有些驚訝，但有點像是裝出來的。她問我師父是不是在漫畫這方面給了我很多協助，我說沒有，珠妍表示她知道師父肯定是幫不上什麼忙。她說，師父雖是位不錯的長輩，但她自己是沒從師父那裡得到過什麼協助，想必我的情況也很類似。哎呀，她的觀察力還眞是敏銳！我舉起酒杯，敬她有一雙慧眼，乾杯！

「聽妳這樣一說，我覺得與其說師父是我的靠山，更應該說他是我的導師。」

「導師聽起來比靠山好。」

「可能是因爲跟他相處久了，我在各方面也漸漸受到他的影響。」

「你們是不是經常碰面啊？」

「他現在住在我家。」

「你家很大嗎？」

我想了一下，把家裡的狀況都告訴她眞的好嗎？而她則是一臉好奇地看著我。

「我住在望遠洞，是一間八坪的頂樓加蓋套房。」

「咦？你們兩個一起住在那嗎？」

「不，我們有三個人。」

「哈哈哈，你是在開玩笑吧？」

「師父跟我睡在房間裡，另外一個前輩，金部長，搭帳篷睡在院子裡。」

我就像在描述北極有北極熊、南極有企鵝一樣自然。看我講得這麼誠懇，珠妍才不再繼續懷疑我，反而對我們這樣的生活模式感到新鮮。

「這樣日子還能過嗎？」

「其實，還有一個住在附近考試院的學弟，他嫌自己的房間很不舒服，一個星期有四天睡在我這。」

「天啊，這値得去投稿《世上竟有這種事》這個節目了啦，你們怎麼有辦法這樣過生活啊？」

不知道她是眞好奇，還是單純感嘆世上竟有這種奇事。總之，我以一副過來人的口吻說道：「哎呀，大家都還是過得很好啦，哈哈。」

「你們眞的好厲害。天氣這麼熱，住在這麼擠的地方，有辦法做事嗎？」

「當然可以。我畫好的書很快就要出版了，到時候我再送妳一本。」
「居然能在這樣的環境下畫漫畫？看來我還要再幫你投稿『生活達人』單元。」
「哈哈，妳講話眞的好幽默。」
「我是眞的會去投稿喔。」
她認眞說完，喝了口啤酒。她喝啤酒的那個暢快神情，就連啤酒廣告模特兒都要自嘆弗如。她對著我笑，是漫畫中的美女才有的迷人笑容。她的行爲舉止就像她給人的印象，十分豪爽。說話直率，不加油添醋，講話還時不時揮動修長纖細的手臂，加入手勢作爲輔助。好啊，隨妳去投稿吧，只要妳想，看是《驚人大會》《動物農場》還是《火星人病毒》，隨便什麼綜藝節目，妳都儘管去投。
七瓶啤酒，我們一下就喝光了。而從剛剛開始，她便不時查看老闆娘的臉色，我則在思考是不是還需要再點酒。我們的對話開始出現尷尬的空白，就在這時，幾名男性進到店內。他們三人都是白襯衫配領帶的西裝打扮，像極了穿制服的高中生。珠妍認出他們，主動起身去打招呼。他們也揮了揮手，好像跟珠妍很熟的樣子。我夾在中間，不知該說什麼才好。珠妍向我使了個眼色，繞過吧台往他們坐的那桌走去。她彎下腰，一一記下他們點單的內容（他們在這邊寄放了約翰走路藍牌、五瓶啤酒跟水果）。
我拿起啤酒罐一飲而盡。好啦，這下酒我都喝完了，我趕緊在她注意到之前把空罐放下。珠妍正從陳列櫃裡，拿出那三名男性寄放的約翰走路藍牌。她沒有閒工夫注意我的狀況，只是忙著準備洋酒及喝洋酒需要的各樣配件。準備好之後，便朝著那一桌走去。我沒再注意她，只是彷彿有誰移植了索莫斯的超強聽力耳朵*給我，他們在聊什麼，我都聽得一清二楚。珠妍替他們倒了酒，肉麻的問候在雙方之間來回。她一口乾了一杯約翰走路，那幾個男的興奮歡呼。他們頂多跟我差一、兩歲，語氣也比另一頭讓人不爽的中年大叔更穩重些，我甚至能聽出他們很喜歡珠妍。我在想，是不是該再點些啤酒，但回頭一看，另外兩位小姐忙著應付中年大叔，我也沒法把叫珠妍過來。在這尷尬的時刻，老闆娘端著水果，先是送來我這裡，然後又送去珠妍那裡，接著便轉身回到我面前。她看著我，露出一個她什麼都明白的笑容。喔喔，有歷練的女人眞是好可怕。

她站在我面前，拿起放在吧台上的知識類漫畫翻了幾頁。

「欸，仁壽哥的後輩。」

「我不是他的後輩，是他的學生。」

「這樣也算是他的後輩啊。要不要再跟我喝一杯啊？但我不喜歡漫畫喔。」

我直接起身，向老闆娘鞠了個躬道別。老闆娘要我跟師父問好，便清理掉吧台上的空啤酒罐。可能是出自於遺憾，我轉頭看了看珠妍，她依然跟那群白領上班族開心地聊著天。我推開酒吧門走到外頭。

下樓梯時，珠妍突然叫住我。我回頭，發現她站在門口，問我怎麼這麼早就要走了。這樣的舉動，也是爲了經營顧客關係嗎？我沒多說什麼，只說下次會再來。

「下次來之前先打電話給我吧，我有時候會休假。」

這麼戲劇性的發展是怎麼回事？

「那如果妳可以給我……電話號碼……」

我像是被一大塊年糕噎到，支支吾吾說不完一整句話。她對著慌亂的我伸出手，這難道就是所謂的救贖之握嗎？我往上走了兩階，並握住她的手。瞬間，她變得有如街頭警戒心極高的流浪貓，一下子甩開我的手。

「幹麼呀？哈哈哈，你沒手機喔？」

這時我才回過神來，趕緊把手機遞給她。她接過我的手機，快速輸入自己的號碼。她將手機遞回給我，經過安靜無聲的兩秒之後，我聽見她手機的震動聲。她從背心口袋裡掏出震動中的iPhone，揮了一下讓我確認她輸入的不是假號碼後，我才終於放心。她轉身離開，這次換我叫住她。

「那個，妳休假的時候都做什麼？」

她露出一個神祕的笑容，回答道：「去學校。」

---

*影集《無敵女金剛》（*Bionic Woman*）的女主角Jaime Sommers，在出意外之後被改造成擁有超能力。

她匆匆回到店內。

她是說去學校嗎？這答案眞是讓人不開心。一方面是因爲如果她還在讀書，就表示她跟我年紀有些差距，另一方面則是因爲她太愛讀書。而這兩件事，都讓我覺得自己離她很遙遠。

隔天，我偷偷拜託師父，要他打電話給老闆娘探聽消息。我要師父先聊一些無關緊要的事，然後再打聽珠妍的情報。一番打聽下來，得知珠妍在讀研究所，而且還是首爾頗爲知名的大學，正在攻讀博士學位。天啊，我只有專科大學畢業，跟她的學歷可說是天壤之別。我們身高沒差很多，沒想到學歷卻差很大。

「那她主修什麼？」

「我沒問耶。」

「那是最重要的耶……總要知道她主修什麼，才能去研究啊。」

「研究所應該沒有主修吧？」

「哪可能啊？」

「呵呵，抱歉啦，我太無知了。你啊，好歹也有大學畢業，但我只是高中畢業。」

「你眞的有畢業嗎？」

「你不要那麼敏銳啦，高中退學，可以了吧？」

「是不是做錯了什麼被退學啊？」

「我是主動退學的，有意見喔？」

聽見我們幼稚的鬥嘴，正在煮湯飯的金部長回頭看著我們笑。金部長是「國字輩」大學（是建國還是東國大學，我搞不清楚）德文系畢業，我們三人之中，就屬他學歷最高。這個高學歷的傢伙，此刻正一臉不屑地看我們兩個爭辯。我只能慶幸，還好跟我上同一所專科大學，畢業後被編入四年制大學，最後「竟然」還在研究所讀到碩士畢業的三裝童子不在現場。

「你們兩個半斤八兩，少在那自相殘殺，趕快來幫我試試湯飯的味道。」

師父跟我皺著眉頭往廚房走去，舀了一口金部長試作第十四版的湯飯來吃，師父甚至還只是稍微拿湯匙沾一點點。其實也不能怪他，畢竟這已經是連著第五天吃醒酒湯了，我們又不是實驗用的天竺鼠……而且老實說，越新的版本越不好吃。我發現，似乎不單是我這麼想，師父也只是擺擺手，沒多說什麼便準備回房。

金部長瞪大了眼睛，應該是想聽聽我的意見。他這麼有熱情，應該做什麼生意都有機會成功，但就是這湯飯眞的不太行。

「沒有什麼想法嗎？多吃幾口看看吧。」

「不，不用再吃了……嗯……」

我開始思考該怎麼解釋自己那句「不用再吃了」。

「該怎麼說，好像有點太甜了。」
「是我放太多洋蔥了嗎？」
「對，好像是這樣，你不覺得又甜又鹹好像不行嗎？」
「看來還是得以鮟鱇魚跟黃豆芽爲主，就清淡一點。」
我豎起大拇指，接著也往房間走去。
我躺在師父旁邊，再次問起珠妍的事。師父說他知道的就只有這麼多，試圖逃避我的問題。我叫他再去問老闆娘，師父則提醒我，要我最好還是小心一點。
「女人啊，雖然很喜歡在背後嚼別人舌根，卻很討厭別人在背後嚼自己舌根。」
唉唷，既然師父這麼了解女人，現在怎麼會在這裡等著正式離婚呢？
師父現在的情況，就像《愛與戰爭》那部戲演的，正處在離婚猶豫期。雖然四星期後還有機會撤回離婚決定，但我看他這個態度，大概是回天乏術了。
「連假大家不回家都在幹麼？」
突如其來的說話聲把我嚇了一跳，仔細一看，是超級爺爺一臉嫌惡地瞪著我們。我躺在床上，反射性點了個頭向他問好，師父則立刻裝睡。超級爺爺迫不及待地嘖了幾聲，隨後開始發起牢騷。
「很快就是中秋了……你們怎麼還待在這裡！」
這時我才意識到，中秋節快到了。我搔了搔頭，從床上坐起。師父依然像在山裡遇見熊一般，整個人動也不動，想要藉裝睡逃過質問。超級爺爺似乎也看穿師父的偽裝，正準備多罵一句……

「老人家，您來試吃看看。」

就在超級爺爺要開口時，金部長端了一整碗湯飯放到他面前。超級爺爺像在觀察不明飛行器，非常仔細地端詳那一碗湯飯。

「這是什麼？」

「我打算開一間醒酒湯店，現在在開發餐廳的菜單，這是用鮟鱇魚湯頭配黃豆芽的夢幻組合。」

金部長的口氣，彷彿是在對投資者簡報。

「你有店面嗎？」

「當然有，我跟這附近的辣燉鮟鱇魚餐廳租了清晨跟早上的時段。」

「湯匙拿來。」

金部長用極快的語速介紹料理，隨後超級爺爺便開始了他的品評。他吃了超過三口，還另外舀了塊鮟鱇魚起來吃。每次看電視播的料理節目，超級爺爺總會痛罵那些進行最終審查的大廚裝模作樣，現在看他這麼認眞，我忍不住笑了出來。

金部長瞪了我一眼，要我別破壞氣氛。只見超級爺爺吸了吸鼻子，把整張臉埋進鍋子裡使勁地聞。從他的每一個動作裡，都能感覺到他的老練。望遠二洞的大小事務，樣樣他都要插手，因此造就了他豐富的人生歷練，想必對美食爺爺也有一番自己的見解。仔細端詳、嗅聞過後，他再吃了一口，隨後抬頭舔了舔嘴，並朝著像兔子一樣瞪著一雙大眼期待評價的金部長說：

「還不錯，應該可以賣。」

「不、不錯吧？果然老人家才是眞正的美食家啦。」

「你少在那廢話。醒酒湯這東西，要喝完酒之後再吃，才有辦法給出正確評價，你還是等我哪天喝了酒，隔天再來煮給我吃吃看。」

「這有什麼問題？只要您喝酒，歡迎隨時吩咐。」

金部長得到鼓舞，開心地向超級爺爺鞠了一個好大的躬，我看他整個人幾乎要對摺起來。瞬間，我聽見師父「噗」的嘲笑聲，回頭一看，師父的表情儼然是在說：「這兩人也太搞笑了。」

超級爺爺下樓前，還叮囑我們中秋節都要回家一趟，更恐嚇我們說如果中秋節還留在這裡，他就要強迫我們大掃除。

沒過多久，師父便從床上爬了起來，過來跟我們坐在一起。

「中秋節有什麼地方能去嗎？」

「大哥，我爸媽都以爲我人還在加拿大。」金部長的語氣十分悲慟。

師父接著轉頭看向我。

「我本來就討厭逢年過節去人擠人返鄉，不覺得這很浪費國家資源嗎？」

「你一年回金泉幾次？」

「反正今年之內，我會回去探望爸媽一次啦，但不是中秋。」

「唉唷，就算不是為了當個孝子，逢年過節也是要回家看一下爸媽啦。有爸媽的傢伙眞是不懂得珍惜耶。」

這句話讓金部長跟我都很生氣。確實在這件事情上，只有父母都已經去世的師父可以大聲說話。但就因爲他沒有父母能探望，所以他對我們說起這些話反而更不留情面。

「年節難道是專門用來孝順父母的日子嗎？大哥你才應該回家，跟家人好好團聚一下吧？」金部長說。

「可是那一家人以後也沒打算要祭拜我啊。」

師父的反駁，可眞是一點說服力也沒有。

最後，到了中秋節當天，我們三人在超級爺爺指揮之下，把頂樓套房跟他家裡裡外外都掃了一遍。師父雖然提前跟回老家過節的三裝童子借了考試院的鑰匙，卻因爲睡得太晚而沒能逃掉。只好在超級爺爺的逼迫下，勉爲其難地去做他以爲這輩子都跟自己無緣的大掃除。看到師父動手打掃，金部長跟我都非常痛快，就算面對累人的大掃除，也還是有好心情，只是超級爺爺今天似乎特別嘮叨。直到後來，我們從小碩那裡聽說了事情的原委才終於釋懷。

「逢年過節，爺爺的中二病就會發作。」

「中二病？那是什麼？」

「就是像讀國中二年級的小鬼一樣，變得很憤世嫉俗啦。不就是……因爲沒有人回來嘛。」

小碩輕描淡寫，那態度實在是老氣橫秋。

超級爺爺有兩個兒子、兩個女兒，小碩的大伯跟爺爺大吵一架之後，斷絕了父子關係。兩個女兒則各自被婆家綁住，已經好久沒回家。至於老么，也就是小碩的爸爸，離家出走已邁入第五年。所以超級爺爺看見師父或金部長這種「離家出走的男人」，怎麼會不氣呢？他平時只在該凶的時候，才會對兩人板起臉，唯獨今天，毫不掩飾自己對他們的嫌惡，甚至大罵他們礙手礙腳，還氣到踢水桶。

幸好師父聽完小碩的話之後，便沒再多說什麼，只是默默承受爺爺的怒氣。我有些好奇，師父能夠這樣耐著性子，究竟是他眞的脾氣好，還是社會歷練使然？或是這些逐漸老去的人，無形之中組成了同病相憐的祕密聯盟？

晚上，頂樓的院子在澈底大掃除後，變得比往常涼爽。我們配著馬格利酒，吃著房東奶奶做的煎肉餅和橡實涼粉。這時，三裝童子意氣風發地走了上來。他一手提著巨大的泡菜桶，另一手則提著裝有年節五大固定小菜的餐盒。見他這番「全副武裝」，我們以熱烈的歡呼聲迎接。

每一次三裝童子來，我們都會有一個人不開心，那個人通常都是金部長。偶爾會是師父，偶爾也會是我。簡言之，無論他何時來訪，都會被我們其中一人當成不速之客。唯有今天，是他頭一次同時受到我們三人歡迎。也許我們歡迎的並不是他，而是他手上加了大量蝦子與魷魚的海鮮煎餅、涼拌蘿蔔絲、辣燉牛乾明太魚、雜菜冬粉、排骨，以及明顯有全羅道風味的新鮮辣白菜。空的馬格利酒瓶越來越多，我們的聲音也越來越大。

小碩聽到騷動而上樓來查看，隨後也加入酒席，吃起這些年節菜餚。他說他是第一次吃這些菜，於是我們決定把排骨讓給他。稍後上樓來的是準備再發一頓脾氣的超級爺爺，但或許是看見小碩開心的樣子，他稍稍有些克制。還是說，他根本是被豐盛的下酒菜吸引？總之，他伸手接過酒杯，找了個位置坐下並邀請我們一起乾杯。

「明年中秋不可以再這樣了，大家都一定要回家跟家人過！」

大家一起喝了一杯，每個人的心情都好多了。散會後，超級爺爺跟小碩一起下樓，三裝童子則把辣燉牛乾明太魚拿給小碩，要他帶下去給奶奶吃。三裝童子這傢伙，意外地很懂事嘛。仔細一想，愛「裝」的個性，也許他不是喜歡虛張聲勢，而是他的保護色也說不定。也許他是想在人前隱藏眞實的自己，以最爲適當的態度與他人互動。有時是他讓別人請客，有時則會像今天，讓我很自豪能有個像他這樣成熟的學弟。

大家你一言我一語，開始稱讚三裝童子比我會做人，個子又比我高。喂，我說，不必非得拿我來比較吧？三裝童子一臉尷尬，指著天空意圖轉移話題。我抬頭一看，發現今天是滿月。

「哇，月亮好圓喔。」

聽我一喊，正在抽菸的師父和金部長也跟著抬頭。

三裝童子靜靜看著滿月。沒有人說什麼看到滿月要許願之類的話，但我相信，大家肯定都將這輪滿月收在心裡，當成是蘊含魔力、能實現願望的珠子一樣，小心翼翼擦拭保存。

期限與那女孩

期限，工作跟生活都需要設定期限。

我之所以會成爲一個遵守期限的漫畫家，是因爲期限能驅使我自動自發把作品畫出來。這聽起來有些矯情，但確實每當截稿日逼近，我總會產生一股莫名的專注力，使我無論如何都會在截稿日前完成原稿。這就像學生時期，我們總會在考試前臨時抱佛腳。考前的專注力，就是來自於這個叫期限的傢伙，那傢伙會想辦法完成一切。

其實，並不是只有創作者需要期限。好比上班族到了一定的年紀需要退休、自營業者會視情況把店收起來不再營業、戀人之間會面臨分手、軍人也會需要退伍。這就是所謂的期限，就像是自己替人生的某一段時間畫下句點。

現在金部長正準備替他的二度就業籌備期畫下句點。租下辣燉鮟鱇魚餐廳空檔時段的他，正以無比的熱情準備開店事宜。

三裝童子斬釘截鐵地說，這次的公務員考試，就是他的最後一次挑戰。無論結果如何，只要考試結束，他就不再是考生。之後要不是當上九級公務員，就是成爲無業遊民。過去的他總是悠閒從容，最近他卻連假裝從容的時間都沒有。看到這個愛裝模作樣的傢伙變得成天焦慮，我實在很不習慣。以往三天兩頭就會看到他，現在卻好幾天不見人影。他沒有往我這裡跑，而是成天窩在考試院備考。顯然，人生某個階段的期限正在逼近他。

如果說期限像是爲人生打一個結，那師父或許是我們之中手腳最俐落的那個。師父正在把婚姻生活做個了結。他的離婚猶豫期，在下下週正式結束。從現在的狀況來看，他有九成九的機率會離婚。師父已下定決心，要把所剩無幾的財產全交給師母。現在讀大學的兒子能自己養活自己，他不需要付贍養費或孩子的教育費，而且師母似乎也已經放棄這件事。就這樣，師父整天不發一語，只是沉溺在棒球比賽中。他的人生似乎已經開始倒數計時，我房間也宛如他的個人病房，我跟金部長則輪流擔任看護。我好幾次想對他大喊：「師父，婚姻的期限又不是人生的期限！」但最後還是決定什麼都不說，畢竟我其實也不懂這兩者之間的差異。

跟他們三人相比，我的人生沒有什麼明確的期限。新的案子（我當然是在接到提案隔天立刻打給小聰明說我願意接）剛剛開始，要扎扎實實地等上三個月才會迎來期限。

我甚至開始覺得，自己是運氣好，人生才沒有什麼特別的起伏。

眞要說起來，我其實很想要爲某些事畫下句點。不知不覺，我這無趣的獨居生活已經邁入第四年。此外，我也在有意無意之下，一直過著單身生活……而現在終於遇見讓我心動的人。我也很快會收到新書簽約金，不會再因爲沒錢約會而無法跟女生出去。如果能跟喜歡的人一起去吃好吃的東西，那應該就會有機會談戀愛吧？

如果情況眞如我所想，那我確實正面臨一個期限。放下矜持，去約她吧！我想，我應該要負起責任，創造我們四人之中最令人心動的期限。

於是，我一廂情願地去參加了朋友的結婚典禮。

今天，是先前找我去維京群島替他管理賭場伺服器的朋友——明晳的結婚典禮。雖然我拒絕了他，但他還是會偶爾打電話找我聊天。後來我們把事情講開，他也沒有放棄，還是經常給我類似的提議，我當然是拒絕，他則每次都以「只要改變心意就聯絡他」作結。上個月他打來時，我還在想要不要乾脆別接電話。因爲如果他又是打來炫耀自己事業多成功，或是拋出什麼要拯救我人生的提議，那我還眞是聽不下去。沒想到一接起電話，明晳就跟我說要辦國中同學會，叫我記得出席。我說我這輩子跟國中同學都不會再有交集，何必去參加什麼同學會。沒想到電話那頭的他竟笑著說：「你得來領我的喜帖。」這個不要命的傢伙，現在居然要結婚了？還說什麼他四個月前，就已經成功東山再起。我問他對象是不是熟識的朋友，他說是新公司的女員工。

「你知道的嘛，我現在只跟自己信得過的人一起工作。」

所以讓員工變老婆，就會從信不過變成信得過？這根本倒因爲果嘛！但總之，把員工變成自己的老婆，確實是比陌生人可信多了，這果眞是他會做的選擇。我一如既往地拒絕參加結婚前舉辦的告別單身派對，要他直接把喜帖傳到我手機。這傢伙似乎早就料到我會拒絕，也沒有繼續說服我，而是要我答應絕對會出席他的結婚典禮。

除了當上漫畫家之後的第一年，後來我一概不出席任何婚喪喜慶活動。還是漫畫家新手的我之所以踴躍參加這類活動，是因爲可以帶著書到處炫耀。但從隔年開始，我便澈底避開所有聚會。因爲只要出席，就會被連串問題轟炸——現在在幹麼？在畫什麼漫畫？有女朋友嗎？書賣得好嗎？怎麼不畫網漫？什麼時候才會紅？可不可以介紹網漫大神姜草給我認識？你的漫畫會改編成電影嗎？偏偏這些問題我沒一個能給出明確的回答。要是我大吐苦水，談論當漫畫家有多辛苦，大家不僅不會安慰我，還會說：

「但至少你還是在做自己想做的事嘛。」

我覺得「整天把夢想掛在嘴邊」的人，其實是他們吧？因爲實在厭倦每次都被大量的問題轟炸，也受不了老要聽他們談論自己沒實現的夢想，我就開始迴避免這類活動，也因此自然而然就跟朋友疏遠了。

此刻，我帶著上戰場的悲壯心情，準備出席明皙的結婚典禮。

我接下來必須面對的，是同學們痛斥我銷聲匿跡、說我偏心只出席明晳的結婚典禮。數落完後，他們會自顧自地說那些事都過去了，決定不跟我計較，然後問起一連串我答不出來的問題，最後再以「能追夢眞好」之類的話作結。我說啊，朋友們，我只是在做自己的工作，不是什麼了不起的事。畫漫畫又不是動物園裡的企鵝餵食秀，也不像到美國太空總署當太空人一樣罕見。這就只是一個賺錢很沒效率的職業，我今天一定要跟大家說清楚這點！

以明晳的個性來看，如果他眞的二度創業成功，那婚禮應該會辦在飯店，沒想到竟然是簡單辦在我這輩子都沒去過的教會。從這一點看來，新娘應該是教友。到場發現新娘那邊的賓客壓倒性的多，也間接證實了我的猜測。

明晳忙著四處寒暄，沒時間搭理我，但還不忘開玩笑，說幸好我有出席，否則他這輩子就不會再跟我見面。我要他孩子周歲宴時別邀請我，那小子竟露出一個淺淺的微笑。好啦，我就是爲了看你的笑容才來的，現在功德圓滿，我可以走了。他沒多說什麼，而是轉過頭去，帶著滿臉笑容跟其他賓客寒暄。看來結婚眞的是件好事，能讓一個人笑容滿面。至於我這個單身漫畫家什麼時候才能結婚呢？一想到這裡，我連笑都笑不出來了。

我坐在男方友人那一邊的座位，男方賓客明顯比女方賓客少很多，也因此大家都坐得比較鬆。典禮很快開始，緊接著新娘入場。跟明晳過往的女友相比，新娘長得並沒有特別出眾，但看起來依然跟天底下所有新娘一樣，既美麗又幸福。明皙仍然笑咪咪的。不知是不是因爲這樣的他太陌生，我總覺得他看起來有點傻。他平時總是一副玩世不恭的態度，比較適合不懷好意的譏諷笑容，這種幸福洋溢的微笑，實在看不太習慣。

這時，有人拍了拍我的肩。回頭一看，發現是國中同學，但我想不起他的名字。同學說好久不見，並對我伸手。仔細一看，才發現他身旁還有其他同學。我跟同學一號握手，接著用眼神向同學二、三、四號示意，接著便趕緊轉向前方，看著投影機投射出來的讚美詩詞。我總覺得後方傳來窸窸窣窣的說話聲，雖然聽不清楚他們在說什麼，但我決定別去管。呼，等等我不要拍合照，也不要留下來吃飯，儀式結束就離開。

該死，新娘朋友人數太多，害我沒辦法混入他們之中拍照，只能被同學一號拉去拍團體照。同學二號威脅我說，我再繼續搞消失，他們就要跟我絕交，於是我被迫來到教堂的餐廳，吃今天專爲婚禮準備的西式自助餐。幸好，可能因爲這裡是教會，所以沒有準備酒，不會因爲喝開了而無法脫身。大家各自拿了看起來不太新鮮的生魚片、壽司、已經冷掉的糖醋肉及雞翅等食物回到桌邊坐下，嘰嘰喳喳聊起天來。當問到我的近況時，我說最近在畫知識類漫畫，他們便沒有接著問下去，眞是太好了。

同學都在聊育兒、股市、即將舉辦的選舉，全是些我不懂或沒興趣的話題。我默默將眼前成堆的飯捲往嘴裡塞。飯捲一直是我心中最棒的食物。小時候喜歡飯捲，是因爲能在郊遊這種快樂的日子享用，現在喜歡飯捲，則是因爲無論到哪都能買到便宜的飯捲果腹。對我來說，這裡眞的是「飯捲天國」*。現在這種煩悶處境裡，要是吃了其他食物，我可能會消化不良。但是飯捲不同，對，飯捲就是我的救贖之一。

就在跟同學繼續這些我沒啥興趣的話題時，明哲帶著老婆進入餐廳。他穿著傳統韓服，就像個普通的新郎，穿梭在每一桌之間寒暄。明明是婚禮的主角，卻不能吃飯，得忙著四處跟人交際，還眞是辛苦。準備結婚的過程，不知道又經歷了多少波折？先是要安排雙方父母見面、找房子、添購家具、準備聘禮、找婚禮司儀、找人來唱祝賀歌曲，還要事先告知朋友、分發喜帖、準備禮品、寄送給新娘家的禮盒、預訂蜜月行程、提前把蜜月期間該做的工作完成……換成是我，眞有辦法完成這每一件事嗎？重要的是，我有錢嗎？更重要的是，我有對象嗎？我連畫出一本屬於自己的漫畫都有問題，眞有能力處理這些事嗎？對一個人的愛超過一定的程度，是不是就能輕鬆處理這些問題？明哲竟能在四個月內處理完這些事，我眞是對他刮目相看。我相信，明哲應該很愛新娘。

「你怎麼還在？」

明哲走到我身旁，語帶挖苦地說。是啊，那個玩世不恭的笑容才是眞正的你。看到你一如既往的微笑，現在我眞的可以走了。

*飯捲天國爲韓國知名的連鎖小吃店名，飯捲爲主要販售品項。

回程的地鐵上，因爲沒座位，我只能站著。雖然剛剛吃飽，我卻覺得雙腿發軟。好久沒參加喜宴，果然相當耗費精力。總之，這件事順利結束了。雖然禮金只包了三萬韓元，卻意外地跟大家拍了合照，還留下來吃了頓飯，更看到我唯一還有聯繫的老同學露出兩次我不曾見過的笑容。

更棒的是，我沒有遭遇同學的提問轟炸，也沒聽他們老調重彈什麼夢想論。隨著身上的肥肉增加，他們的人生也越來越沉重，再也沒有閒工夫問我多餘的問題或聊那些老套話題，眞是太好了。我們活在這個沒有新鮮事的世界，過著沒有新鮮事的人生，我們在忍受這一切的過程中逐漸老去。這樣的人生一度讓我覺得乏味，一點都不需要珍惜。但今天跟老同學見面，聽他們聊聊生活的壓力，反倒讓我慶幸自己的生活是如此平淡無奇。我掏出手機，將這段閃過腦海的話記下來。我突然想傳訊息給珠妍，但我忍住了。雖然已經決定要試著跟她拉近距離，但我還是害怕。每當身邊的人向我靠近一步，我總會不自覺後退一步，我就是這種人。

想跟她聯絡的那顆心，經過幾天的小火慢燉，熱度逐漸提升，最後像一鍋煮沸的牛骨湯，開始不斷翻騰。就在這時，我收到簡訊說新案子的簽約金入帳了，這使我的心情更加澎湃。我立刻穿上我最珍惜的牛仔褲與燈芯絨外套準備出門，天色逐漸轉暗，秋夜緩緩降臨。

直到來到望遠站，走進地鐵六號線的車廂，我才想起她說過，去店裡之前要跟她聯絡。於是，我在下班時間擁擠的地鐵車廂裡，傳了一封簡訊給她。簡訊的開頭是簡單的問候，然後我就直接問她今天是否有上班。我拚命滑著手機，焦躁地等待回覆。手機螢幕上顯示了好多內容，我卻一個字也看不進去，最後只好放棄轉移注意力，繼續等著回覆。一直到我來到三角地站，準備換四號線時，都還沒收到回覆。

她是不是不常確認訊息？應該要打電話直接問嗎？我是不想在地鐵車廂裡打電話，還是不想主動打電話給她？依稀記得她說過，不要傳簡訊試探，女生比較喜歡對方大膽主動打電話。不，不管是怎樣的女生，應該都不希望不熟的人打電話給自己。走在三角地站格外漫長的換車通道上，我陷入沉思。

抵達四號線月台時，我掏出手機一看，爽啦！有一通她打來的未接來電。我竟因為煩惱這些沒用的事而錯過電話，太糟糕了！我趕緊按下通話鍵。

「我今天不會去店裡。」

「是喔？我正打算要過去的說。」

「你在哪？是在外面吧？」

「我現在在地鐵站。妳今天……很忙嗎？」

「我現在正打算出門……既然這樣，不介意的話，你要不要過來這裡？」

「哇，眞好奇是什麼地方，妳在哪？」

「我來參加研究所同學的出版紀念會，你過來，我們一起吃個晚餐吧。」

「我當然沒問題啊，但我去眞的沒關係嗎？」

「當然可以，這裡的人都很喜歡漫畫。」

這句話鼓舞了我，我努力克制雀躍的心情。

她說活動地點在城北洞的咖啡廳，要先跟我約在漢城大入口站見面。她欣然回應我突如其來的聯繫，還邀請我一起去加聚會，眞的讓我好高興。她對我有什麼想法呢？邀請我出席那種場合，是想要自然把我介紹給身邊的人認識嗎？我趕緊要自己別自作多情。我像愛麗絲夢遊仙境裡的愛麗絲，跟著她這隻兔子前往陌生國度。我帶著新鮮、期待與悸動，搭上了四號線的列車。

我在漢城大入口站的出口等她。在酒吧以外的地方碰面，她會是什麼樣子呢？我十分好奇。雖然已經是第三次見面，但我依然緊張。

過了約定時間，我依然沒看見任何可能是她的身影。這時，突然有人叫了我的名字。我轉頭一看，發現路旁停了一輛車，她坐在裡頭叫我。她居然開車來！這又一次讓我感到意外。我趕緊上了副駕駛座，她立刻發動車子。

坐上車，我要觀察的事情很多。這輛車裡頭沒有擺娃娃、沒有香水味，而且內部乾淨整齊，看起來剛買沒多久。這是小客車當中最常見的車款，但因爲是最新款式，所以感覺相當時尙。我們彎進城北洞巷內，她忙著看導航找路，沒有多理會我。我一個男人坐在副駕駛座，沒事可做，顯得十分尷尬。車裡只有我們兩人，更讓我難爲情，我得趕快說點什麼打破沉默。

「車好乾淨喔。」

「因爲我才剛買沒多久啦。對了，吳作家，你有車嗎？」

「對我這樣的作家來說，買車是種奢侈。」

「我其實也是。在店裡工作賺來的錢，大部分都拿去付學費、還學貸了，現在才終於有多餘的錢買一輛車。」

「對了，聽說妳在讀研究所，我嚇了一跳。妳應該很會讀書吧？」

「沒有啦，會讀書的話早就畢業了。」

「是因爲妳半工半讀，所以才花比較多時間吧？總之，我眞的很羨慕有學習熱忱的人。」

「沒有，我其實是爲了累積人脈才去讀研究所。老實說，這個場合我也不怎麼想出席，但還是得去露個臉。」我聽得出來，她的語氣很認眞。

我不能理解，是要累積什麼了不起的人脈，竟花上這麼大一筆錢去讀研究所？爲何要不惜辛苦在店裡上班，也一定要去讀研究所？我非常好奇。

「對了，那邊的人不知道我在店裡上班的事，千萬別跟他們說喔。就說我們是在漫畫講座上認識的吧。」

她趁著只有我們兩個的時候低聲交代我，我點點頭表示明白。駛過一條又一條的巷子，最後來到一間又大又典雅的韓屋咖啡廳前。眼前的景色令我驚嘆不已。

停好車後，我跟她一起下車。她一身黑色套裝配上紫色絲巾，看起來幹練又典雅。我都還來不及稱讚她的打扮，她便挽著我的手，自然地帶我走進咖啡廳。我心裡對她的舉動無比震驚，但還是盡可能讓自己表現得更自然一些。

咖啡廳的入口被長長一排花環環繞，這讓我覺得很新奇。她趁機跟我說明，她就讀的媒體宣傳研究所，同學的來頭都不小。而今天這場出版發表會的主角，是一名四十多歲的大叔。他算是研究生中的領袖，因此今天的聚會不得不出席。我問她，這樣我是不是得買本書？她笑著說對方會免費贈書，還有免錢的飯可吃，我們只要坐吃山空就行。

「應該說是坐享其成吧？」

我糾正她，她笑著說自己老是搞混這兩個成語。

她的笑容讓我有了勇氣，忍不住開口問道：

「我們今天是假裝成情侶嗎？」

她的表情有些複雜，我實在難以形容。她說：

「我們不用假裝成什麼，維持現在這樣就好。」

走進咖啡廳，立刻有好幾個人迎上前來跟她打招呼。無論在店裡還是在這裡，她想必都很受歡迎。我退到她身後半步，照著她說的，靜靜站在那。

《業餘本能》的出版發表會順利進行著。我在簽到簿上簽名，隨即拿到一本免費贈書。單看書名，實在不懂是什麼意思，想必是我絕對不會主動去讀的書。眞好奇如果立刻拿去舊書店轉賣，這本書能賣到多少錢？

珠妍手拿著書，很快融入其他人之中。他們聊起身上的套裝有多高檔、書本目錄的編排等話題。我又退了幾步，與她拉開距離，喝起桌上隨處可見的飲料。幸好她身旁的人沒問起我，而她也自顧自地在場內走動，並不打算特別將我介紹給別人。

主要活動開始後，她來到我身旁坐下，對我露出淺淺的微笑。她一邊喝飲料，一邊跟我介紹這本書的作者，也聊起活動上其他人的事情。有些人是電視台製作人，有些人在國家總理辦公室工作，有些人則是某大集團總裁的姪子。我問，那她在這些人心中是什麼形象，她先是露出一個有些古怪的表情，接著才說：「當然是把我當成渴望成功的貧窮研究生。」我點點頭，沒多說什麼。

無趣的出版發表活動結束後，與會者依舊繼續在咖啡廳內交際、互換名片。我難以適應這樣的場合，珠妍應該正忙著跟人交際問好吧。我坐在桌旁，翻看起書中收錄的照片。這本書分明是用韓文撰寫，我卻一個字也讀不進去。看來這本書出版的目的，根本是爲了把大家變成文盲吧？作者肯定只是想要證明「要是無法理解這本書，你就是個無知的人」。

實在無聊到受不了，我開始在餐巾紙上塗鴉，也就在這時，珠妍喊了我一聲。我回頭一看，她與一名身材高䠷、眉毛十分濃密的男子一起走了過來。對方看上去跟我同年，身上的西裝一看就知道非常高檔。

「這位是我熟識的漫畫家前輩，打個招呼吧。」

男子帶著爽朗的笑容對我伸出手。

「這是我第一次見到漫畫家耶，很高興認識您。」

我沒有說話，只是以眼神回應，並回握住他的手。

「前輩，這個人是天使。」

珠妍溫柔地用對待朋友的口吻跟我說話。

「天使？」

見我露出疑惑的神情，男子回答道：

「我是珠妍的天使。」

接著珠妍便輕拍了男子的肩膀，並笑著說：

「你也真愛開玩笑。」

「到底是什麼意思……我不太明白。」

「前輩，是天使投資人的意思。他在投資最近很紅的手機遊戲，就是那個操控昆蟲互相打架的……」

「啊，那個啊……」

氣氛使然，讓我回應她的語氣也不自覺比平時更親密了一些。雖不知道是哪款手機遊戲，也不知道什麼叫天使投資人，但我決定假裝知道，總覺得我非得這麼做不可。

男子遞了張名片給我。那張名片使用高級的亮面紙，正中央以燙金字體印著「朴正動，Angel」幾個字。翻過來一看，同樣只有電話號碼印在名片的正中央。無論排版還是內容，都讓人覺得時髦且有個性。

我突然想淘氣一下，原本一直有點不自在的我，大膽決定拿出自己的名片與他交換。我的名片是用厚厚的馬糞紙，畫上諷刺藝術風格的自畫像，並以我自己設計的字體，寫出名字與頭銜：「全天候畫匠，吳英俊」。

我們相互稱讚彼此的名片，珠妍順勢接話，即便她根本沒收過我的名片，還是問我何時換了新名片，並說現在的名片比以前好看多了。雖然我以前根本沒有名片，但我同意這張名片確實很好看。

「妳會一起去會後會吧？」

「我有開車來，沒法喝酒，而且我今天也是難得跟前輩見到面……」

「找代理駕駛就好啦。漫畫家前輩也一起去吧，那邊準備的食物很不錯喔。」

珠妍夾在我跟這個名叫天使的男人之間，露出有些曖昧的神情。

「前輩，你可以嗎？」

她爲什麼要用這種溫柔的語氣問我？

「他不是說食物還不錯嗎？我們就去吃吧。」

珠妍笑著勾起我的手，並回頭看向那名男子。男子則帶著淺淺的微笑，朝著咖啡廳入口走去，我們也隨後跟上他。

會後會的地點是附近的韓式定食餐廳，據說這間餐廳由飯店改建而來，是個相當靜謐的場所，能讓與會者在約可容納三十人的房間裡，一邊吃著美味料理一邊談天。一名年約四十多歲，推測應該是出版發表會主角的大叔，先是說了一些節錄自書中的話，那些話實在令人難以理解，然隨後提議大家一起乾杯。

坐在我們這一桌的六人，除了我之外，都是跟珠妍要好的研究所同學。除了珠妍以外，每個人都是年長的叔叔、阿姨，但大家都沒有拘泥於年紀，而是大方與她交談。仔細觀察下來，我發現她相當稱職地扮演團體中老么的角色。她會適時撒嬌，也會在別人說話時給出適當的反應，我可以感覺到，她在這個團體裡獲得認同。我突然在想，珠妍難道一直是這麼善解人意嗎？還是因爲她在店裡工作，才學會了這種待人處事之道？我對她一知半解，她跟別人介紹我時，卻好像我們已經認識四年之久，在這些人面前，我的身分是與她交情匪淺的漫畫家前輩。由於怕大家會問我有關珠妍的事，因此我盡可能專心吃飯，避免與其他人視線交會。

坐在珠妍前面那個叫做天使的男人，一有機會就會問珠妍問題、跟她聊天。珠妍也跟他有來有往，兩人像默契十足的男女搞笑拍檔，對話絕無冷場。就在我開始懷疑自己究竟為何要來時，我突然收到一封簡訊。點開一看，發現是師父傳來的訊息。

——你跑去找珠妍嗎？呵呵呵

瞬間我渾身起雞皮疙瘩。師父的直覺真準，如果他去當靈媒，這輩子肯定不愁吃穿。我直接收起手機，沒有回覆這封訊息。

不知不覺間，除了我以外的人開始討論起他們的研究主題，也就是媒體宣傳領域的相關議題。從近來政權對新聞媒體的掌控、SNS（社群平台）法案的相關爭議，到人們對網路名人的評價等等，全是些我無法加入也聽不太懂的話題。珠妍偶爾會加入討論、提出自己的看法。在一旁看著這樣的她，我一方面覺得她很亮眼，一方面又覺得有些疏離。

「聽說您在畫漫畫，是嗎？」

轉頭一看，是我身旁的女子來搭話。對方身材瘦小，頂個西瓜皮頭，戴一副圓圓的眼鏡，讓人聯想到飾演哈利波特的演員。她約莫四十歲出頭，但我一直注意著珠妍，沒留意就坐在我旁邊的她。此刻她正對著我笑。

「是啊，我叫吳英俊。」

「我也很喜歡漫畫耶。對了，你是珠妍的男朋友嗎？」

「我只是她的前輩而已，我們以前一起上過漫畫相關的課程。」

我照著珠妍事前提供的說明回答，說完後隨即回頭看了她一眼，她依然忙著跟其他人聊天。

「原來如此。因爲珠妍是第一次帶男生來我們研究所的聚會……」

「哈哈，那是我的榮幸。」

「您應該覺得很無聊吧？大家都太熱衷學習了，就算是出來喝酒，也會一直討論跟課業有關的事。」

「不，我沒關係。」

這名神似哈利波特的女性對我舉杯。

我拿起杯子與她乾杯。感覺眞好，我也開始能在這樣的場合，建立起友善的人際關係。她聊起跟漫畫有關的事，例如她喜歡哪些漫畫家、哪些漫畫最讓她感動，還問我最近漫畫雜誌爲何沒了等等。而我則把自己知道的資訊告訴她，也順道向她透露，她喜歡的那位少女漫畫家最近去世了。她陷入沉默，獨自默哀了幾分鐘，隨後便把杯裡的酒喝光。這位姊姊（看起來絕對超過四十歲，但又不像阿姨，所以我也只能稱呼她爲姊姊）乍看之下會覺得難以親近，但實際聊過幾句之後，發現她不如想像中的那麼有距離。

結束簡短的追思，哈利波特姊姊問起我喜歡哪位漫畫家，我不假思索地說出腦中第一個浮現的名字——手塚治虫。接著哈利波特姊姊瞪大了眼，用像是在告白的語氣跟我說：

「你知道手塚治虫是無政府主義者嗎？」

「我是喜歡手塚治虫的漫畫……但不曉得他是不是無政府主義者。」

「他不是有部作品叫《小白獅王》嗎？那就是一篇展現無政府主義思想的作品。故事的最後，高角羚跟獅子一起在草原上奔跑，動物們甚至還一起耕田，不是嗎？」

有嗎？我不知該回什麼。

「而且你知道嗎？藍色小精靈是向小朋友介紹共產主義的漫畫。」

我想，此刻我臉上的神情肯定十分荒謬。而她視而不見，只是推了推眼鏡繼續說：

「小精靈的原文『Smurf』，其實是『Socialist man under a red father』的首字母縮寫，S、M、U、R、F。這句話直譯就是『紅色爸爸下的社會主義者』，懂嗎？看精靈老爹的鬍子應該就能猜到了吧？他就是馬克思，小聰明則是托洛斯基。你記得嗎？小聰明總是裝出很厲害的樣子，卻總是一下子被趕走，還被打。事實上托洛斯基也是被流放，最後在逃亡過程中被暗殺……」

講到小聰明，我根本不會想到托洛斯基，而是會聯想到艾通思出版社的責任編輯。

哎呀，話題似乎越走越偏了。

滿臉疑惑的我，隨口應了一句話，哈利波特姊便立刻說，其實宮崎駿也曾經加入日本共產黨。接著開始跟我聊起《未來少年柯南》，然後又把話題帶到《銀河鐵道999》《北海之星》《凡爾賽玫瑰》裡的政治隱喻。她說話的聲音很小，卻從未間斷，彷彿隨時都在徵詢我的同意。這讓我開始懷念不過幾分鐘前，自己像根破掃帚般被晾在一旁的時光。

我無奈地回應，一有機會便轉頭看看珠妍。她仍然在跟她對面的那個男人聊天，一點也不在乎我。我絞盡腦汁，終於想到脫身的辦法。我假裝收到簡訊並拿起手機，直接傳了封訊息給珠妍。

——我們可不可以立刻逃離這裡？

稍後，她看了看手機，接著便一把抓住我的肩膀，加入了我跟哈利波特姊的對話。

「前輩，你在聽敬雅姊上課啊？」

珠妍對我說完這句話，視線便轉向神似哈利波特的敬雅姊。

「哎呀，我哪能幫漫畫家上什麼課啊？我只是……」

「不過啊，前輩，我們現在該走了。」

她舉起杯子，神情中帶著點嬌媚。我也跟著舉杯，哈利波特姊則一臉遺憾，無奈地碰了碰我們的杯子。

珠妍以我爲藉口，跟同桌的人一一道別後起身離開。

在我們離開包廂出來穿鞋子時，天使男也跟著走出來。他掏出五萬韓元給珠妍，說是讓她叫代理駕駛的費用。珠妍拒絕了他的好意，男子卻說是他找珠妍來參加會後會，還叫珠妍喝了不少酒，堅持一定要出這筆代駕費。珠妍裝出說不過他的樣子，順勢收下了那筆錢。這時，我突然聯想到珠妍在店裡的模樣。不是跟我一起喝百威啤酒、開心聊漫畫的那個珠妍，而是帶著吟吟的笑，陪那群白領上班族喝約翰走路藍牌的珠妍。是我的自卑心作祟嗎？要怎麼樣才能讓心情平靜下來？我綁好鞋帶後起身。

珠妍沒有叫代理駕駛。她不知哪來的信心，說自己才喝了四杯燒酒，酒精早就代謝掉了，而我實在勸不動她。車子駛離城北洞的小巷後，她開口說：

「今天很無聊吧？」

「不會啊，我覺得很開心，還拿了一本書，雖然我不會讀就是了。」

「我也不會讀。來，現在我們要去哪？帶你來這種陌生的場合，辛苦你了，等等我請客吧。」

「不，我請客。」

「你要是一直這麼堅持，那我要帶你去店裡囉。」

她頑皮地說道。這次我也無法堅持自己的意見，只好拜託她把車開往弘大，於是她很快在導航上輸入弘大。

我們抵達「老與瘋狂」酒館。終於，我們可以獨處了。

她靜靜聽著從黑膠唱片播出的音樂，一邊啜飲著啤酒。有別於剛才那樣的場合，她這樣靜靜聽音樂、喝啤酒的模樣，實在是賞心悅目。雖然現在只有我們兩人，但我不想打擾她，於是便靜靜抽著菸、喝著啤酒。

「今天多虧了你，我才威風了一回。」

「哪有啊！」

「剛才你也看到了，研究所就是個成功人士累積人脈、相互交流的地方。所以啊，其實我跟這些人在心理上有很大的隔閡。」

「剛才那位像哈利波特的姊姊感覺挺好相處的啊……」

「噗哈，哈利波特？眞的很像耶。你眞不愧是漫畫家，觀察力好敏銳。但你知道嗎？她很有錢，繳稅不是繳勞動所得稅，是繳綜合所得稅*喔，一點都不純樸。不過，她在我們班上也是被排擠啦。」

「她好像很喜歡自顧自說個不停。」

「但她很有錢，所以大家才會找她參加活動。研究所這種地方，只要有錢就能去唸，而能不能受邀出席也都要看錢。我什麼都沒有，所以就選擇扮演大家的小妹妹，當個需要大家幫助的角色。」

「例如接受天使的幫助嗎？」

我這麼一說，珠妍便噘起嘴喝了口啤酒。既然聊到這件事，我決定更積極一些。

「妳對天使有意思吧？所以才帶我去當陪襯想掩人耳目。」

她沒有笑也沒有生氣，只是又點了杯啤酒，並點了根菸，然後才抬頭看我。她問說，除了店裡播的黑膠唱片之外，還能不能點別的歌。我點了點頭，拿起放在桌子角落的紙筆給她，她寫下小紅莓樂團的〈行屍走肉〉。我把那張紙拿去櫃檯，由於店內沒有其他客人，老闆立刻播了這首歌。

我回到位置上，發現珠妍正跟著音樂哼唱。

「金融危機的時候，我每天都在聽這首歌。那時候我住在大伯家，一直被他的小孩欺負，唯一能做的事就是把自己關在房裡聽歌。當時我家破產，家人只能流落各地，無法住在一起。在那之前，我從來沒體會過什麼叫貧窮。我很會讀書，國二時還當班長，也在美術比賽上拿過獎……」

進入副歌，她又再次跟著哼唱，接著一口氣乾了剩下的啤酒。

「老實說，我不討厭你，但我不知道你有什麼是我需要的。」

「至少有妳不討厭的東西吧。」

「哎呀，也對。」她拍手笑了起來。

「天使一直勾引我，但我不打算上鉤，而且我也想再抬高一點身價。對，我很庸俗，就算是在酒吧上班，也想要讀個博士學位，找個成功人士交往。」

---

*韓國稅制裡，若只有工作薪水就只繳交勞動所得課稅，但是當其他租金、利息、股票收益達到納稅線，則需繳綜合所得稅，也因此是有錢人的象徵。

我不是不能理解她的話，卻也無法產生共鳴。雖然我對她一見鍾情，但現在聽完這番話之後，覺得自己跟她實在合不來。這世上有誰不庸俗？我也想當有錢人、想過奢華的生活。但我所擁有的才能就只是畫漫畫，只能把適合給孩子看的好故事畫出來。如果哪天我成了超人氣漫畫家，那她應該就會選擇我了吧？但我畫漫畫，並不是爲了成爲超人氣漫畫家啊。

「那如果我像漫畫家P一樣變得超級受歡迎，到時妳會選擇我嗎？」

她用帶著點醉意的渙散眼神看著我笑。

「那要等到什麼時候？我明年就三十歲了耶。」

「妳是預計幾歲要進入上流階級？」

瞬間，她低下頭，一句話也不說。

我無法看出她是醉了，還是鬧脾氣了，只能任由她去，繼續喝我的啤酒。老實說，我心裡有點受傷。其實只要她別帶我去那種場合當陪襯，那她是否庸俗、是否要在研究所搞政治還是經營人脈，都與我無關。她究竟是怎麼看我？是把我當成一個雖然不夠好，但還是能在買到名牌包前頂替著用的仿冒包？那可能是她最大的失誤，因爲我不過是個手提紙袋。這時，店裡播起珍妮絲·賈普林的〈夏日時光〉。

我跟著音樂吹起口哨，她抬起頭，瞪了我一眼之後便起身，拿起包包直接離開，而我趕緊跟了上去。

我追上剛坐上車的她，手腳俐落地打開副駕駛座的門，一屁股坐了上去。

她轉頭看著我，不屑地笑了一聲。

「下車，否則我要報警了。」

瞬間，我注意到夾在雨刷上的代理駕駛傳單。我掏出手機，按下代理駕駛的號碼，她不敢置信地看著我。電話接通，我要對方派一名代理駕駛過來，並把這裡的位置告訴他們。

「如果妳在這裡報警，妳立刻會因爲酒駕被逮捕。所以在代駕來之前，我們好好聊一下吧。」

她嘆了口氣，轉頭看著我。

「我滿喜歡看漫畫的，所以很高興能認識你這個漫畫家，就只是這樣而已。」

「……我知道了。那妳爲什麼要帶我去那裡？只要把這件事說清楚就好。」

「算了啦，是我看錯你了。對不起，你可以走了吧？」

「代理駕駛來之前我是不會走的。」

我眼神堅定，絲毫不肯退讓，她也瞪大了眼，毫不迴避地盯著我。

「你知道『贏』有多困難嗎？我爲了在人生中取得勝利，一直都在吃苦。所以遇見你之後，我確實也曾動過念頭，乾脆跟你一起輕鬆過日子就好。因爲我覺得像你這樣的人，說不定能理解我。我還以爲你是那種只要看到我成功，就會好心放我離開的人。所以只要你能在我成功之前帶給我一些安慰，那我也會用自己的方法好好對你……但你知道嗎？我現在覺得你眞的很死腦筋。」

她轉過頭去，一點都不想聽我的回答，而我一點也不同情她。我們都進退兩難，只能坐在車裡靜靜等著代理駕駛的到來。

奔跑吧，醒酒馬車！

睡醒一看，已是日正當中，我試著拼湊昨晚的記憶：代理駕駛來了，送走了她，我再次回到「老與瘋狂」跟老闆一起喝酒。回家路上又買了大量啤酒跟燒酒，把已經睡著的師父跟金部長叫起來繼續喝。師父打趣地問我是不是對珠妍展開攻勢卻被甩了，我則以朝他扔東西代替回答。接著應該是又喝了一陣子，然後就睡著了。

我走到外頭抽菸，試著分析昨晚那場巨大的惡夢。我喝了太多酒，花掉了超過五萬韓元。更重要的是，難得對一個女生動心，她卻把我想成是隨便交往、寂寞時用一用就可以丟開的對象，心情實在糟到極點。因爲她面對的現實與她渴望成功的野心，我就得甘願當她的陪襯，那我到底算什麼？難道我不能也反過來利用她嗎？眞的就跟她說的一樣，我很死腦筋嗎？如果我接受她這樣的想法，最後是否依然無法擁有她？

氣憤的心情很快轉為悲傷，晴朗的秋陽反倒更令我覺得淒涼。就連香菸的煙霧，看在我眼裡都無比寂寞，於是我熄了菸回到房間。

今天是金部長的「醒酒馬車」開幕日。他預計在晚上十一點開門，一直營業到隔天早上十一點。一天租十二個小時，一個月租金是七十萬韓元。站在辣燉鮟鱇魚餐廳老闆的立場來看，沒開門營業的時間能有金部長替他賺錢；站在金部長的立場來看，則是不必拿出一大筆押金即可租到店面，可說是個雙贏的結果。關鍵在於，金部長每個月必須創造的收入，要高過每個月七十萬韓元的租金、材料費、工資及各種附加費用。

晚上十點，餐廳老闆夫婦在做關店準備，我、師父與金部長便前去做開店準備。說是開店準備，其實也沒什麼要做的。只是準備好做生意用的專用鍋、準備食材，並拿出大大寫著「醒酒馬車」的看板立在街上。

到了十一點，老闆夫婦下班，師父立刻放下手邊的打掃工作，將椅子排在一起，倒頭呼呼大睡。我們沒有多餘的力氣叫他，只是繼續忙著準備開店。金部長開始熬湯，我負責處理黃豆芽。三裝童子要等下週考試結束才會加入，在那之前我們必須幫忙金部長。但師父沒做什麼就算了，還根本常常在幫倒忙。總之，這一個星期代替三裝童子幫忙做開店準備的人只有我。

十二點，第一碗大口鮟鱇黃豆芽醒酒湯完成了。我跟師父把自己當成最後把關的品管人員，舀起一口湯來喝。清澈的湯頭喝起來如雪濃湯般溫潤，既開胃又清爽，也不再像過去的試作版有少許的腥味與濃稠感。我不自覺多喝了幾口，讚嘆道：

「部長，你是怎麼處理湯頭的？」

「我加了一點最近流行的白湯泡麵湯包粉啊，怎麼了？」

金部長笑笑地說，看起來似乎是對我的反應很滿意。

「湯變得很好喝耶，很值得花錢來吃。」

「呵呵，那你就付錢吧。」

在我眞的要掏錢包時，金部長趕緊笑著擺了擺手制止我。

「鮟鱇魚太少了！」師父不滿地抱怨了一句。

「大哥，這又不是鮟鱇魚湯。」

「拿點燒酒來給我配吧。」

「師父，就快開店了耶。」

我駁回師父的要求，而他翻了個白眼。

「我付錢啦，拿酒來！」

金部長吐了吐舌頭，並送來燒酒跟杯子。師父自己替自己倒酒，並打算要替我也倒一杯，但我拒絕了。

「喝啦，被女人甩了，就該用酒精來安慰自己啊。」

我一下不知該回什麼。這時，金部長走過來坐在我面前。

「昨天不管怎麼問你都不說，眞的是你師父說的那個女人嗎？」

我沒有回答，而是拿起燒酒瓶來替自己倒了杯酒。

「你眞的告白後被甩啊？」

「再問我就不幫忙，直接走人了喔。」

金部長趕緊住口，看著我默默吃眼前的湯飯。前一天留下的醉意要靠醒酒湯來驅散，我要用湯飯而不是酒精來洗去昨天的記憶。

醒酒湯的味道確實升級了。我覺得只要開始有了口碑，愛在深夜裡飲酒作樂的酒鬼肯定都會喜歡這一味。這時，有人開門走了進來，我們都以為是客人，沒想到竟是三裝童子。

這個大塊頭先是恭敬地打了招呼，接著便逕自朝裝著醒酒湯的鍋子走去。金部長問他不讀書跑來這幹麼，這小子笑著說：「好歹今天是開店第一天……」他替自己盛了碗醒酒湯並端過來坐下。他吃了一口，我們都在等他的反應。只見他又吃了一口，然後才豎起大拇指。

「超讚！」

我們都露出大大的笑容。

「怎樣？有點勝算吧？」我問。

「金部長，這眞的很棒。」三裝童子說。

「臭小子，多虧了你幫忙啦。」金部長笑了出來。

「傻小子，眞會說好聽話。」師父挖苦三裝童子。

「好聽話當然是要說的，他一星期後就是我的老闆了耶。」

三裝童子臉皮眞的很厚。

「臭小子，你還是先專心考試啦。」我訓了他一句。

「就……萬一落榜，還有個現成的工作可做，那不是很好嗎？」三裝童子說。

「什麼落榜……在我這上班的時候，你一定會收到錄取通知，當上公務員啦。」金部長鼓勵他。

「拜託，你們還眞是兄友弟恭喔。」師父諷刺地說，接著將燒酒一口氣喝光。

開店後三個小時，大約凌晨兩點左右，兩名鼻子有點歪的中年男子，成為開張後的第一組客人。他們點了一碗醒酒湯跟一瓶燒酒，說要在這裡待到四點，等計程車夜間加成時段過去後再離開。兩個人怎麼能只點一碗醒酒湯？我跟師父不太理解，但金部長仍不忘拿出他業務時期的善解人意。他對兩名男子說：「如果還要加湯，請再跟我說。」即使只點了一碗醒酒湯，金部長也用心服務。只可惜這兩人才喝了一口，就立刻以醉漢獨有的語調開始喧嘩，沒再碰過那碗醒酒湯。

師父用下巴向我示意要離開，我去把堅持要等到第一組客人上門，卻等到睡著的三裝童子叫醒。他一醒來，看見店內來了第一組客人，便心滿意足地起身。我們告訴金部長說白天會再過來幫忙便離開了。

師父在望遠洞的大馬路上攔了輛計程車說要回家。明明搭公車不到兩站的距離，這位大叔竟然豪邁地說要搭計程車，眞是帥氣。他二話不說跳上計程車，才剛說出目的地，司機立刻表示拒載。師父便氣得說兒子身體不舒服，司機不載，難道是要我們用走的回去嗎？老實說，不管怎麼看，師父跟我們都不像父子，而且我跟三裝童子身體正常的很……

師父領著計程車開到家附近，我們在巷子口下車。計程車資總共是四千三百韓元。師父看著我，我拿出五千韓元，師父對司機說不必找零便逕自下車。慷別人的慨，眞是帥極了。漫長的一天過去，明明我們都不是老闆，卻開始擔心起醒酒湯店上午的生意了。

回到家後，我又畫了一些稿子才上床睡覺。睡到天亮起床，慌慌張張去到店裡幫忙。發現整間店空蕩蕩的，金部長坐在裡頭打瞌睡。雖然他已經做好萬全的準備來迎接上午的客人，但似乎沒幾個人想要醒酒。

「大家喝酒喝成那樣，爲什麼都不醒酒啊？」

這話聽起來有些荒謬，金部長還是忍不住抱怨。就這樣等到十一點，金部長便跟我一起，收拾醒酒馬車的生財工具，轉換成辣燉鮟鱇魚店模式。

「今天有幾桌客人啊？」

「今天只要有開張我就滿足了。」

「眞的只有賣一碗醒酒湯跟一瓶燒酒喔？」

「兩瓶啦。但好歹他們說醒酒湯眞的很好喝。」

「那兩個醉到話都講不清楚，他們的味覺眞的能信嗎？」

「你說的也對。」

「但好的開始就是成功的一半，加油。」

「我在想，是不是要去發個傳單。」

我沒有回答，因爲我不想被叫去幫忙發傳單。

開店果然不容易，因爲第二天依然只有一桌客人。

從第三天開始，我就不用再去店裡了，因爲在店裡發呆的人只需要一個。金部長在接近午餐時間回來，失落地倒頭就睡，直到傍晚才像殭屍一樣起床出發去店裡。我在他身上看到，期待多大，失落就有多深。

相較之下，我手上這個新的知識類漫畫案子比上一次順利許多。第一個案子必須模仿L前輩的畫風，執行起來多少有些困難，這次能用我自己的畫風來畫，做起來順手多了。而且這次負責寫故事的創作者非常了解分鏡，因此我在安排故事發展時一點壓力也沒有。

師父最近經常動不動就在戶外的空地來回踱步。問了才知道，原來他是在偷看住隔壁老公寓的一位阿姨。師父語帶炫耀的告訴我，他透過超級爺爺得知對方是個寡婦，跟讀國中的女兒兩人相依爲命。

那天下午，師父著急地叫我出去，我趕忙來到屋外。我們以晾在天台的衣物爲掩護，偷偷觀察隔壁公寓的三樓。只見一名推測約四十五歲左右的阿姨，正跟讀國中的女兒一起在晾衣服。這位阿姨看起來非常年輕，跟她的女兒站在一起，反而讓人覺得是小阿姨與外甥女，而不是母女。師父用眼神問我的意見，我則轉頭多看了阿姨幾眼。

仔細一看，才發現她們是之前伽倻超市開幕活動時，跟我同組參加大胃王比賽的母女。因爲今天女兒穿便服，所以一時沒認出來，而當時我也沒仔細看阿姨的長相，因此沒立刻認出來。

回到屋內，我把這件事告訴師父，師父竟點頭說果然是有緣。我走到外頭，一邊思考這是有哪門子緣。

寡婦阿姨在陽台上似乎還有許多事要做。她一直在陽台進進出出，要洗的衣物似乎不少，我還看她拿蘿蔔乾與切好的南瓜出來曬。師父說阿姨的頸部線條又美又纖細，每次只要阿姨到陽台來，師父就會拉張椅子坐屋外，一邊抽菸一邊讀村上春樹的

《1Q84》。不過，與其說他是在讀，不如說只是把書拿在手上罷了。

我再度提醒師父別胡思亂想。師父說到了下個星期，離婚就會正式生效，到時他就是自由之身，關注隔壁的阿姨根本不會造成任何問題，並反過來指責說我才是怪人。我回嗆師父，說他現在不該去想女人的事情，師父竟以「我連個女人都勾引不到」來反擊。

終於，來到了三裝童子考試前一天。

我們邀請他來頂樓吃烤五花肉。秋風漸涼，我們在天台鋪了張草蓆，一群人開心烤著五花肉分享。肉在烤盤上滋滋作響的聲音，聽起來就像在下雨，好不浪漫。生菜配上烤過的泡菜再加一點白飯，包起來送進嘴裡，除了三裝童子以外的其他人還搭配燒酒。我們一起爲他明天的考試加油。

三裝童子再次聲明，這會是他此生最後一次的國家考試。萬一落榜，他就要在醒酒馬車工作，存錢存到一個目標就去歐洲旅行。金部長隨即嘆了口氣，說要是繼續像現在這樣，那根本不會有工作能給他做。三裝童子裝出一副自己很懂經營的樣子，說只要好好改善營運狀況，餐廳一定就能大受歡迎。

隔天，三裝童子考完試後便回老家，沒有再捎來任何消息。不知是不是考砸了，本該從星期一開始到醒酒馬車報到的他，始終沒有回我們訊息。金部長說實在無法指望他，便拜託我星期一繼續到店裡幫忙。恰巧這陣子我漫畫畫得正順手，正想努力加把勁，另一方面也是因爲實在不想出門，於是沒想太多，便隨口對金部長說：

「你一個人應該也可以吧？」

沒想到金部長的臉立即垮了下來，我意識到自己說錯了話，便趕緊解釋：

「我的意思是……就最近這段時間你撐一下啦。畢竟我也不是沒工作啊，總要畫出東西才……」

「好啦，你去忙你的。」

金部長板著一張臉，說完後便轉身離去。看著他離去的背影，一股寒意直衝我的腦門，我意識到剛才試圖用來打圓場的那幾句話，似乎造成了反效果，於是我趕緊跟上去安撫他。

「部長，今天我會去啦，三裝童子也一定會跟你聯絡的。」

金部長站在原地不動，只是微微轉過頭說：

「不必了，沒關係，光是寄住在你家我就很不好意思了，還要你幫忙我做生意，實在是很無恥。」

我被他這一番話激怒，一把抓住準備要下樓的金部長。

「你幹麼這樣說？是想讓我有罪惡感嗎？」

看我這麼激動，金部長反倒有些退縮了。

「不是啦，我只是想說你也很忙……反正，我眞的從來沒把你當無業遊民啦。」
「貧窮的漫畫家跟無業遊民都差不多是吧？老實說，部長你就是這樣想的，對嗎？」
聽我這麼一說，本已下了樓梯的金部長又走回來，站在我面前挺出他那顆圓滾滾的肚子說：
「你說不是那就不是啊，又怎麼了嘛？」
「你現在是在跟我大小聲嗎？」
「不是啊，我哪有大小聲？還不都是因爲你對長輩說話沒大沒小！」
「長輩？我把你當成要好的哥哥耶！還是要我從現在開始把你當長輩服侍？」
「幹，眞是氣死我了！」
金部長氣得罵了句髒話，接著突然舉起手。
我站在原地動也不動，內心倒是希望他眞能打我一拳。我的視線固定在金部長的肚子上，沒有打算躲開。雖然是我先激動挑釁，但我沒想到情況會發展成這樣。因此我反倒希望他打我一拳，然後我再跟他道歉。
沒想到金部長卻放下手，轉身下樓。這時，我有些手足無措，也開始思考究竟發生了什麼事。剛才彷彿有一股電流流經我的身體，讓我渾身酥麻，無法控制自己。我發現自己的額頭滿是汗水。這時，身後傳來動靜，轉頭一看，是師父從屋裡走出來，正向隔壁的阿姨比出抱歉的手勢。再仔細一看，隔壁的那位寡婦阿姨正驚訝地看著我們。師父走了過來。

「怎麼了?」

「什麼事也沒有。」

「丟臉死了，鄰居都聽到了!」

我跟著師父一起進到屋內。

那天晚上，我在師父的鼓勵與督促下來到店裡。

店裡依然沒客人，金部長看到我跟師父來了之後，便進去廚房沒再出來。他似乎眞的被傷透了心。當然，我心裡也不太舒服。但眼前這氣氛，誰先道歉都不太對，師父也沒試圖做出調停的努力。

師父進到廚房跟金部長說了幾句話，出來後便拿著一瓶燒酒放我面前。我跟師父喝起燒酒，金部長拿了兩碗醒酒湯來放桌上，隨後又進廚房去。我們默默把燒酒喝完，吃完那兩碗醒酒湯。師父拿錢給金部長，就帶著我離開。和解任務失敗。

隔天，三裝童子終於回訊息了。

──哥，我在這邊再待幾天。請幫我跟金部長說聲抱歉。

我回訊息給他。

——你自己跟他聯絡。

我沒問他考試考得怎樣。那傢伙讓人心煩，金部長也讓人心煩，之前成天看棒球，現在成天偷看隔壁寡婦的師父，更是讓人心煩。

仔細想想，三個男人，不對，四個男人將近四個月的時間，住在這個不到十坪大的空間裡，卻從沒眞的吵到翻臉過，這眞是很神奇。這與年齡、性格問題無關，而是動物對自己的空間都會有基本的占有慾。

我突然好想搬離這間頂樓套房。這裡已不再是專屬於我的空間。師父已離婚，一下子無處可去；金部長也一樣；三裝童子肯定落榜了，如果他開始到金部長的醒酒馬車工作，最後也會把這裡當家一樣進進出出，我到頭來肯定會想離家出走。即便內心如此痛苦，我依然下意識走出家門，往醒酒馬車走去。

在三裝童子回來之前，即便處在冷戰狀態，我也得繼續來金部長店裡幫忙。我想遵守這點程度的道義，而金部長也沒有其他應變方案，因此過去幾天，他都沒有阻止我來。不過我們都不跟彼此說話，像是演默劇一樣。我負責接受客人點單、到收銀機打單、上餐，他會去看收銀機上的點單內容，然後到廚房裡準備餐點。這麼幼稚的互動模式，旁人看了肯定都覺得尷尬，但我們依然在這樣的情況下合作了好幾天。

我帶著原稿來到店裡，金部長正在跟辣燉鮟鱇魚的老闆喝酒。我很慶幸不需要跟金部長大眼瞪小眼，自己一個人坐到角落去。餐廳老闆來邀我喝酒，我以還要工作爲藉口拒絕他，並打開我的原稿。接著我突然想起一件事，便走到金部長身旁，一言不發地把三裝童子的簡訊拿給他看。他看完簡訊，用滿不在乎的態度聳了聳肩，仰頭將杯裡的燒酒喝完。

晚上十一點，餐廳老闆在太太的催促下，結束這場酒局下班回家。金部長送兩人離開後，便垂頭喪氣地走進來，拿著醒酒馬車的立式看板到外頭去放。我則暫時把原稿收起來，幫忙做開店準備。

仔細想想，正式開幕之前，我們還擔心「客人太多，兩個人應付不來怎麼辦」，現在反倒要擔心客人太少了。無論太多還是太少都是問題，所有事情都要適中、適當，才能保持均衡，重點就是必須維持在合理的範圍。一旦失去平衡，人生便有如高空鋼索一般危險。今晚的鋼索表演無趣至極，金部長趴在桌上睡覺，我則是停止作畫的進度，一直用手機上網，就這樣混到凌晨三點。我們究竟該怎麼做，才有辦法抓住人生的重心？

這時，師父推門進來，力道大得像是要把門弄壞一樣。他身後跟著三名吱吱喳喳的女性——是「頑皮女孩」的員工，但沒有珠妍。師父大概有告訴她，我在這裡工作，所以她才沒有來……

師父把正在睡覺的金部長叫醒。

「喂，起來了，我帶客人來了！」

這時金部長才撐起上半身，揉了揉眼睛起身進廚房。他原本怕浪費瓦斯而先把爐子上的火關掉，但我們很快就聽見他開火、在廚房內奔走備料的聲音。

我送了水到師父與三名女子坐的那一桌。老闆娘認出了我，我尷尬地跟她打了聲招呼。另外兩人雖曾經打過一次照面，但依然對我愛理不理，繼續聊著客人的事。

「客人多嗎？」師父擺出一副老闆的姿態問道。

「你們是今天第一桌。」我回答。

老闆娘看了看師父，露出早知如此的表情。兩名女員工之一跟我要了燒酒，我送上了燒酒跟杯子，她們便開始配著泡菜喝起酒來。師父不知是不是被老闆娘禁止喝酒，所以無法加入她們兩人，只能自己一個人說些有的沒的。

我拿著原稿去廚房找金部長，老闆娘則緊盯著我。不知爲何，那視線令我感到害怕，想必老闆娘也知道我跟珠姸的衝突吧？

「很爽口耶。」

「有醒酒的感覺。」

「這眞的很好吃，不過如果能加點明太魚會更好。」

「人家用鮟鱇魚代替了嘛，而且加明太魚就跟一般的醒酒湯沒有區別啦。」

「我不吃鮟鱇魚，這眞的是鮟鱇魚嗎？」

「笨蛋，都叫大口鮟鱇黃豆芽醒酒湯了，怎麼可以沒有鮟鱇魚？」

「妳看那有芥末醬油，去沾一點試試看。」

金部長不知何時從廚房走了出來。他向三人詢問味道如何，並認眞聽取她們的意見，還動手幫她們倒了酒。師父趁這個機會喝了一杯，金部長也拉了張椅子坐下來加入喝酒的行列。

我趁機進到廚房，在裡頭抽著菸，並思考是不是要先行離開回家，就在這時，老闆娘來到廚房。

「廚房裡可以抽菸嗎？」她帶著淺淺的微笑問。

「當然不行。」

她咂了咂嘴，對我的行爲以示譴責。不過意外的是，她接下來竟向我討了根菸。點起了我給她的菸之後，她靜靜說道：

「你……知道珠妍去哪了嗎？」

我用「我哪可能知道這種事」的表情看著她，她則用眼神示意明白。

「珠妍那天跟你碰完面之後，沒過幾天她就消失了。」

「妳是說哪一次碰面……」

「哎喲，幹麼這樣？我都知道啊！她那天有傳簡訊跟我說，要跟你去弘大喝酒。」

她是什麼時候傳的？應該是我們抵達「老與瘋狂」之後，我跑去上廁所時傳的吧。那時我們的氣氛還算和樂融融，當然有可能傳簡訊給熟識的姊姊，報告說她跟我出來喝酒。

「那天之後，她的臉色一直很不好看，但又什麼都不跟我說……你們到底發生什麼事了？」

「我們只是喝酒，然後起了一點爭執。」

「你傷害到她了，對吧？」聽到這句話，我瞬間一把火上來。

「這跟妳無關。那天她喝醉了還想開車走，我幫她叫代理駕駛，等到代駕人來才離開。這叫傷害她？」

見我反應如此激動，她稍稍放軟了態度。

「好啦，只是因爲她失聯以後，工作上遇到一點問題，所以我才比較敏感。總之，如果她有跟你聯絡，麻煩妳叫他跟我聯絡一下。」

老闆娘說完後便離開廚房。

她說話的口氣時而拘謹，時而隨便。一下子很親暱地喊「珠妍」，一下子又冷冰冰地說「她」怎樣怎樣。珠妍不是說老闆娘是她的靠山嗎？怎麼覺得她們的關係並不到非常好？她在研究所應該也是這樣的處境吧？她身邊究竟有誰打從心底接納她？一想到這，我就覺得頭痛。我對她已經沒有留戀，現在想到她，反而只會覺得她很可憐。

離開廚房，我開始整理自己的作畫工具。此時，師父跟金部長正在聽取老闆娘給的忠告。老闆娘說，上班族早上都忙著上班，哪有人要醒酒？更強調醒酒湯一定要賣到午餐時段。金部長點頭如搗蒜，附和說果然就是應該開晚一點，做點午餐的生意才對。

我丟下他們離開餐廳，沒有一個人跟我道別。凌晨灰濛濛的冰冷空氣驅趕了我的睡意，鑽進肺裡寒氣彷彿在提醒我，這世上我能依靠的只有自己。我第一次覺得望遠洞如此令人感到寂寞。或許，該是我離開這的時候了。

沙發與浴缸

回家後，我開電腦，連上租屋交易社團。

四年前，我也是看了社團裡的貼文，才租到望遠洞這間頂樓加蓋。當時是一對很窮的情侶住在這，但他們跟超級爺爺吵架，只住了六個月就決定退租。男生當時說的話，至今言猶在耳。

「房東爺爺是個瘋子，只要忍耐這點就好。」

多虧了他，我用押金五百萬韓元、月租金三十萬韓元的價格，租下這個八坪大的頂樓加蓋套房。

要說首爾的套房，位在冠岳區、衿川區、道峰區或是江北一帶的物件確實便宜，而恩平區的價格則不如以往那麼親民。至於包括望遠洞在內的麻浦區一帶，價格則是比四年前高上許多。現在我身上有的錢總共是：新案子簽約金三百萬韓元，上一本書尾款兩百萬韓元（尾款應該就快進來了），所以我能負擔的押金最高是五百萬韓元。但我可不能把手上所有的現金都拿去租房子，所以只能找押金三百萬韓元的房子，剩下的兩百萬韓元則當月租與生活費，以便撐到下一次稿費進來為止。便宜的套房月租大約是三十萬韓元起跳，這樣我至少能撐六個月。在這段期間，我得結束手上的案子並拿到尾款，還得找到新的案子才行。

我感覺像是回到當年首次離開父母，獨自來首爾找房的心情。我看遍了首爾各區押金三百萬韓元、月租三十萬韓元的套房，過程真是非常有趣。我有些分不清自己是找房子找到睡意全消，還是因為睡不著而一直找房子。由於跟望遠洞也有了一些感情，要離開固然會不捨，但一想到自己可以擺脫像寄生蟲、像蟑螂、像壁蝨、像疥蟎的金部長、師父與三裝童子，我就開心得不得了。這段時間以來，我到底是怎麼跟他們一起，在這個狹窄的空間裡度過一整個炎熱的夏天？我覺得自己就像是跟野獸混得太久，終於決心要回歸社會的人類。

冠岳區那裡有不少考生，租屋確實便宜，但我可不想住在那，讓人以為我是拚命準備公務員考試的考生。恩平區離麻浦區，尤其是離望遠洞很近，有被他們入侵的疑慮。因此即便在延新內一帶看到喜歡的套房，我還是果斷放棄。

最後，我在首爾北邊發現兩間條件適中的套房。

一間押金三百萬、月租三十五萬，是位在放鶴洞的頂樓加蓋。我搜尋放鶴洞，發現那裡是首爾市的最北邊。地理位置鄰近道峰山，這間房子又是四層公寓的頂樓加蓋，視野看起來非常開闊。只不過月租比我的預算高出五萬韓元，再加上我仔細看了看貼文者上傳的照片，發現雖是頂樓加蓋，但天台的院子實在太小，真是可惜。

另一間則是押金三百萬、月租三十萬，位在水逾洞的半地下室。價格剛好符合我的預算，但半地下室卻讓我很在意。我曾經住過一次半地下室，那是非常糟糕的經驗。夏天雖比頂樓加蓋熱，不過冬天也相對比較不冷。但是還必須承受來自樓上的樓層噪音，這就得看一樓的鄰居是好是壞。再加上陽光照不進房間，因此屋內濕氣很重，總令人感到憂鬱。最重要的是，半地下室這樣的空間，絕對會讓我這種居家工作者非常煩躁。如果房東在窗戶上加裝防盜柵欄，更會讓人感覺像在坐牢。

不過仔細看了看照片，發現這間半地下室只需要下六階樓梯，而且窗戶開的方向是面對房東的院子，也沒有加裝防盜柵欄。現在的房客把環境整理得很好，室內空間看起來非常大。

從結論說起，頂樓加蓋比較是我偏好的居住型態，但租金對我來說是個壓力。我不喜歡半地下室，價格卻相當適中。我把兩位租屋資訊張貼者的電話存進手機，打算明天立刻撥電話預約看房。只要順利，這個月就能脫離這裡。

我關上電腦往房間走去。打開房門，看著被床鋪、電視與小布衣櫥塞滿的房間。不知從何時開始，師父的身影已經與床鋪融合在一起。我早已放棄自己的房間、自己的床鋪，過去四個月來一直過著打地鋪的生活。

現在是十月中旬，冬天很快就要來了，到時我無法繼續睡地板，金部長也不可能繼續睡在帳篷。我不想在寒冷的冬天趕他們走，只好把這間房子讓給這些寄生蟲，自己去找新的房子。

雖是秉持著擇日不如撞日的心情，急忙展開搬家，或可以說是逃亡計畫，但我覺得這是個很棒的決定。我躺在地鋪的棉被上頭，開始想像自己完成「出埃及記」後的生活。

望遠洞距離放鶴洞意外地遠。我從望遠站搭乘六號線，一路行經江北地區抵達石溪站，再改搭一號線，又過了段時間才來到放鶴站。放鶴洞的頂樓加蓋約三點看屋，水逾洞的半地下室則是約五點看屋。在找房子時，偶爾會遇到房東不遵守約定或不太健談的狀況，但幸好這次接洽的兩人在電話中都很親切，讓我能帶著輕鬆的心情去看房。在網路上跟一般人進行交易時，無論是買二手筆記型電腦還是租房子都一樣，只要對賣家有疑慮，就不應該繼續交易。

房子距離放鶴站走路只要十分鐘，雖然有社區公車，但這個距離也可以用走的，再加上我也不需要上下班，因此交通便利與否並不重要。不過無止盡的上坡，卻讓我開始有些疲累。我安慰自己，房子位在首爾的邊陲又在山坡上，空氣肯定很好。

我們約在附近的超市碰面，對方是一名男大生。我們一起走到要出租的頂樓加蓋，一路上他解釋，說他已經辦理休學，很快就要入伍，因此要把房子讓出去。到了那邊一看，才發現天台比我想像中還更小，房間則是極度髒亂。這位同學只含糊地說「我沒有把房子整理乾淨……」屋內雖然有衣架，但他的衣服卻四處散落，棉被則像一條巨大抹布，捲成一團扔在床上。流理台上堆著待洗的餐具，還有各種便利店的食物外包裝。但優點是水壓很好，再加上屋主不住在這，就不會受到干預。我推估了一下，房子只要經過好好打掃跟整理，這一房一廳的大小，似乎跟現在望遠洞的住處沒有太大差別。只不過天台空間非常小，根本沒辦法掛曬衣繩，頂多只能放個曬衣架。相較之下，望遠洞頂樓的天台幾乎是御花園等級的規模。

我向同學道謝，表示要回去再想一想，便與他道別，但其實我的心思已經飄去下一間房子。

為了打發一個半小時的空檔，我找了間網咖並點了碗泡麵，再次打開網路租屋社團，看看有沒有其他物件。放鶴洞頂加已經出局，為因應水逾洞半地下室也出局的情況，我得盡快找備案。我決定離開首爾，擴大搜尋範圍，往仁川－富川、安養－水原這些地方去找。在押金與租金不變的前提下，這些地方的物件確實比首爾要多。但既然無論如何都只能付最低水準的押金與租金，我還是想留在首爾市區。這是一種潛意識的抗拒嗎？來到首爾之後，我便不願意脫離首爾了。不光是我，其他從外縣市來的人，肯定也都希望住在眞正的首爾市區，而不是選擇首都圈*。假使要離開首爾，那還不如乾脆回老家算了。

爲了因應最糟的情況，我看了一間位在水原，押金兩百萬、租金二十五萬的房子，接著便離開網咖前往水逾洞看房。我從放鶴站搭乘一號線，到倉洞站換搭四號線後在水逾站下車，然後必須搭乘社區公車到清水塘前。啊，路程既遙遠又麻煩，讓我再次懷念起熟悉的麻浦區與望遠洞。在麻浦區度過的時間，占據了我首爾人生的大半時光，我十分熟悉那裡的公車路線，也知道要怎麼走，才能以最短距離抵達幾個主要的地點。我對那裡的知名餐廳瞭若指掌，社區也鄰近弘大、新村這些大學區，讓我無論買什麼都有物美價廉的選擇。雖然還沒在水逾洞生活，但才走幾步路，我已經感到陌生且荒涼。不知是不是因爲北漢山聳立在前，我總覺得這裡的冬天似乎會更冷。

我心灰意冷地來到清水塘前。上午通電話時，接電話的那名女性要我來到這後撥電話給她。從貼文裡可愛的用字遣詞，再加上講電話時稚氣未脫的聲音，我預設這是一名二十多歲，做事非常仔細的女生。她很快接起電話，並告訴我房子的所在地。她要我從清水塘前沿上坡一路向上，過了太和洗衣店後左轉，就會看到一棟有綠色大門的老式洋房。

有別於稚嫩的聲音，她的說明就像電話推銷員那樣精準且親切，讓我十分放心。我想，或許是因爲來看房子的人不少，她才能以如此嫻熟地指路。

照她所說，我過了太和洗衣店後左轉再往前走，便在一扇綠色大門前看到一名矮小的女子。第一眼看到她時，我除了眞的好嬌小以外，實在沒有其他的感想。女子也一眼認出了我。

「您是來看房的吧？」

「對。」

「我們這邊請進。」

她看上去像是大學生，不然就是大學剛畢業。身穿運動服加上緊緊束起的長捲髮，讓我聯想到英心跟哈妮這類動畫裡活潑開朗的女主角#。我們推開洋房旁的綠色大門入內，發現一進去就是後院。女子從一旁的樓梯走下去，我跟在她身後，發現確實是如貼文所說只往下六階樓梯，看來這個半地下室並沒有很深。既然房子位在半地下室，我一定要確認濕氣重不重、會不會淹水、下水道會不會倒灌，一定要。

進到屋內一看，我微微吃了一驚。有別於稍早放鶴洞髒亂的頂樓加蓋房，這間半

*首都圈包括首爾特別市及鄰近的仁川廣域市與京畿道。富川市、安養市、水原市都在京畿道。

#分別爲韓國經典卡通《OH！英心》以及《冒冒失失的哈妮》的女主角。

地下室乾淨且整潔，空間比照片上看起來更大一些。抹布、收納櫃、書桌、床鋪與書櫃等，像樂高一樣緊密排列。另外還有大多女生房間都能看到的可愛擺設，感覺就像一座精心規畫的地下要塞。

「空間比想像中還寬敞耶。」

「對啊，之前我們兩個人住在這，空間還是很夠。」

兩個人住？就算她的室友是女生，這空間給兩個人住還是太小了。想到這，我忍不住苦笑了一聲。就我所知，某個空間跟這裡差不多大的房子裡，住了四名成年男性呢。

「雖然是半地下室，但陽光能從這邊的窗戶進來，而且也不會很潮濕。房東就住樓上，有什麼問題他都會立刻處理。」

她像房仲一樣開始推銷。

「梅雨季曾有過淹水或是下水道倒灌的……」

「啊，從來沒發生過這種事。對了，請問你喜歡貓嗎？」

貓？記得以前我曾餵過偶爾來天台活動的流浪貓，還被超級爺爺數落了一頓。我都還沒回答，她便打開能看見院子的窗戶，窗外放著應該屬於某隻貓的飯碗與水碗。她像是想施展魔術給我看，便朝碗裡倒些飼料，接著敲了幾下窗戶。

一隻貓隨即出現，好像牠一直在舞台後方等待登場一樣。那是一隻隨處可見，深灰色的流浪虎斑貓。牠像一名貴族，看也不看我們一眼，便吃起下人替牠準備的飯菜。

「牠叫奇奇，是會來房東家院子走動的流浪貓，很親人也很乖。」

所以如果我搬進來這裡，也要負責餵牠嗎？我從來沒養過什麼動物，對這種事實在不怎麼感興趣。

「但我看牠好像不怎麼親人耶。」

「沒有啦，牠有時候晚上會來這裡叫，偶爾還會抓老鼠來放在這呢。」

「這樣是不好的表現吧？」

「哎呀，抓老鼠來給你，是貓非常愛你的表現喔。」

女孩發現我對貓的話題沒有共鳴，便開始說起房子的其他優點。其實無論她說的優點是什麼，我都非常中意這間房子，所以沒有太專心聽她說話。參觀完浴室後，更是堅定了我的決心，我想住在這裡。

「浴室好大喔，還有泡澡桶耶。」

「冬天的時候我每天都會泡澡。你應該知道在外租屋，大浴室是個很大的優點吧？」

「當然囉。浴室裡能有個浴缸，眞的是租屋族的夢想。」

我興高采烈地回話，她十分認同，激動地點了點頭。

「還有沙發。」

「什麼？」

「沙發啊，沙發跟浴缸，我覺得這就是租屋族的兩大夢想。」

「是喔？」

我問她爲什麼，她便指著角落，我順著她的手指一看，發現那裡放著一個懶骨頭。

「如果是住在二十坪大的房子裡，客廳一定會有沙發，浴室一定會有內嵌浴缸。但租一間十坪不到的房子，家裡只能放下床鋪這一樣大型家具，要放沙發就太勉強了。這樣的房子也很少有浴缸，應該說是很少有浴室會附浴缸……所以我才買了懶骨頭代替沙發、買了泡澡桶代替浴缸。」

聽她這麼一說，還眞的挺有道理。雖然她的聲音頗爲稚嫩，體型又十分嬌小，但或許是在外租屋已久，聽起來對租屋生活很有心得，這也更讓我相信這是間好房子。於是，我便脫口說出她最想聽的答案。

「我很喜歡這間房子，什麼時候可以搬過來呢？」

「啊，太好了。但我想你也知道，我得先找到房子搬……而我現在才要開始找，你打算什麼時候搬進來呢？」

「我還沒決定好什麼時候要搬，就看妳方便，越快越好。」

「好，那我明天開始找，會盡快找到房子，你應該能夠稍微等一下吧？」

她聽起來非常開心，就像窮學生靠著好成績拿到獎學金一樣。這讓我覺得，我似乎做了一件好事。我祝福她盡快找到房子，到時再跟我討論搬家日期，然後便離開了水逾洞。她像是歡送貴賓的店經理，不僅送我到門口，還在身後目送我離開。這樣的舉動雖然讓我有點壓力，但感覺還不壞。

參觀一個人的家，就像觀察一個人的內在，那是用內視鏡也無法看見的體內狀態。「放長假的頂樓加蓋男」讓我看見他的消化不良，「水逾的半地下室女」則讓我聯想到順暢有節奏的腸道蠕動。那我的頂樓加蓋套房呢？我想應該是慢性便秘吧，該排出的糞便非常多。

回家一看，發現他們又在喝酒。師父與金部長在頂樓的院子擺了張平板涼床，正坐在上頭烤五花肉。

涼床！這東西到底從哪來的？

我朝他們走去，師父雙眼迷濛地看著我，那視線讓我有些擔心，不知在打什麼鬼主意。金部長寬大的背對著我，連頭也沒轉一下。

「怎樣？這是我跟金部從蓄水池那裡撿回來的。」

沒差，我都沒關係，反正我就要離開這裡了。

「快過來吧，紀念今天獲得涼床，所以來開個五花肉派對。」

這不怎麼吸引我耶。我有必要跟一個明知有人來了，卻連頭都不願意回的人共桌吃飯嗎？

不知是否聽到了我心中的想法，金部長這時轉過頭來看著我，並露出大大的笑容。他滿臉通紅，看起來已經喝醉了。原來不是因爲還在生我的氣而不回頭看我，是因爲喝醉了所以反應非常遲鈍。

「喔？英俊？你回來啦？快來，這是我們撿回來的，很不錯吧？嗯？」

金部長醉到一副立刻就要嘔吐的樣子，卻還是站起來迎接我。走下涼床的那一刻，他整個人失去重心，我趕緊靠上前去扶他。他也直接伸手抓住我，我們就像南北韓離散的家人重逢那樣，緊緊抱在一起。

「幹，你跑去哪了啦？你不在讓人家很難過耶，英俊！」

難過的話平常就對我好一點啊，不要老是惹我生氣。

「如果我做錯什麼，你要原諒我啦。我這個人就是比較衝動嘛，你要理解我啦。開店讓我壓力很大才會這樣啦，好不好，嗯？」

「你今天不開店嗎？」

「沒有啊，要開啊，吃完以後小睡一下再去就好了，對吧？」

扶醉到不停胡言亂語的金部長坐下後，我也跟著坐下。師父嘻嘻笑著，然後對我使了個眼色。這是在暗示我，是他製造了這個機會。我不想跟酒醉的金部長鬥嘴，但也不想要他在酒醉狀態下神智不清地跟我道歉。我沒認眞看待金部長的道歉，但還是一口乾了師父倒給我的酒。

「如果是在夏天找到這東西，那就更好了，對吧？」

師父輕輕拍了拍涼床說，我也只能點頭附和他。

再見了，望遠洞

「不是啊，這傢伙，到底是要不要跟我一起做事？」

決定把營業時間延長到中午，金部長變得更加忙碌，也讓他對三裝童子的不滿終於爆發。金部長說他再也不想等了，便直接打電話給三裝童子。他之前一直在等三裝童子主動打來，但現在已經不能再等下去了。而不想再繼續到店裡幫忙的我，其實也一直在等金部長自己主動聯絡三裝童子。果然，最渴的那個人會自己先去挖井。電話撥了出去，訊號音持續，一直到要被切斷之際，三裝童子才終於接起電話。

「臭小子，到底是怎樣？你怎麼都不跟我聯絡？」

狠狠臭罵完這樣一句話之後，金部長一言不發，只是聽著電話那頭的三裝童子解釋。最後，他只說一句「知道了」便結束這通電話。

「他說他落榜了。」

「他在哪?他也沒回考試院。」

「應該在家吧，他說他要過來。」

「太好了。」

「還不知道是不是好事咧。現在生意又不好，很害怕他會變成我的負擔。」

「那就炒了他啊。」

「他考試落榜了耶，我怎麼忍心炒了他?」

「那你就好好鼓勵他、好好教他吧，反正也沒別的選擇了。」

「不能乾脆就你來幫忙嗎?我會給你薪水啦。」

和解之後，金部長又開始打歪主意了。唉唷，眞是個沒尊嚴的傢伙。

「拜託也讓我趕一下稿啦，總要把稿子交出去，我才有稿費領啊。領了稿費才有錢付房租、買米、買水……」

「好啦，知道了啦，對不起啦。」

現在連聽他道歉我都嫌煩。我本來沒有這麼討厭金部長的，是因爲他太不要臉了嗎?還是因爲我們相處得時間太長了?我再次下定決心，剩下的這段時間，不要對金部長或師父太嚴苛。話說回來，師父又跑哪去了?現在還沒到午餐時間，但對師父來說，應該還只是凌晨兩點……

一整個晚上，我都無法專注在稿子上。下定決心要搬離這裡之後，一切看起來都變得無比新穎。忘了是誰說過，只要想像某件事物即將消失，人就能輕而易舉地愛上那件事物。眼前的窗戶雖會讓屋子變得炎熱無比，但穿透它照入屋內的陽光，卻總能照亮我的心。即使每兩週才洗一次衣服，但外頭長長的曬衣繩、曬衣服的空間也都綽綽有餘。還有雖然性格乖僻又愛嘮叨，卻人情味十足的房東爺爺與奶奶、不輸首爾任何地方的望遠市場、至今仍有不少居民的舊望遠洞鬧區、妙趣橫生的巷弄、視野超好且適合散步的漢江河堤……天啊，我竟然已經開始懷念起望遠洞了。

我習慣性地打開手機查看，期待水逾洞女孩能盡快跟我聯絡。我已經把她的號碼存起來，這樣她打來時我就能一眼辨識出來，聯絡人姓名設定是「水逾女」。接著我開始整理起通訊軟體的聯絡人，才發現水逾女出現在新增的好友名單上。出於好奇，我打開她的檔案，發現顯示頭像是，她穿著類似制服的服飾，以網路美女愛用的角度拍照。仔細一看，她似乎是身處在某間餐廳，而身上穿的竟是員工制服。個人狀態以日文寫成，我在好奇心驅使之下，便把那句話貼到翻譯軟體，發現她寫的是「二十九歲的聖誕節」。傻眼，意思是說她二十九歲了嗎？她看起來比二十九歲要小很多耶！本以爲她頂多就二十五、六歲而已……果然，女生的年齡不該問，也不該任意揣測。

仔細想想，她應該也存了我的號碼。我打開自己的檔案一看，發現只有一張一年前上傳的「龍貓公車」，孤零零地留在裡面。我想換張照片突顯自己的品味，便開始翻找起手機相簿，結果都只有跟師父、金部長與三裝童子一起喝酒的照片，以及喝酒時配的下酒菜。光是看這些照片，就讓人好想喝酒啊。

最後，我終於找到一張以前在天台眺望漢江時拍的照片。據說望遠洞這個名字源自於朝鮮時代，當時這裡有座亭子，王室將其命名爲「望遠亭」，意思是「能清楚眺望遠方景色的亭子」。從我所拍的這張照片來看，這名字確實其來有自。是啊，這頂樓就是我的望遠亭。有能飲酒作樂的涼床、有泡澡桶能充當涼亭旁的蓮花池，還有四個遊手好閒的公子哥兒，在這裡過著悠閒奢侈的生活。一想到要離開，我不由得多愁善感了起來。

換上新的頭像照片，我寫下「再見了，望遠洞」幾個字。不知爲何，看起來挺有一回事的，人果然還是需要裝模作樣。我突然覺得，水逾女眞是個直接不做作的人。居然讓人可以只靠通訊軟體個人檔案，就能看到她的職場跟年紀，是眞的不夠小心，還是她爲人就是這麼坦率？我試著回想她的模樣。雖說不上漂亮，但至少整個人乾乾淨淨；身材雖不是頂好，但小巧可愛且感覺非常精實。

我會一直想起她，應該是因爲想趕快搬家吧？還是爲了盡快遺忘前陣子被女人當傻子的悲慘遭遇，所以才會隨便找個人來當目標？

這時，手機響起，嚇了我一大跳。還以爲是水逾女，但仔細一看才發現是師父。

——來店裡一趟。

訊息沒頭沒腦的，是怎樣？我嘟嘟囔囔地抱怨，並換上外出服。

到店裡一看，時間是晚上十一點半，依然只有一桌客人，就是獨自坐在那吃醒酒湯配燒酒的師父。他舉起手向我示意，我坐到他面前，與恰好拿著一瓶新燒酒過來的三裝童子撞個正著。三裝童子一臉平靜，搖著手上的燒酒笑著看我，好像這段時間什麼都沒發生一樣。

「工作還行吧？」

「根本沒事可做。不過店裡客人這麼少，金部長還是有算時薪給我，這樣眞的可以嗎？這樣不會太勉強吧？」

「你自己問他啊。我告訴你，我可是還沒拿到薪水喔。」

我拍了拍他的肩，說現在就讓他們兩個去拚命，還叮嚀三裝童子，他現在可是眞正踏入社會了。當然，跟錢有關的事情也得自己處理。我從三裝童子手上接過燒酒，一屁股坐到師父面前。師父用下巴向我示意，要我快點替他倒酒。我拿燒酒杯來準備倒酒，卻被他「喔喔」出聲制止。他手一指，指向旁邊的大玻璃杯。我將玻璃杯拿開，二話不說將酒倒入燒酒杯裡，他一臉老大不高興地看著我。

「別喝那麼多啦。」

「你是來跟我喝酒的，還是來妨礙我喝酒的？」

「要跟我一起喝就別喝那麼多。」

「不要擔心啦，我今天不會喝醉。」

「誰會信啊！」

師父沒有回答，而是直接把酒喝光，然後又喝了一口湯，接著像在品評美食一樣說：「我今天離婚了。」

我沒有太驚訝，一旁的三裝童子也是，在離婚預告、離婚猶豫期之後，這也只是再自然不過的結果。見我們沒什麼反應，師父咂了咂嘴，有些難過地說：

「比想像中還容易啊，離婚。」

金部長走出來加入我們。

「我是說對一無所有的人啦。就，也要有財產能分，才會有分割財產或是爭奪財產的問題嘛。」

說完，我們所有人一起，一口氣乾了眼前的燒酒。

師父起身，伸了一個大大的懶腰。

「幹，自由了啦！老婆、孩子，現在都沒啦！也沒錢了！只剩下我自己！幹，自由啦！」

就像足球選手射門得分，張開雙手歡呼一樣，師父高聲大喊。這時，一對中年男女恰好開門入內，見狀又隨即退了出去。師父以爲是自己嚇跑了他們，便趕緊上前迎接，沒想到那對情侶反倒越退越遠。金部長拍了拍三裝童子的肩，叮囑他應該趕快上前去待客人。三裝童子聳了聳肩，沒做什麼表示，金部長則對他的遲鈍有些不耐煩。

「抱歉，都是我嚇跑了客人。」

「唉唷，沒關係啦，大哥，今天不做生意了。」金部長起身說道。

「爲什麼？我再幫你多做點業績啊。」

「不用了啦，我們一起出去吹吹風吧。三裝童子落榜、英俊那傢伙也……喂，你跟那女的沒戲唱，對吧？」

「我從來沒說過我們有戲唱啊。」

「所以啊，大家一起去旅行啦。我們去東海邊吹吹風，吃個生魚片啦。」

師父走到金部長身旁，用那又細又長的手抱住他粗壯的身軀，像極了藤蔓爬在櫟樹上。金部長也回抱住師父，並拍了拍他那瘦弱的背。三裝童子像在看戲，興致勃勃地看著他們，然後回頭對我說：

「眞像一對深情的中年同性情侶。」

「我們就算喝醉也別像他們這樣。」

「當然。」

師父跟金部長好像覺得有點丟臉，便趕緊放開彼此。

「但我們要怎麼去？」我問。

「租輛車就好啦。」金部長回。

「我的意思是說，誰要開車？師父喝了酒，部長又對開車有陰影……」我又問。

「我記得你說你有駕照，但都沒上過路吧？三裝童子，你也不會開嗎？」金部長問。

「我連駕照都沒有。」三裝童子理所當然地說。

金部長露出一副白問了的表情，並稍微想了一下。

「……幹，叫計程車啦，車錢我出！」

「爲什麼？我可以開啊。」

師父弓起手掌放在嘴巴前面，吹口氣試著聞了聞。

「唉唷，不能酒駕啦。」我趕緊揮手制止師父。

接著師父便去了趟廁所，稍後一陣「嗚喔喔喔、嘔嘔嘔嘔、嘔嘔」的嘔吐聲響起，我們不禁皺起了眉。接著在「咕嚕嚕嚕」的漱口聲、「嘩啦嘩啦」的洗臉聲之後，師父回到我們面前。

「我把酒精都吐乾淨了，這樣不算酒駕了吧？」

師父對我們眨了個眼，雙眼布滿了令人頭皮發麻的血絲。我實在無話可說，而金部長則拿出手機來搜尋租車公司的號碼。這時，三裝童子抓住金部長的手。

「我家有車。」

「什麼？」

「我說我家有車啦，開我家的車就好。」

我們搭著計程車，最後來到漢南洞附近。三裝童子領著計程車司機，將我們帶到每一棟都達上百坪的透天豪宅社區。我們在一棟幾乎能稱爲是「城堡」的房子前面下車，三裝童子領著師父入內。金部長跟我竟莫名全身無力，只能呆站在「城門」前。

接著伴隨一陣沉重的機械聲響，車庫的門開了。一名中年男子開著一輛黑色的賓士五五〇出來，後頭跟著一輛白色的INFINITI，只見師父坐在駕駛座，三裝童子在副駕駛座。金部長跟我像搶完銀行等待接應的搶匪，一下子跳上車後座，車子隨即緩緩出發。

「剛才開賓士出來那個人是你爸喔？」金部長問。

「不是，是在我家工作的叔叔。」

「你家明明就很有錢，幹麼還在那裝窮啊？」我問。

「我是有錢人嗎？有錢的人是我爸吧？」

「三童，你……跟你爸媽感情不好嗎？」師父開口問道。我很意外，師父開起車來竟如此平穩。

「是沒有到很好啦……但也沒有說不好。」

「喂，你不要來我店裡上班啦，乾脆出錢投資我就好，你覺得怎樣？」金部長問。

「拜託，我就說我沒錢了嘛！」

「這輛車真棒，可不可以借我開一陣子啊？」師父問。

「這是我媽媽的車，我只是跟她借一下而已。」

「你就搬回家住啦，我看你家少說有一百坪耶。就算跟爸媽感情不好也沒關係啊，房子這麼大，應該能避不見面吧？」我問。

「你們要繼續講這些五四三，我們就乾脆回去吧。」

後來我們繼續亂聊。第一次坐這麼好的車，又是第一次一起出去旅行，大家都非常興奮，盡情地享受著嶺東高速公路的夜景。師父彷彿早就在等一個能開這種好車的機會，他有如遇見赤兔馬的關羽，冷靜卻威風地展現開車技術。稍後，我那個一坐上車就必定會出現的習慣開始發威。隨著夜越來越深，我也不記得車內後來發生了什麼。

醒來一看，已經能看見海了。

在我熟睡期間，我們橫越了江原道，現在透過右側車窗，能看見青黑色夜裡波濤洶湧的東海。師父與金部長在前座不知聊著什麼，三裝童子則睡得比我更熟。

「我們要去哪？」我問。

「你醒啦？」

金部長回頭，見我睡得迷迷糊糊的樣子，忍不住笑了出來。

「你睡得比在家裡還熟。」

「吳作，怎樣？師父的開車技術不錯吧？很順暢吧？」

師父神氣地賣弄起駕駛技術。

「可能是因爲車很好的關係……坐起來很舒服。」

「臭小子，死也不肯承認師父厲害。」

「哈哈，你眞的很會開啦。你之前都沒有車嗎？」

「對啊。現在也不需要顧慮什麼了……我在想是不是乾脆買輛車環遊全國。」

「大哥，我也可以一起去嗎？偶爾讓我開一下，看能不能克服我的創傷……」

「你還是先認眞賣醒酒湯吧。」

「但我們到底要去哪啊？」

「公峴津。」

「孔炯軫？」

「不是孔炯軫，是公峴津！」

「有這個地方喔？我們還不如去孔曉振咧。」

「別這樣，不然我們就要去見已經過世的孔玉振女士*了。」

「海邊是眞的有個地方叫公峴津喔？」

「聽說有啦，旁邊還有一座湖，你知道那座湖叫什麼嗎？」

「……鄭俊鎬？」

「哈哈，錯了，是叫宋智浩#。」

「呃，是眞的叫松池湖嗎？」

「你被騙大的喔？去了就知道啦。」

過了東草之後，又開了好一段時間，就在我懷疑這樣下去，是不是要一路開到北韓時，車眞的停在一處名叫公峴津的海邊。清晨的公峴津，寂靜到連針落地的聲音都能聽得一清二楚。眼前是一座有著防波堤的秋日悠閒小港。三裝童子一醒來就立刻下車，像行屍走肉般朝著夜晚的大海走去。我們也下了車，跟著往海邊走去。

我的心情就像剛剛參加完成人儀式。我們站在海邊望著海面，深深吸了一口氣。空氣裡，我能感受到清涼波濤激出的點點浪花。上一次來海邊，已經是好久以前的事了。六年前，朋友們藉口說要安慰被甩掉的我，幾個人拉著我一起衝到清晨的江陵看海。從那之後，我便再也沒來過海邊。有趣的是，我每次來看的都是東海，從沒去過西海，南海也只在去釜山時看過。這或許是因爲我沒那麼愛旅行，且工作就是必須一直坐在桌前的關係。最重要的是，我的老家金泉可以說是內陸中的內陸，跟海眞的沾不上什麼邊。

---

*公峴津爲位在江原道的一處港口。孔炯軫、孔曉振爲韓國演員，孔玉振爲韓國知名民俗舞蹈家，「軫」「振」「津」三字的韓文發音相同，此處是利用諧音開玩笑。

#鄭俊鎬爲韓國男演員。松池湖爲位在江原道的一處海水浴場，其韓文發音與演員「宋智浩」相同。「鎬」「湖」「浩」三字的韓文發音相同，此處是利用諧音開玩笑。

海面雖被夜晚染成一片漆黑，卻感覺無比開闊，讓我的雙眼都亮了起來。畫畫的人不光是手要巧，眼睛更要銳利。觀察的角度、以眼睛所見的一切，都會成爲畫作的內容。我不禁手癢了起來，也忍不住想起那被我拋下的截稿日。我努力把它拋在腦後。

清晨，幾間生魚片店依然在營業。我們走進其中一間，老闆看起來像是上了年紀的漁夫，只見他從魚缸裡撈起石斑魚，俐落地爲我們料理起來。我們點了幾樣基本菜色，配著燒酒，像被蠱惑似的緊盯著仍然漆黑的海面，只見浪潮一就洶湧。我拿起紅蘿蔔，沾了點大醬塞進嘴裡，這紅蘿蔔又甜又爽口。突然，一股聊心事的衝動湧上心頭，我卻不知該說些什麼才能發洩。提三裝童子考試落榜的事似乎不太好，提師父離婚的事又有些彆扭，但也不能說我的逃跑計畫啊。最後只能跟金部長聊起他的醒酒馬車，說營業時間要延長到午餐時段，並強調三裝童子必須更認眞上班。我雙手恭敬地舉起燒酒杯向師父敬酒，師父卻用眼神示意，要我用單手就好，不必那麼拘束。但畢竟是面對師父，還是雙手敬酒的好。做了個乾杯的手勢後，我沒有立刻喝光杯裡的酒，而是禮貌性地分次把酒喝完。師父忍不住嘟囔，說我在這方面實在很固執。十年的緣分，過氣的師父與不成材的弟子。即便如今重逢，我們仍是過氣的他與不成材的我。

「你之後打算怎麼辦？」

我就像在問師父要點什麼菜一樣，漫不經心地開口。

「嗯……得找個新對象囉。」

「你不是說你只有買中古車的錢嗎？要找對象也得有錢吧。」

「那是跟你這種不受歡迎的人待在一起才會這樣啦……我這麼受歡迎，跟你不一樣喔，我接下來要解開封印了。」

「好，那就祝您一切順利。如果不順利的話，可千萬不要太難過喔。」

「難道你就很順利嗎？」

「……」

「你怎麼不跟珠妍好好發展？」

「好好發展什麼，我們才沒有什麼咧。」

「臭小子，她很不錯啦。能在眞華那女人底下撐這麼久，而且又很堅強，跟你很配啊。」

「是啊，我原本也以為是這樣，但她沒把這件事看得太認眞。她眞正想要的，該怎麼說呢……是更有社會地位的男人。」

「什麼社會地位？韓國又不是階級社會……」

「韓國不是嗎？」

「……」

師父沒能回答我的問題，韓國果眞是階級社會啊。

「哥，你在談戀愛喔？」三裝童子插嘴。

「沒有，只是觀望了一下，最後發現那女人不適合我。」

「三裝童子啊，你可別去想女人的事。在我們這間店成功之前，你都要過斯巴達式的生活！交女友跟花天酒地都不行！」

「唉唷，知道了啦。」

我想起這兩個人，是因爲我才會認識，便下意識舉起酒杯，敬這兩個滿心期待餐廳能生意興隆的傢伙。乾了杯，石斑生魚片也上桌了。沒有任何額外裝飾，切得厚厚的生石斑魚肉鋪在盤子裡，看來極爲可口。放進嘴裡品嘗，果眞沒有比這更美味的食物。這彷彿是我們大老遠跑來海邊的目的，此刻，四人都專注地品嘗著生魚片。

吃著生魚片、喝著燒酒、抽著菸、大嚼其他人的舌根、從偶像團體「少女時代」中選出自己最心儀的一個成員、痛斥苦悶的日常……不知不覺間已來到破曉時分。金部長把打瞌睡的老闆叫醒並請他結帳（提議要旅行的人，就該付最主要的那餐），三裝童子則意猶未盡地從冰箱裡又拿了兩瓶啤酒出來。

來到外頭，一顆惹人憐愛的火球自東海海面升起，高掛在清晨仍略顯漆黑的空中。從升起到照亮整個世界，並沒有花太多時間。我們四個男人並肩站在海灘上，靜靜望向大海。非親非故年紀也不相仿的四人，在首爾某個角落的頂樓加蓋相遇，如今陪伴彼此來到國土的東邊欣賞日出。雖與在頂樓看見的太陽沒有不同，卻莫名令人感動。過去幾個月來，跟我同吃同睡的這些傢伙，在我心中有如壁蝨、寄生蟲、蟑螂……可是再怎麼說，我們都是這個「四口之家」的一分子。我曾經氣過他們、對他們的作爲懷恨在心，那樣的小心眼如今在熾熱陽光下消毒、被清涼的浪潮淘淨。

三裝童子一屁股坐到沙灘上，用盡吃奶的力氣嘗試把啤酒打開。師父則以上大號的姿勢坐下抽起了菸，而我雖想坐下，卻還是選擇與金部長並肩，這是因爲我想站著看海。金部長似乎很感激我的陪伴，連連讚嘆景色的美。師父不知是不是覺得三裝童子有些可憐，便一把將還沒打開的啤酒搶了過來，用自己的打火機三兩下便將瓶蓋撬開。見啤酒開了，三裝童子便以凡事講究長幼有序，恭敬地將啤酒瓶遞給師父，師父一把接過瓶子並直接就口喝。他豪邁的姿態，連在旁看著的我都感到暢快。眞帥，師父一定能再找到好對象。

金部長從師父手上接過酒瓶，大口喝了個痛快，然後像是交棒一樣，再將瓶子交給我。啤酒沒剩多少，我便將剩下的一飲而盡，再用打火機把三裝童子拿來的另一瓶啤酒打開。我補喝了一口，便把酒瓶交給三裝童子。三裝童子一臉欣喜，心滿意足地就口喝了起來。咕嚕咕嚕，還有不少酒從嘴角流了出來。隨後，他將剩下的啤酒往頭上一倒，便呈現大字形癱倒在沙灘上，那模樣像極了在世界盃足球賽上贏得冠軍，大灑香檳慶祝的球員。師父跟金部長回頭看著三裝童子笑，而我則欣賞著已經高掛在空中的火紅太陽。我緩緩朝海水走去，走到一半還將鞋子脫了。我沒穿襪子來，脫了鞋後便能赤腳踩在沙灘上。沙子的觸感濕潤又舒服，緊接著我的腳碰觸到拍打上岸的浪。看著晨光，我的心感到溫熱，腳下所踩的海水卻十分冰涼，這眞是最棒的享受。

生魚片店後方的民宿房間，剛好就跟我的頂樓加蓋一樣大。由於裡頭沒床鋪，只能打地鋪，我們四人可以並排躺在一起。徹夜沒睡都在開車的師父率先倒下，金部長也很快鼾聲大作。如果沒比金部長早入睡，就得承受鼾聲帶來的騷擾。我翻來覆去，忍受著這樣的不便，接著突然感受身後也有一陣動靜。回頭一看，發現三裝童子也睡不著。

「到底怎麼回事？」

「什麼？」

「你明明是有錢人家的孩子啊。」

「……」

「你根本沒必要去住考試院吧？更不需要在醒酒馬車這樣的地方工作。你是不想受家裡的幫助嗎？還是家裡不給你幫助？」

「我會這樣，都是有原因的。」

「那你說來聽聽。」

「不要。」

「我不會跟別人說的，好嗎？」

三裝童子張嘴，不知是想打哈欠還是想嘆氣。

「我是私生子。」

「什麼？私生子……？啊，是那個……嗎？」

「我爸有兩個家庭，我從小就跟媽媽相依爲命。國三的時候我媽過世，然後我就被接去我爸家了。那邊的媽媽雖然接納了我，但哪可能跟我多親？那個家裡，還有一個年紀比我大的兒子、一個女兒，以及另一個跟我同年的女孩。幸好房子很大，我可以安安靜靜窩在角落的房間裡，假裝自己不存在。」

「這一定很痛苦吧？」

「也不算是很糟啦。一直到上大學之前，我都會拿到零用錢，他們也會幫我付註冊費，過得豐衣足食。沒有電視連續劇裡演的那種狗血劇情，大家都是心胸很寬大的人。」

「所以你才會決定大學畢業後要自立自強？」

「會這樣想，也不是因爲我想反抗什麼的……其實是我大哥準備司法考試準備很久，最後放棄了，這件事好像讓爸爸覺得很遺憾。所以我就想，如果我能通過司法考試，那應該就能得到認同。所以才會去考試院，也想說這樣能夠更專心讀書。」

「原來這就是你開始挑戰國考的原因。」

「對啊。但司法考試落榜，連公務員考試也落榜，我眞的是沒臉見他們。雖然我誇口說自己一定做得到，但其實我根本都做不到。」

「大家會理解的。」

「他們不是不能理解我的人，只是我自己過不去。其實他們現在也一直叫我搬回家裡，但我就想趁這個機會獨立，剛好也有工作了嘛。」

「你是眞的打算好好做醒酒馬車嗎？」

「對啊，小時候我媽就是開店的，所以我喜歡做生意。」

「那眞是太好了，加油吧。」

「我會的。金部長只是愛嘮叨而已，但其實人很好啊。」

「對啊。」

後來，我們準備睡覺，沒再多聊什麼。磨牙聲與鼾聲交織出的二重奏逐漸平靜，我們兩人的話聲，隨著透過窗射入屋內的陽光漸漸乾涸。現在我終於知道三裝童子爲何老愛裝有錢、裝帥跟不懂裝懂了。他其實是有錢人家的孩子，他這樣確實算長得帥，而且他也的確懂很多。只不過他同時也非常渴望得到認同，這不知帶給他多大的壓力？他這樣正向樂觀的態度，或許是另一種爲了掩飾這份渴望的僞裝。我轉頭看了他蜷縮的背影一眼，隨後便轉過身去，像連體嬰一樣與他背靠著背。閉上眼睛，我很快進入夢鄉。

等我醒來，發現大家都出去了，只剩我還躺在屋裡。

我來到院子裡，外頭日正當中，我的胃不斷翻騰。多虧了清涼的海風吹來乾淨的空氣，讓我的腦袋還算清醒。走到門口，眼前是一片藍到發白的天空，以及無限延伸至遠方地平線的大海，感覺眞是清新。雖不覺得自己能在這住上一輩子，但我再重回都市之後，想必會一輩子懷念待在這裡的這段時間。我生活在都市的同時，也會無時無刻想著這樣的清新自然。不過，我依然認爲人類就應該活在都市裡，活在夜裡有二十四小時的便利店與大型超市守著、有複雜公車轉乘路線，以及多達九條地鐵路線的都市。話說回來，那些來自都市，有如病毒一般的傢伙，這會兒都跑到哪裡去了？

我在防波堤上找到師父與三裝童子。兩人似乎是向民宿老闆借了釣竿，正一邊釣魚一邊抽著菸，上演模仿姜太公的戲碼。三裝童子開心地迎接我，並抓起他釣到的魚給我看。他說漁網裡有鯛魚、斑頭魚、大瀧六線魚等，但我根本分不清楚。我問三裝童子這些魚都是他釣到的嗎，只見他先是看了看師父的臉色，然後才點點頭。我這才看到靜靜站在一旁的師父。他老吹噓說自己有豐富的釣魚經驗，今天竟連一條魚都沒釣到，我究竟是該嘲笑他，還是該安慰他？

這時，我們開來的那輛車朝我們駛來，並停在防波堤邊。金部長從駕駛座上走了下來，只見他一臉驕傲。我有些驚訝，金部長卻擺了擺手，一副這沒什麼了不起的樣子。

「眞不愧是INFINITI，果然是好車。」

「還好嗎？」

「什麼東西還好嗎？」

「你的開車創傷症候群啊。」

「忘記那件事吧，我的飆車本能已經復活了。」

看金部長不可一世的樣子，我稍稍有些安心。看來現在就算醒酒馬車眞的不行，他也能去當代理駕駛了。

「你還是不要過度自信了。」

把我的話當成耳邊風，金部長轉身走向正在釣魚的那兩人。

「大哥，有釣到嗎？」

師父怎麼可能回他？金部長逕自看了看漁網，露出開心的笑容。

「哇，這樣已經夠了啦，我們煮個辣魚湯來吃，然後就回首爾吧。」

「你少在那瞎嚷嚷，要煮就滾一邊自己去煮啦！你們是不懂釣魚的禮儀喔？這麼吵，魚都被嚇跑了啦！」師父終於爆發。

我們笑著抓起漁網，帶著一網子的魚離開防波堤。師父宛如化身成「釣魚人」的銅像，站在防波堤上一動也不動。他的堅持是很帥氣，但就連新手三裝童子都釣了這麼多魚，他爲何連一條魚也釣不到？哈哈哈。

直到金部長煮的辣魚湯都快熬乾，師父才釣起一尾星點河魨。即使我們大力反對，他還是堅持要把這尾魚做成生魚片來吃。三裝童子說河魨有毒，應該交給廚師處理，師父卻氣得說星點河魨沒有毒，要他別不懂裝懂。最後因爲我們三人都勸阻他，他開始鬧起彆扭，一口氣喝下一大杯燒酒後，便進到屋裡倒頭大睡。雖然他不是我老公，但每次看到他這樣耍脾氣，眞的都會想跟他離婚。

到了下午，負責開車的師父仍酩酊大醉，讓我們想在天黑前回到首爾的計畫澈底被打亂。

金部長自告奮勇說要開車，並指示我們把醉得不省人事的師父塞進後座。這次我跟三裝童子開始勸阻金部長，金部長卻怎麼也不肯放棄。最後三裝童子只能交出車鑰匙，金部長得意洋洋地領著我們朝車子走去。

金部長緩緩發動車子，坐在副駕駛座的三裝童子不斷重複導航的指示，一直提醒金部長多加留意路況。後座的我靠在椅子上，讓醉倒的師父枕著我的大腿。時隔已久重新握起方向盤的金部長、渾身酒氣的師父，都令我擔心得睡不著覺。直到最後，我們的小旅行都還是一團亂。

從驪州到嶺東高速公路這段路程，我們陷在令人厭煩的車陣之中。金部長說他要盡早回去開店，看起來很是焦躁。他越是焦躁，三裝童子就越努力安撫他，要他冷靜一些。每次三裝童子要他冷靜，金部長便會嘟囔著說別擔心沒用的心。就在這時，我收到一則訊息。

——你好。我現在在找房子，但比我想像中的還要難找 T_T 真的很抱歉，但你能不能再等我一段時間？

是水逾女。看到這則訊息，我竟不自覺揚起了嘴角。

——沒關係，我可以等妳，等妳找到房子再跟我聯絡吧。

這是最好的結果。這次旅行，洗去了我對同居人們莫名的憤恨，我也失去了一定要逃離望遠洞的理由。這是我的家，我爲什麼要離開？到外面走一圈，發現實在沒有比望遠洞更好的地方。但萬一這些人再一次傷了我的心，那放棄水逾女的半地下室套房，還是會讓我覺得有些可惜，於是我決定買個保險，回訊息說我會等她。

送出訊息之後，才一眨眼的時間便立刻得到回覆。

——啊啊，太感謝你惹~那我會好好找房子，盡快跟你聯絡的喔^^

這是怎樣？一個二十九歲的未婚女子，爲何會用這麼可愛溫柔的語氣回覆一個單身男子的訊息？是對我印象不錯嗎？仔細想想，我那天的打扮實在不怎麼樣。上半身穿著運動服，下半身則是破舊的工作褲，沒有特別抓頭髮，還戴著一頂漁夫帽，給人的印象應該很糟糕才對……還是說，這女生不管對誰都是這麼親切？當五萬種劇本在我腦中上演之時，我也傳出了訊息。

——好，再聯絡。

送出之我才覺得，不回應好像比較好。

「你是在那裡偷笑什麼？」

我嚇了一跳，低頭一看，發現是靠在我大腿上的師父正睜大了眼看著我。

「是什麼事情讓你偷笑成這樣？」

「沒有啦，哪會有什麼事？」

「是誰？」

當然不能說是誰囉。並不是因爲對方是女生，而是因爲我跟對方之所以認識，是因爲我厭倦你們、想離開你們了，這話我怎麼說得出口呢？

在頂樓跳舞

金部長跟三裝童子一起，傾注心血經營起白天時段的生意。

他們晚上十一點出門上班，跟鮟鱇魚餐廳老闆夫妻交接後，一起在店裡待到凌晨三點。三點之後，他們會拉起簾幕，將店內不需脫鞋的座位區當成休息室，輪流休息。金部長休三點到七點，三裝童子休七點到十一點，十一點開始再一起上班到下午兩點，然後才正式下班。

這樣做了一個星期，午餐時段的客人逐漸增加。這才發現上班族中，確實有不少人是到了午餐時間才來醒酒。很快地，午餐時段的營收已經超過早晚兩個時段。而午餐時段的熟客，也開始會在晚上或清晨來喝碗醒酒湯，這讓醒酒馬車逐漸站穩腳步。金部長與三裝童子雖然偶爾還是會鬥嘴，但畢竟生意比以前好了許多，鬥嘴也變得像是充滿活力的象徵。

更令人爲之振奮的，是金部長跟嫂子似乎終於脫離冷戰狀態。一直以來，金部長下午兩點下班之後都會短暫睡個覺，並在八點左右起來，跟女兒敏眞進行視訊通話，這是他生活唯一的樂趣。而近來跟敏眞聊完之後，他也會跟嫂子聊個幾句。在金部長開了店、重整旗鼓，再度奮發向上之後，嫂子才開始跟他視訊通話。嫂子說，他不太敢相信金部長竟然開了間餐廳。

「嫂子爲何不相信你？這是你的手藝耶。」

「臭小子，我本來是個連泡麵都不會煮的人啦。」

「所以你是來到我家以後，才第一次煮醒酒湯？」

「年輕單身時期煮過幾次啦，我也沒想到我居然這麼有做菜的天分。」

果然，人越是窘迫，越能發揮潛力……現在他正在跟嫂子炫耀自己的料理手藝，還說等嫂子回韓國要做什麼給她吃。看他一個大塊頭擠在一張小椅子上，跟嫂子說那些肉麻的話，我一方面慶幸，一方面卻又替他覺得難爲情。

下班後，三裝童子會回考試院睡一下，然後再到我的套房來跟師父一起看棒球。現在正値韓國職棒賽季，但他們支持的隊伍都無緣爭奪冠軍。於是他們決定從有望奪冠的隊伍中，各自找出新隊伍來支持。沒機會能到蠶室棒球場躬逢其盛雖令他們遺憾，但他們還是坐在電視機前，聲嘶力竭地替自己支持的隊伍加油。最後，我也像個每到世界盃足球賽期間就會陷入狂熱的一日球迷，一起加入他們的行列。但其實我這麼做的最大原因，只是爲了搶他們的炸雞跟啤酒。

我問金部長，三裝童子有沒有認眞工作？金部長說工作的部分，三裝童子就像頭老驢子一樣幫不上什麼忙，但他很會拉客人。每星期會有兩到三天，三裝童子準備公務員考試時認識的朋友、大學同學都會來店裡，點個醒酒湯配燒啤，而燒啤就是利潤最高的品項。

更讓人驚訝的是，三裝童子同父異母的哥哥和姊姊，竟也曾到店裡拜訪過！前幾天的午餐時段，我接到一通金部長的電話，要我趕快到店裡去。去到現場一看，才發現下了班的三裝童子眼眶泛淚，正拿剩下的醒酒湯配燒酒。聽說是中午的時候，他同父異母的哥哥姊姊一起來店裡吃了頓飯。金部長替他們結帳時，他們還拿了個紅包要給三裝童子，裡頭裝了兩百萬韓元。

「你們知道嗎？我哥和我姊……都是滴酒不沾的人。但他們居然來這裡吃醒酒湯，你們知道這代表什麼嗎？」

「臭小子，一定是你爸派他們來監視你啦！」

「不，聽說那兩百萬韓元，是他們兩個自掏腰包出的。然後、然後……姊姊還說會找一天帶爸來吃，嗚。」

說著說著，他便哭得一把鼻涕一把眼淚。

我開始想像金部長的太太跟女兒、三裝童子的爸爸，都來這間店裡用餐的情景。

看到他們兩個攜手克服難關，我覺得提供自己的套房當他們的基地，似乎是件很有意義的事。隨著他們在店裡待的時間變長，套房裡的人口密度也就降低許多。我們睡覺的時段不同，金部長也就不再睡帳篷，而是搬進房間裡來睡。

不過，帳篷還沒收起來，這全是因爲師父。

師父每天的例行公事，就是躲在帳篷裡觀察隔壁陽台。他這種行徑幾乎等同是偷窺狂了。據師父說，隔壁的寡婦阿姨名叫鄭妍淑，從事保險業，現在最在乎的事情，就是她國三女兒的高中入學考試。她每星期會去望遠市場採買兩次，跟社區公車站旁邊的草原美容室老闆娘是好朋友。

「只是躺在帳蓬裡盯著陽台看，就有辦法知道這些事嗎？」

師父理所當然地點了點頭。

「還有啊……她只穿紅色的內褲。那邊，有看到那條曬衣繩吧？」

「搞不好是她女兒的啊。」

「等等，所以是她女兒也只穿紅色的囉？」

「師父，你這樣根本就是變態嘛。你到底要做這種事做到什麼時候？像個男人好不好？趕快過去直球對決啦。」

「我們現在都會打招呼啊。」

「啊哈，所以你是躺在帳蓬裡等機會，一看到隔壁阿姨到陽台上來，你就衝出去抽菸是吧？如果你們對上眼，就會點個頭打招呼？都不跟彼此聊天嗎？」

「我都計畫好了啦。你知道嗎？我上個星期這樣做，但到了這個星期，就算妍淑到陽台上來，我也不會出現在她面前。你知道接下來怎樣了嗎？她會一直往這邊看！你知道這代表什麼意思嗎？」

師父還取得了「妍淑」會跟房東奶奶一起上教會的情報，甚至為此邀我一起上教會呢。每每講到宗教，尤其是對基督教嗤之以鼻的師父，為何會做出這種舉動？我眞的開始擔心他了。

這段期間，水適女傳了兩次訊息給我，兩次都是說找房不易，可能無法立刻搬家，請我諒解。我一直以寬宏大量的態度，告訴她不需要著急，而她總是會謝謝我。該怎麼說呢？我覺得這樣好像在累積什麼點數。

另一方面，我也感到很好奇，她究竟準備了多少押金？又想搬到哪裡去？為什麼會一直找不到房子？她手上的押金不可能比我少，她看起來是個很嚴謹的人，想找到最合適的房子，可能得花不少時間。她俐落幹練的長相、往後梳起的瀏海、圓潤的額頭，一再浮現在我的腦海中。

我拚命趕稿，就在我準備短暫午休時，手機的通訊軟體突然響起，是她。

——你好，我又要跟你說抱歉了 T_T 這樣眞的沒關係嗎？如果有問題的話，看要不要找其他房子也沒關係。眞的眞的對你很不好意思。^^

又是要請我諒解的訊息，再累積一點，我大方以玩笑回應。

——沒關係。不過，今年內有辦法搬成吧？哈哈。

——這……這……要是眞的不行，就算我得去睡首爾車站，也一定會在今年內把房子清空給你的。呵呵。

看她居然回應我的玩笑話，感覺眞不錯，這也讓我更能放膽回了。

——這怎麼行？還是在房間裡裝個隔簾，我們一人用一半吧，哈哈。

後來她一直沒有回，是我說錯話了嗎？看了一下時間，才發現只過了兩分鐘。還是別太著急了，只是開個玩笑嘛。就在這時，她回覆了。

——要橫的隔還是直的隔？呵呵。

原來短暫的停頓不是她不想回應，而是在想更有趣的回覆方式啊。這種能夠開玩笑、有幽默感的對象，不覺得很有魅力嗎？我突然開始對水逾女產生好感。但也因爲這個念頭，反倒讓我沒能立刻回覆，接著她又回：

——我看你的個人檔案，發現你好像住在望遠洞……那裡還可以嗎？我打算要去那裡找房子。

我像在炫耀自己的孩子，反射性地像機關槍一樣打出望遠洞的優點。她對望遠市場以及能走路到漢江這兩點最有共鳴，我又接著說只要通勤路線沒問題，那絕對推薦她來住望遠洞。她回覆說：

——其實我現在也正在找新工作……在弘大那邊。

終於有機會可以更深入了解她了！

——不好意思，請問妳從事怎樣的工作？要在弘大這邊找的話，是服務業之類的嗎？

——……對，所有類型的服務業我幾乎都做過。弘大那邊商店很多，我就想說也許能去那裡找新的機會。

我先是想到，如果她搬來這裡，這樣我們就有機會經常在這附近碰面……然後才驚覺，如果她搬過來，我不就得搬過去她那邊了。這麼一想，我突然不想搬家了。我很訝異自己竟有這樣的想法，但也或許是因爲這個念頭，我反而更大膽了。不知怎麼回事，我竟然在訊息欄輸入這樣一段內容：

——我今天剛好有空，如果妳要來望遠洞這裡看房子，我可以幫妳介紹。我的房東爺爺可說是這個社區的土地公，他也有在經營不動產仲介，我可以先幫妳打聽看看。我之所以會想這樣幫忙，是因爲妳要趕快找到房子，這樣我也才能夠搬家過去。所以希望妳不會太有壓力。^^

飛快打完一大段話，我毫不猶豫地按下送出。

她沒有立刻回答。眼前這鍋飯應該要再悶一下嗎？還是我的積極毀了它？我等到望眼欲穿，即將放棄時，她回覆了。那段文字，感覺就像一碗煮得恰到好處的可口白飯。

下午四點，望遠站二號出口，我再度來到這裡等人。

記得四個月前我來這裡接金部長，帶他走到我住的頂樓加蓋套房，當時我連作夢都沒想到，我竟會打算離開望遠洞。但此刻我來這裡見的對象，就住在那個我即將要搬過去的屋子裡，我要幫她找到房子，好讓我自己能離開望遠洞。

意外跟水逾女再度碰到面，我感到有些不可思議。我從沒想過自己會幫她找房子，也覺得我們之間實在有著奇妙的緣分。未來有機會，這會是個適合畫成短篇的小故事。因爲想承租對方現在的租屋處，而幫對方找新房子的故事。想到這裡，我又掛念起迫在眉睫的截稿日。現在是我必須贏得小聰明信任的關鍵期，絕對不能拖稿啊。就在我想到這裡時，她出現在車站，截稿日的壓力也瞬間煙消雲散。

「嗨，你好嗎？」

稚嫩的聲音摻雜著喜悅，給我的衝擊更加強烈。只是我想起最近自作多情造成的慘劇，便努力要自己冷靜下來。

「妳從水逾洞過來嗎？」

「沒有，我想說既然要來這邊，就順道去弘大面試了一個工作。」

「這麼快就有面試機會？」

「對啊，想說既然要過來，就看能不能多處理一些事情。」

「我就知道妳是這樣的人。」

「什麼？」

「因爲妳看起來很勤勞。」

「啊，我是有一點啦，哈哈。」

看她露出笑容，我也跟著笑了。我開始向她介紹望遠洞。

她已經把條件告訴我了。她想找押金一千萬租金三十萬，或押金五百萬租金四十萬的套房，空間越大越好。畢竟她的行李不算少，當然會希望空間大一些。她之所以要搬家，不是因爲經濟狀況變差，而是因爲經濟狀況變好，這實在讓我很羨慕。拿這些條件去問超級爺爺，爺爺便給了我押金三百萬租金五十萬、押金五百萬租金四十萬、押金一千萬租金三十五萬共三間房子，甚至畫了簡略的地圖。還補充說如果要跟屋主議價，一定要打電話給他。果然，與超級爺爺這樣的人爲敵絕對是場惡夢，但如果跟他站在同一陣線，那他就會化身成爲你的守護天使。

她對房子的挑剔程度超乎我的想像。我們從押金最高的房子看起，這兩間看在我眼裡都相當乾淨整齊，她卻都不是很滿意，甚至決定不去看最後那間押金三百萬租金五十萬的房子。我心想「難怪她挑房子會花這麼多時間」，她也在這時爲自己的挑剔向我道歉，還說想買點東西請我吃，於是我帶她前往望遠市場。

看房子時一直悶悶不樂的她，一來到望遠市場便露出燦爛的笑容，一路上驚嘆連連。望遠市場果眞是望遠洞的蛋黃區、望遠洞的迷人腹肌、望遠洞的門面，絲毫沒有讓她失望。水逾女嘴上喊著好便宜，一路買了許多東西，一下子就把手上的黑色塑膠袋給塞滿。我問她，水逾洞難道沒有市場嗎？她說那裡的東西比這裡貴，說著說著還停下來買了一瓶大豆油。這時，我不再覺得自己是在跟女生約會，反倒覺得像跟媽媽出來逛菜市場。這種感覺，就像是我因爲想吃辣炒年糕而跟媽媽去市場，媽媽卻花了一堆時間採買、議價，害我遲遲沒能滿足吃辣炒年糕的慾望。

令她如此著迷於購物的地點竟不是百貨公司，而是傳統市場，實在令人嘖嘖稱奇。我帶著她，好不容易來到望遠市場尾端的「○○小吃」。這間店五個炸物只要兩千韓元，另外還有迷你飯捲跟辣炒年糕，全都是一等一的美味。她說這些都是她愛吃的食物，三種都要點，而我本來打算要請客，她卻堅持要出錢。於是我說，既然來到望遠洞，就一定要到漢江邊走走，並說好到時啤酒錢由我出。成交。這頓小吃她請，等等的酒錢我出。

即便才十月中旬，漢江邊卻已有點冷。我們各自提著在堤防入口處的店家買的罐裝啤酒，坐在長椅上靜靜望著漢江。當有看房子、去小吃店等明確目的時，我們的對話始終沒有停歇，但一來到漢江，卻突然湧現一陣尷尬。她應該也在想，才見第二次面，我們這樣好像太放鬆了。她手上大大的黑色塑膠袋裡裝了海苔、大豆油、鯷魚等食材，身上則穿著面試用的半正式服裝，兩者搭在一起有種莫名的不協調感。見我一直盯著她看，她有些不好意思地轉頭看向我。

「怎麼辦？今天還是沒找到房子。」

「妳喜歡望遠洞嗎？」

「嗯，很喜歡。你今天介紹給我的房子都很棒……是我太挑剔了。」

「至少要住上兩年，挑選的時候當然要謹慎一點，妳做得很好。」

聽我這麼一說，她的表情才稍稍開朗了一些。她問：

「不過，你爲什麼想要搬走啊？我看你好像很喜歡這個社區。」

「我看起來像這樣嗎？」

「你根本就是望遠洞的地方代表了耶，哈哈哈。」

「哎呀，就算喜歡，也還是會有要離開的時候嘛。」

她斜眼看著我，眼神中帶著一絲淘氣。

「那通常是男生甩掉女生時講的話耶。」

她說得我啞口無言，不知該如何回應。她呵呵笑個不停，似乎覺得我的反應非常有趣。

「開玩笑的啦，你的情緒很容易表現在臉上耶。」

「對啊，所以我不太能跟人打撲克牌，牌一下就被猜到了。」

「問這個有點冒昧，但我還是想請問，你是做什麼的？」

「我喔？我嘛……對了，妳會不會覺得江風吹過來有點冷？」

「有一點。」

「我們啤酒也喝完了，要不要一起去弘大？我知道一個好地方。」

「在這裡看漢江也不錯啊……」

看她一臉不情願，她應該也是不能打撲克牌的類型。

「那邊有音樂能聽，而且我也想再多了解妳一下。」

瞬間，她小小的額頭染上一片紅暈。我看她不光是不能打撲克牌，連傳統的花牌也打不了。

我們來到「老與瘋狂」。上次跟珠妍一起來過的回憶，在幾首老歌之後便消失殆盡。現在我身邊，有著一個額頭小巧紅潤的勤勞女孩。她一來便主動點了酒跟下酒菜，還點播了十首歌，並拿起手機處理起必須處理的待辦事項。她跟我道歉，說很快就會結束……我就這樣一邊聽著音樂，一邊看著她。

她個子不高，長相也很平凡。身上穿著特別爲面試挑選的衣服，但我一直覺得那天去看房子的那套運動服，似乎更適合她一些。她的眼睛很大、鼻子很小，嘴巴也大，讓人聯想到卡通《小青蛙》*的女角拉娜坦一。做事仔細且謹慎的態度，也讓她顯得很有個性。她的額頭很美，非常適合把頭髮往後撥，但我還是想看看她解開頭髮，長髮飄逸的樣子。我一直都喜歡比較性感的女生，沒想到現在竟會被這樣小巧可愛的類型吸引。她在跟朋友還有弟弟交代幾件事情之後，終於掛上了電話。

我拿起海尼根，示意她來乾杯，而她也拿起自己點的可樂娜啤酒。

「我是漫畫家。」

漫畫家確實是個很特別的職業。她一副對這個職業很好奇的樣子，並開始列出自己喜歡的漫畫與漫畫家。接著她說到，現在當漫畫家應該很辛苦，也擔心起我的狀況。聽她這麼一說，我便不自覺在心裡拿她跟某個問我何時會紅的人比較起來。我想要專注在眼前的她身上，於是開口問起她的事。

「我啊，是打工之神喔。」

她說這些話的時候有些驕傲，又有點難爲情。雖然有些好笑，但我還是忍住了，沒有笑出來。

她說她是全州人，自從來首爾讀大學之後，便一直打工到現在，二十九歲了，從來沒有停過。家中的經濟狀況，讓她無法依靠在故鄉的父母，因此九年來都是靠打工賺取自己的學費跟生活費，現在還負擔弟弟的生活費。我想，我知道她爲什麼這麼勤奮了。眞想好好安慰這麼勤奮的她。

「咖啡廳服務生、便利商店櫃檯、一般公司或補習班的行政助理、家庭餐廳訂位負責人、服飾店店員、調酒師、售票員、大型書店櫃檯人員、麥當勞廚房人員、義大利麵店經理、手機賣場銷售員等，能跟人接觸的工作我幾乎都做過了，除了家教、補習班跟酒館之類的工作。我功課不太好，沒辦法去做家教或到補習班當助教，酒館的話……雖然做過調酒師，但那份工作對我來說有點吃力。」

「爲什麼？」

「一個小不點穿著雪紡襯衫幫客人倒酒，看起來就像小孩開大車，怎麼會受歡迎呢？雖然薪水是比其他打工要高很多啦，但得要喝很多酒，而且又日夜顛倒，眞的很辛苦。」

「可是妳很有魅力啊，說話也很有趣。」

「確實也有些客人這樣想，他們都會特別找我點洋酒，但這對我來說眞的壓力很大，實在是做不下去。」

「這麼說來，妳眞的是『打工之神』耶……好厲害。」

「我眞的不蓋你，上菜或結帳之類的事，我都三兩下就能完成，而且還可以累積不少

---

*一九七三年推出的日本卡通，台灣於一九七六年由華視播出。

熟客。有我在的店家啊，沒有一間生意差的，我也從來不曾被老闆開除，每次都是我主動辭職，老闆還搶著要留我。做到這個程度，應該可以說是『打工之神』了吧？」

「叫『打工的女神』怎麼樣？」

「噗，哪有像我這麼矮的女神啦！」

「那妳爲什麼不在那些店裡繼續工作，看看有沒有機會轉正職？爲什麼要主動辭職呢？」

她拿了罐新啤酒。就像個身經百戰的打工之神，駕輕就熟地三兩下便開了罐，手勢看起來非常專業。

「每次我想安定下來時，都會遇到一些事情。像是跟男友吵架、朋友出事、弟弟生病之類的，而且我自己的身體狀況其實也不太好。」

「說不定是因爲妳太努力，太過勉強自己才會這樣。」

「大家都這樣說。但我就是那種不快點把事情做好，心裡就會不舒服的性格……實在是改不掉。」

「這次要搬家，也是因爲同居的室友惹出麻煩吧？」

「哇，我要起雞皮疙瘩了，你怎麼會知道？」

「妳不是說因爲朋友搬出去，所以才要把房子轉租出去嗎？聽妳這樣說我就猜到了。」

「很明顯嗎？哎呀，眞是太尷尬了。」

「是我第六感很靈啦。」

她用手朝自己的臉搧了搧風。

了解她是相當有趣的過程，甚至讓我忘了啤酒的存在。我追問她爲何跟朋友吵架，她先是拒絕了幾次表示不願意多談，最後才終於開口。

「吵架的原因眞的有點瞎……」

「沒關係，我也可以說個很瞎的故事回報妳。」

「……朋友老趁我不在的時候帶男友回來……我們因此大吵一架。總之……偶爾找男友來家裡吃個飯什麼的我是不介意……但她都會趁我出門工作時，把男友找來家裡上床。」

「什麼？」

「我在打掃時發現家裡有男生留下的痕跡。我都沒交男友，已經單身兩年了耶，所以才會爆發啊。要做就去汽車旅館做嘛！」

我們同時大笑了出來。從這段對話中，我發現到：

一、她至少近兩年來都沒交過男友。

二、她很好笑。

三、我正以極快的速度迷上她。

四、看她這麼坦率地跟我分享這些事，顯然她跟我相處時也不再那麼拘謹。

我們繼續喝啤酒，聊一些無關緊要的小事，聽著點播的歌曲。在這條啤酒河之中，音樂的波光蕩漾，談天說笑的小船在我與她之間悠悠穿梭。她很會喝酒，也很會說話。我很好奇，如此精明幹練的一個女生，爲何還沒能找到讓自己一頭栽入的工作，沒想到疑問很快便有了解答。

她既不是畢業於名牌大學，外表也不出眾，家世背景不顯赫，又是來自外縣市的二十多歲年輕女性，以這樣的條件想在首爾找到個像樣的工作並不容易。畢竟，不是會說話又幽默就能順利就職。履歷表上的經歷，才是職場生活的敲門磚。小她一歲的弟弟才一上大學，她便辦理休學去工作，直到弟弟休學去當兵後她才復學，等弟弟退伍後她又再度休學。後來她好不容易從大學畢業，又得趕緊還自己的學貸，還得幫忙籌措弟弟的學費直到大學畢業。這種狀況下，哪有時間累積自己的經歷？能憑藉著勞力，一邊償還債務一邊撐到大學畢業，就已經很了不起了。

「都快三十歲，還都只有兼職的經歷，誰不會怕呢？但我不在乎。這十年來，我有一半的時間都是邊還債邊讀書，剩下一半的時間則努力把剩下的債還完。雖然我讀了大學也沒學到什麼特別的，但要是連大學都沒畢業，那肯定不會被當人看。我在沒有父母的幫助下讀完大學，還能幫助弟弟繼續讀書，這讓我覺得很滿足。再過兩個月我就要滿三十了，到了三十歲，應該就會看到新的未來吧。」

微醺的她說完，我不禁有股衝動，想將手搭在她的肩上安慰她。如果可以，我想輕輕拍拍她的肩。她問我，當一個漫畫家是怎樣的體驗，我支支吾吾地回答，說就跟打工仔差不多，但她執拗地追問細節。

「總之，就是選擇了自己想做的事情，但是必須放棄很多其他的東西。」

「那你放棄了什麼？」

「很多啊。放棄一顆白菜、兩顆白菜、三顆白菜……*」

「你這是在展示自己是個無聊的漫畫家嗎？」

「這我可以解釋，我是被室友的冷笑話病毒感染了。」

「看來你病得很重喔。話說回來，你有室友？他會一起搬到我的半地下室嗎？那邊兩個人住可能會有點窄喔，而且你們都還是男的。」

「我其實是有苦衷的，妳想聽嗎？」

「好啊，但如果很無聊，我會立刻打斷你喔。」

---

*韓文中用來數白菜的單位與「放棄」同音。

於是我從大雁爸爸金部長的登場開始，依序講到被晚年離婚的師父出現、萬年國考生三裝童子的到訪，盡可能以生動有趣的方式描述。她沒有打斷我，而是一直瞪大眼睛頻頻點頭，專注聽著我的故事。最後，當我說到我對他們感到厭倦，想要逃離他們，所以才開始找房子時，她便露出潔白的牙齒，用比皇后合唱團主唱佛萊迪．墨裘瑞的高音還高的分貝笑了起來。

「什麼啊？你幹麼逃啊？我可是被室友逼得非搬不可！」

「因爲如果我把他們趕出去，他們就眞的無處可去了啊。況且即便我想趕他們走，他們也不會離開啊。但我們現在已經和解了……所以其實妳就算沒有馬上找到房子，我也一點都不著急。」

「那如果我一直沒找到房子，你就有可能會一直這樣下去囉？」

「大概吧……感覺還可以繼續忍受他們。」

「不，我會趕快找到房子，讓你可以逃離他們。來，敬逃跑！」

她舉起酒瓶。黃色玻璃瓶裡的啤酒隨著她的動作晃動，激起了白色的泡沫。我放下手中點燃的香菸，舉起眼前的綠色玻璃瓶。在我們的瓶子相互碰撞時，店裡恰好播到我經常聽的那首歌。

「妳知道這首歌嗎？」

「好像有聽過，但不知道是誰唱的，也不知道歌名……這樣就算不知道吧？」

「我每次來這間店，老闆都一定會播這首歌。」

「眞的嗎？」

我沒有回答，而是哼起了〈夏日時光〉的前奏。我的記憶很快沉浸在旋律中，歌曲占據了我的腦袋，而她的臉孔也變得越來越美，我的意識越來越朦朧。手機響起，我查看了一下，是金部長打來的。透過螢幕上的通知，我注意到師父稍早已經打了一通給我，但我沒有接到。這次我依然沒有接起電話。只記得後來她以輕快的聲音，搖晃著手上的空酒瓶，並跟老闆追加了新啤酒。她對著我笑，說現在點播的歌是她最喜歡的歌，然後我不知道說了什麼，她隨即臉色一沉。最後，我記得她說：

「你還好吧，漫畫家大叔？」

「我不是大叔……」

我拚命試圖辯解，努力抓住剩餘的意識。她稚嫩的聲音敲打我的耳膜，不斷撞擊我耳內的平衡器官。

醒來後發現，我躺在合井站後巷裡的汽車旅館。厚重的窗簾緊緊拉上，房間漆黑又狹小。看了下電子鐘，時間是十二點〇四分，是上班族準備去吃午餐的時間。我試著回溯昨晚的回憶，眞是該死，我又不是鮭魚，爲何還要逆流回溯……什麼也想不起來。我開燈一看，背包、錢包跟手機都還在，身上的衣服也都維持原樣，汽車旅館提供的飲料、毛巾、保險套，房間內的一切都原封不動。最讓我慶幸的是，她人不在這裡。

不知是不是手機電池耗盡，我的手機呈現關機狀態。如果人類也有黑盒子，那或許就是手機。但即使手機還留有昨晚的記憶，我依然不願正視昨晚拍了什麼照片、跟誰通了電話、留下了怎樣的紀錄。這些都讓我感到害怕。失去記憶的代價總是如此巨大。

才走出汽車旅館，我便看見回家的社區公車從眼前駛過。上了公車，我才打開皮夾，發現現金三萬韓元竟都還在裡面！我的思緒無比複雜，公車卻已經悠悠駛入望遠洞，很快來到我住的地方。

回到頂樓，走進屋內，發現師父正在房裡睡覺，金部長不見人影，似乎是出門去了。我趕緊替手機充電，並到浴室去沖了個澡。不知昨晚究竟喝了多少，到現在頭都還有點痛，我盤算著沖澡或許能稍稍減緩宿醉帶來的痛苦。

沖完澡出來，我換上新的衣服，師父也從床上坐起身來看著我。

「臭小子，你昨晚居然沒回家，跑哪去了？」

「不知道。」

「是跟女人在一起嗎？」

「我也不知道。」

「這什麼意思？」

「我是跟女生一起喝酒沒錯，但不知道我們昨晚有沒有在一起。」

「臭小子，你是跟她睡了吧？呵呵。」

「我就說不知道了嘛。」

師父說看看內褲就知道，便跳下床來準備脫下我的褲子。我慌張地阻止他，並將師父推回床上，倒在床上的師父看著我癡癡笑著。

「是跟誰啊？該不會……？」

「師父，你的徒弟現在已經沒有再跟那個女人見面了！還有，我眞的沒跟她上床。我今天早上在汽車旅館房間裡醒來時衣著非常整齊。」

「臭小子，又不是一定要脫衣服才能做，拉鍊拉開就可以啦。」

「房間的保險套也沒拆啦！」

「幹麼要用保險套？」

「唉，這些事還是留給師父你吧。」

「小子，我的狀況就更複雜了，我得先吃藥……不管啦，是誰？你到底是跟誰在一起？」

「是在網路上認識的女生啦，可以了吧？」

「什麼？網路上認識的女生？你這臭小子，沒想到你是這種人，看來你是個高手啊！是怎麼認識的？聊天室？社團？還是什麼色群平台？」

「是社群平台！不是你想的那樣啦，是我無聊去看網路的租屋社團認識的女生，可以了吧？」

「什麼啊？租屋社團？我聽過在夜店認識女生，還沒聽說過在租屋社團認識女生耶。臭小子，你眞的厲害，讚喔。」

我決定不理會師父鍥而不捨的追問，轉頭打開我的手機。開機的時間讓我覺得無比漫長，我忍不住想起了愛因斯坦的相對論。隨著液晶螢幕亮起，我的手機終於起死回生，記憶也恢復了一部分。雖然我又開始害怕起來，但還是鼓起勇氣看手機。內容如下：

一、未接來電五通

昨晚八點左右，師父一通

十一點十分至二十五分之間，金部長三通

今天上午十點四十五分，三裝童子一通

講眞的，最近圍繞著我生活的這三個男人，都至少打了一通電話給我。

二、四封簡訊

金部長兩封：「你在哪？」「回來時順便買馬桶疏通器！」

〇七〇開頭的號碼：「通訊分期金融信用不良者！無業者、欠款人士！聯徵次數過高者、家庭主婦！不限對象，當天申請即核貸一百至兩百萬韓元！」

一五八八開頭的號碼：「尊貴的顧客享有最高兩千萬韓元無息貸款額度。請洽一五八八—〇〇〇〇金美英組長。」

三、十二張照片

1.「老與狂野」的珍妮絲・賈普林黑膠唱片封面。
2.用手遮著臉，嘴角微微揚起的她。
3.二號照片的微微晃動版。
4.桌子上豪格登啤酒與百威啤酒並列的照片。兩瓶都喝了一半。
5.「老與狂野」的老闆正在挑選黑膠唱片的寬闊背影。
6.拍了漆黑地板的照片（應該是相機還開著就收起來，才意外拍到這樣的照片）。
7.冒著熱氣的辣炒年糕鍋。鍋子裡面有滿滿辣炒年糕、泡麵與炸物，照片的邊緣還有裝著生啤酒的杯子。
8.用叉子叉了塊辣炒年糕，再度用手遮住臉的她。

9. 八號照片的超級晃動版。
10. 應該是在一個類似調酒吧的地方，牆上擺滿形形色色的酒瓶。
11. 馬丁尼與莫希托調酒並排的酒吧照片。
12. 特寫馬丁尼中的橄欖。

我推測，在跟她離開「老與狂野」之後，我們跑去辣炒年糕店吃炒年糕配啤酒（應該是想像庭園附近那些辣炒年糕店的其中一家）。接著又前往調酒吧（應該是在上水洞與合井洞之間的某處），在那裡喝了馬丁尼跟莫希托。每次喝調酒我都會點馬丁尼，莫希托應該是她點的。後面沒有其他照片，看來接下來應該就是去了合井洞的汽車旅館。問題就在汽車旅館。爲什麼會去汽車旅館？實在想不透，我是跟她一起去的，還是自己一個人去的？難道要回頭去問問那間汽車旅館的員工嗎？丟臉爆了！我實在沒有勇氣打電話給她。

這時，手機突然震了起來，我的心也跟著劇烈跳動。我一拿起手機，師父便從床上坐起身，一副興致勃勃的樣子。我拿著手機走到房門外，一看才發現是簡訊。是水逾女傳來的！

——你在汽車旅館睡得還好嗎？呵呵，要好好醒酒喔～

天啊，傻眼，我們果然是一起去汽車旅館的。我究竟說了什麼？給了她什麼暗示？

有沒有胡言亂語？越想越混亂。師父一直問我是不是女人傳來的訊息，爲了躲避他的追問，我走到屋外，在天台上來回走動，思考該如何回覆這封訊息才好……最後決定打電話過去，管他的，船到橋頭自然直！

電話一直沒有接通，讓我開始思考究竟要不要主動掛斷電話。這種感覺，讓我聯想到打針前的心情。每次打針，我都會擔心針何時會戳進屁股，那種感覺實在令人害怕……最後，她終於接起了電話。

「喂？」

她的聲音依然稚嫩，明知道是我打來的，接起電話來依然很有禮貌。

「……是我，昨天……」

「你醒啦？」

「對，我回到家了。那個……我昨天有沒有……做出什麼……冒犯妳的事？」

電話那頭傳來的聲音，分不清是輕笑還是嘆息。

「昨天的事你記得多少啊？」

我想不起來自己還記得多少。匆忙之中，我決定以手機的照片來取代自己的記憶。

「大概是到喝調酒爲止……後面的就很模糊了，我眞的很糟糕。」

「那眞是太好了。」

「什麼？」

「我是說，幸好你不記得那些很丟臉的事，不然你肯定會寧願失去記憶。」

她嘻嘻笑了起來，我也不需要再矜持了，便單刀直入地問：

「你喝得太醉了，我本來是要送你回望遠洞的住處，但到了合井洞圓環的時候，你卻突然叫計程車停下來。」

呃……

「下了車之後，你說家裡人太多了不能回去，就像殭屍一樣自己往前面的汽車旅館招牌走過去。」

呃呃……

「那、那眞的是因爲我家人很多，我怕妳來會不方便……所以才會這樣。」

「哈哈哈，我只有說要送你回家，沒說要進去啊。你是不是想歪了啊？」

我得辯解一下，快點辯解啊，快！

「眞的很對不起，我昨天太開心了，根本沒意識到自己喝醉，才會犯這種錯。」

電話那頭是短暫的沉默。我就像等待宣判的被告，緊緊握著手機呆站在那。很快地，法官敲槌。

「我也很開心。漫畫家大叔，你是個很有趣的人，只不過不能當酒友！」

呃呃呃……

「我……下次會只喝一點點……能不能繼續跟我當朋友？」

「……好啦，不過我也有件事想拜託你。」

「好啊，妳請儘管說。」

「找機會邀我去你住的頂樓套房玩吧，我想見見你的室友。壁蝨、蟑螂、寄生蟲……你還說了什麼？」

「我眞的這樣說喔？」

「對啊，你們眞是很有趣的組合耶。」

「這些人眞的很煩。」

我是說眞的，這些人根本幫不上忙。如果在戀愛上能夠助攻，那我倒是能讓他們一輩子住在我家。

「那你要好好醒酒喔，我要再繼續找新的房客了。」

「什麼？」

「我要重新貼招租公告，看看有沒有人要租啊。不管怎麼看，我都覺得你不能搬來這裡。」

「眞的嗎？」

「對，你就繼續跟朋友一起住那吧，我要把房子租給別人。」

「啊，那……妳要搬來望遠洞嗎？我可以繼續幫妳找房子。」

「再看看吧。」

掛上電話，我深吸了一口氣。天空十分晴朗，彷彿天使就要下凡。

雖然丟臉，但仍是一通愉快的通話。我開心地搖頭晃腦，跳起不像舞的舞步。師父極爲譏諷的聲音從身後傳來，回頭一看，才發現他也搖頭晃腦地朝我走來。既然如此，我決定放任自己手舞足蹈。我隨意伸手、隨意踢腳，大白天的就在屋頂發瘋，師父也開始扭動他瘦長的身軀。腳上的人字拖都飛了出去，我們依然歡快地跳著舞。

不知從哪裡傳來一陣笑聲。轉頭一看，是隔壁公寓陽台上的妍淑阿姨。我們瞬間僵在原地。先回過神來的是師父，他就像一只又開又合的檔案夾，連連向阿姨鞠躬打招呼，隨後便噠噠噠跑進屋裡躲起來。而我也向笑容滿面的阿姨點了個頭，隨後匆匆回到屋內。

在床上互報姓名

愛情是怎麼來，又是怎麼去的？

經歷過什麼樣的感受才能稱之爲愛情？

如果雙方對愛的定義各不相同，那是否能說是愛呢？

有能在人生最恰當的時機出現的愛情嗎？

或者說，這世界上眞的會有一個人能與自己分享最合適的愛嗎？

愛情跟人生都講究時機。珠妍對我來說，是個非常理想的女人。她外表迷人，有著像舞者一樣的優雅身段，一舉手一投足都令人著迷。那副菸嗓十分性感，更擅長與人交談，最重要的是她喜歡漫畫，我曾經以爲她是唯一能理解我的女人。

但眞正相處過後，發現她並不覺得我很特別。她很清楚自己面對的現實，對自己的未來有明確的規畫，那之中沒有我介入的餘地。她對我扔出一捲不知何時會扯斷的衛生紙，說明她只容許我接近到哪個程度，我如果願意，就試著抓住這捲衛生紙追上她。而我卻沒有勇氣與能力，將那捲衛生紙做成一條堅固的粗繩，想盡辦法追上她。

不過，若沒有這樣的經驗，我似乎就無法了解「水逾女」的魅力。她不漂亮，也不會爲了出人頭地而追隨他人。她就只是一個「打工之神」，以自己的步調勤奮地將世界變成她打工人生的一部分。她有一張娃娃臉與稚嫩的聲音，令人無法相信她已經二十九歲。那如小學生一般嬌小的身材，也十分惹人憐愛。此刻的我，已經深深迷上了她。如果這樣的心情不是愛，那什麼才叫愛？即便只是我一廂情願，我也甘之如飴。

她搬離水逾洞的房子，也找到了新的住處，當然是在我的幫助之下。

她最終沒能在望遠洞找到房子。超級爺爺叫我們去找他在城山洞經營不動產的朋友，而她在那裡一下就找到了心儀的物件。那間房位在京義線列車行經的平交道口附近，又名「叮鈴之路」。她租下的房子，是一間「足足」有兩層樓的套房，她說自己一直都住在半地下室，因此能租到這樣的房子，實在令她感激涕零。

找到房子那天，爲了再次挑戰成爲酒友的資格，我帶著她到延南洞的中國料理店喝青島啤酒。我說我們很有緣分，她也說她兼職這麼多年，遇過形形色色的人，唯獨這次的情況十分特殊。「是因爲你是漫畫家嗎？」她笑著對我舉起酒杯。

幾天後，就在她即將搬家的前一天，我問她需不需要幫忙。她說請搬家公司協助打包太花錢，所以只叫了台搬家貨車，需要一名跟司機一起搬運大行李（就是書桌、床鋪、冰箱之類的）的男性。她說願意給我日薪五萬韓元，我問她貨車司機的日薪是多少，她說八萬，我說我也要八萬，多出來的三萬韓元就拿去買酒，結果她竟回說看我的表現再決定。雖不知道以後她會跟誰結婚，但她肯定會是個精打細算的太太。我只能先答應，並跟小聰明延後了交稿時間，當天晚上便立即到她家去幫忙。沒錯，不必她告訴我，我也知道她家在哪呢。

她帶著一雙紅通通的眼睛來替我開門，臉上的表情又是驚喜又是慌張。

「一個人打包很辛苦吧。」

「是很感謝你的心意啦……但女生有些東西就不太方便給人看。」

「我不會偷內衣啦，妳不要擔心。」

「大叔，你應該不是變態吧？」

「超愛吃辣炒年糕應該不算變態吧？我是知道有個女生，好像超愛吃辣炒年糕。」

一看到我從背包裡拿出的辣炒年糕，她的表情瞬間開朗。

「我看你就是變態，辣炒年糕變態。」

我們一起吃完辣炒年糕，沒過多久就開始動手打包。我用繩子把書綑成一堆，廚房的餐具跟家電用品，則用她準備好的氣泡紙包起來裝箱，她則負責將衣服之類的東西裝進紙箱和行李箱內。

打包過程中，我會下意識偷看她。她緊緊豎起的馬尾隨動作搖擺，額上布滿了斗大的汗珠。她注意到我的視線，並瞥了我一眼，而我則努力露出我認爲最好看的微笑。接著她臉色一變，化身成要教訓偷懶工讀生的店長，我只能專注在打包上。

打包結束的時間比預期要早。將行李全部堆到一處，她這個半地下要塞顯得更加寬敞了。來到首爾之後，我總共搬了六次家。每當看著空蕩蕩的房間，總會讓我覺得像在看內臟都被掏空的人體，瞬間無比空虛。她說，她來到首爾之後也搬了四次，不過全州的老家，卻從她出生起就一直在那。看著如今空蕩蕩的房間，想到自己仍沒有穩定的落腳處，她忍不住嘆了口氣，其中滿滿的都是遺憾。我露出能理解她的笑容，她也轉過頭來對著我笑。

「大叔，今天你是自願來幫忙的，沒有薪水喔。」

「我知道妳很精打細算，本來就覺得不會有錢拿，但妳這樣說，我反倒有點遺憾。」

就在這時，她突然踮起腳尖像小鳥輕啄那樣，在我臉頰上親了一下。

「這樣就不遺憾了吧？」怎麼可能不遺憾。

「妳不覺得遺憾嗎？」我問。

「我哪有什麼好遺……」

我很快低下頭，用我的唇堵住她的唇。我們的唇瓣疊在一塊，舌頭相互交纏。我彎下腰配合她的身高，發現她很擅長接吻。我忍不住想，以後如果我兒子要學接吻，我會希望他找這樣的女生學。

現在不遺憾了，怎麼會遺憾呢。

我跟她都沒有停下動作。我們像在嘴唇不能離開彼此的遊戲規則下，展開了一場看誰脫衣服比較快的比賽。我們絲毫不在乎對方的衣服，只顧著盡快脫下自己身上的。要脫到什麼程度才行？不知不覺，我們在本能的驅使下倒在空曠的地板上，開始摸索起對方的身體。我們一句話也沒說，只顧著又吸、又咬、又摸。

「等等！」

她突然喊出暫停，該來的還是來了。

「你有……那個嗎？」

「……要現在去買嗎？」

她嘆了口氣，用眼神向我示意，我順著視線朝放在牆邊的箱子看去。

「我剛才收梳妝台時有看到一個，不知道是前室友的還是她男友的，總之……肯定在那五個箱子裡面的某處。」

「從那裡面找，應該會比去便利商店買快吧？」

「應該吧？也不需要再重新把衣服穿上。」

「兩個人找應該比一個人找更快。」

我咧著嘴笑，她則舉起手大力朝我的背拍了一下。我興奮地再度吻她，而她則咯咯笑著制止我。雖不清楚我們到底在做什麼，但我們非常開心。當然，我也咯咯笑著。

「先找到的人就是老大！」

話才說完，她便朝著箱子跑去。

我也不甘示弱地追上去，拆開另一個箱子開始翻找。話說回來，是什麼東西的老大啊？保險套的老大？我的老大？妳的老大？還是我們的老大？

這個遊戲對當初負責打包梳妝台的她非常有利。雖然我提出抗議，但她並不受理，她說這不重要。這時我們兩個都知道，無論誰贏，都會有其中一人變成另外一個人的老大。

她室友還是室友男友的保險套，是非常高級的日本製超薄款。感覺很棒。是說保險套嗎？不是，我是說老大。剛才激動的情緒稍稍平息，我們平靜地互相依偎著。全身赤裸躺在地上的我們，完美融入行李都已打包好的空蕩房間。我們的第一次，就在滿是灰塵的地板上混亂地結束了。

做完一次之後，我們一起爬上床，蓋上棉被，一起枕在一顆長抱枕上。我此刻的心情，就像爆發了第三次世界大戰，外面全被輻射線所汙染，唯有這個半地下室的要塞是安全空間。她整個人縮進我懷裡，而我則輕輕吻了她的額頭。

「在這裡住了三年，我一直都在想這個。」

「想什麼？」

「要在這房子裡找個人來上一次床。」

我沒有回答，而是把手放到她小巧柔軟的胸部上。

「跟前男友交往時，一直都是我去他家，他從來沒有來過我家。就算他開車來接我，也都是停在外面的十字路口，然後打電話叫我出去，他說開車進巷子很麻煩。我想他應該不懂我的心情吧，這件事一直讓我很難過。」

「這肯定會難過的吧。」

「你的回答也太敷衍了吧？」

「才沒有咧。」

「後來我朋友就來寄生在我家。她是我老家的朋友，是個好人。但她會帶男友回來，讓我對她大扣分。這是我家耶，我都沒帶男友回來過！」

「哈哈，如果寄生在我家的那群人這樣搞，我肯定會潑水把他們趕出去。」

「說不定他們現在正在這樣亂搞喔，所以你趕快回去保護自己的床吧。」

「不，我要保護這張床。」

「爲什麼？你幹麼保護我的床？」

「如果要幫妳搬家，明天就要很早過來。但如果是睡在這裡，睡醒立刻做事，這樣不是有效率多了嗎？」

「那是你的問題，我幹麼要收留你？」
「不對喔，妳現在叫我走，我明天可能就不會來了，所以這也是妳的問題啊。」
「哈哈～你真的很不要臉耶，那你就不要來嘛。」
「那我不來了喔。」
結果她似乎真的生氣了，氣嘟嘟地抬起頭看著我。
「我沒有要走啊，當然就不會來嘛。」
她整個人笑開了。
「話說回來，大叔，你叫什麼名字啊？」
「妳可不可以別叫我大叔？我才想問妳叫什麼名字咧。」
「哈，我們都還不知道對方的名字耶。大叔，我在你手機裡被存成什麼名字啊？」
「水逾洞半地下女，簡稱水逾女。」
「什麼啊？感覺糟透了！」
「那妳呢？」
「存成漫畫家大叔啊。」
「我們只差六歲，不要一直叫我大叔啦。兩個月後妳也三十歲囉，如果不希望我叫妳大嬸，最好現在就改叫我漫畫家哥哥或吳英俊作家。」
「吳、英、俊，很高興認識你，吳英俊先生。我叫先華，曹先華。」

「我第一次這樣裸體躺在床上跟人互報姓名耶。」

「我也是第一次。」

我們再度相擁。

望遠洞兄弟

隔天，我幫她搬完家之後回家，發現屋裡空無一人。我分別打電話給金部長、師父、三裝童子，卻都沒有人接。這也是正常的，畢竟我昨天也澈底無視他們的電話與訊息。跟先華在一起的時間太甜蜜，我沒有心力去管別的事。未來應該會逐漸習慣這種感覺，但戀愛初期就是會這樣嘛。爲了盡情享受因她而不斷分泌的腦內啡，我必須忽視其他的干擾。

電話響起，我看了看螢幕，是小聰明。哎呀，截稿日就是今天！小聰明用他那一貫平靜的語氣，問我什麼時候能收到稿子。我請他再多給我三天的時間，他則說絕對不能再遲交。雖然語氣平靜，但我聽得出來，萬一真的遲交可能會出大事，於是我趕緊坐到書桌前開始趕稿。

趕著趕著，我竟直接趴在桌上睡著了。

醒來一看，已是凌晨三點，家裡依然空無一人，也沒人打電話給我。他們都搬出去了嗎？我有做錯什麼嗎？難道是他們察覺我想搬走，所以先拋棄我了嗎？這幾個孤家寡人的傢伙，是發現我跟女人上床，所以刻意排擠我嗎？我的腦中瞬間上演好幾個小劇場，我必須甩開雜念，加快趕稿速度才行。

我再度拿起筆，不去想先華，也不去想他們，開始專注在知識類漫畫的角色塑造上。我正在做的事情是我無比熟悉，已經絲毫不像夢想的夢想。一旦開始靠自己想做的事情養活自己，那件事情就不再是自己想做的事，而是工作了。不對。如果做著自己想做的事，而且越做越想深入挖掘，就表示其中肯定藏著什麼超越工作的意義。如果那份熱情枯竭，就代表這件事從一開始便不是你想做的事，那只是你一時的嘗試罷了。於是，我專注地深入探索漫畫。

直到破曉，我終於把草稿畫完，留下最後一點收尾工作。我走向床鋪，倒在床上拿起手機一看，發現先華傳了訊息給我。那是一個小小的表情符號，那實在跟她太像了，讓我忍不住露出微笑。我也找了一個很像我的表情符號傳給她，隨後便沉沉入睡。

隔天我也忙著趕稿，完全沒有離開頂樓這個小小的套房一步。

直到下午兩點，金部長才回來。他一言不發地進門，一頭倒在床上。我走過去，問說爲什麼都聯絡不上他，金部長則向我道歉，他在店裡忙得暈頭轉向。他前幾天也外宿，不曉得原來師父昨天也外宿。

「看來店裡生意真的很不錯嘛。」

「……對啊，但也是滿累的。」

「三裝童子呢？」

「那傢伙也累垮啦，應該馬上回考試院睡覺了吧。」

「我看你們需要一點解決方法。」

「但要再找人又有點尷尬……最重要的是，我們得趕快找個自己的店面。現在得看辣燉鮟鱇魚老闆夫妻的臉色，看我們生意這麼好，他們好像很嫉妒，最近常常找我麻煩。一下子要我們好好打掃環境，一下子又叫我們珍惜用水，真是毛很多。我……得要趕快找個新店面了，小一點也沒關係。」

「叫三裝童子投資一點嘛。」

「那傢伙個性太謹慎了，不可能啦，我也不好意思拜託他。還不如你來投資我咧。你這案子的尾款進來，應該會有個三百萬吧？」

看我面露難色，金部長就沒再繼續說了。

其實我跟金部長都知道答案，只要師母和敏貞從加拿大回來，問題就解決了。只要她們結束海外生活，就能有辦法租下一個小店面跟有兩間房間的房子。可是金部長絕對不會主動提這件事。他隻身從加拿大返國，想盡辦法要維持那邊的生活，我一度覺得他實在有點傻，但現在似乎也多少能理解他的堅持。畢竟只要太太跟女兒開心，他就覺得很滿足。

金部長轉過頭來，我發現他不知何時已經睡著了。臉上被爐火燻過的痕跡、煤垢與頭髮雜亂卻稀疏的模樣，都象徵著一名中年男子的疲勞。因爲喝酒與暴飲暴食而突出的大肚子裡，說不定有各種疾病的致病因子在裡頭開運動會呢。我替他蓋上被子，再度回到書桌前。雖然不知道會一起住到什麼時候，但我還是想對他好一點……這傢伙鼻子裡的引擎開始發動了。轟隆隆隆隆隆。眞討厭，眞希望他趕快消失。我是不是眞的很善變啊？

晚上，我終於把所有稿子趕完，師父也扛著一個又大又深的冰櫃回來。

他得意洋洋地把內容物拿給我看。裡面裝了岩鱒、石斑魚、大瀧六線魚、海膽、海蔘與海腸，是滿滿的海鮮。實在是太豐盛了，我無法相信這些都是他自己釣的。

「你是從鷺梁津買回來的吧？」

「哪有！我又去公峴津了！是借朋友的車！」

「欸，那裡怎麼可能釣得到海蔘跟海膽啦？」

「臭小子，是我用眞鯛跟那裡的船長換的。」

「騙人。」

「什麼？那你不要吃。」
「幹麼這樣？我好不容易趕完稿，一起吃啦！」
「家人都去哪了？」
「今天是星期天，是休息的日子，但大家早就累垮了……哎呀，生意太好也是問題。」
「讓大家都來集合！」
師父這麼豪邁，連我也跟著激動了起來。能夠吃新鮮的生魚片當作截稿的慶功宴讓我很興奮，而且我也想起了先華。別人都說看到好東西會想起誰，就表示你喜歡那個人。此刻，我很希望能讓她嘗嘗公峴津的新鮮生魚片。
「師父，我可以多找一個人來嗎？」
正在準備生魚片的師父甚至沒問我是誰，就直接比出沒問題的手勢。
我先叫醒金部長，接著前往考試院，並在路上打電話給先華。
「先華，妳在幹麼？」
「在網路上找工作啊。」
「妳不是說想來我家玩嗎？今天有來自東海的新鮮生魚片宅配到府喔。」
「然後呢？」

「快來看石斑魚、海蔘，還有我的室友吧。」
「眞是的，本來還想說如果是五花肉我就要拒絕了。」
「妳再討價還價，我就要去買五花肉囉。」
「但你是怎麼介紹我的？」
「我還沒介紹，妳來自我介紹吧。」
「但我有點怕生耶……」
「少來，打工之神居然怕生……」
「這又不是在上班，去見男友的朋友眞的讓人很有壓力啦。」
說不定，我想聽的其實就是這一句話。
我叫她把壓力丟到家門口的弘濟川，別想太多，直接穿著運動服來望遠站。她答應了我，還說以後她也許會不時叫我出席有朋友在的場合，要我做好心理準備。這女人眞是個小精明。
我來到考試院，把正倒頭呼呼大睡，鼾聲大作的三裝童子叫醒，要他一起去超市採買。我們買了紫蘇葉、蒜頭、黃瓜、生菜、辣椒、包飯醬，還有大量的燒酒跟啤酒。
我要三裝童子把這些東西帶回去，自己一個人去望遠站前等先華。
一輛計程車停在二號出口前，一名女子下車，是穿著披肩大衣配長靴，頭戴毛線帽，看起來非常有型的先華。一開始我實在認不出來。那華麗的毛線帽遮住她半顆頭，讓她的臉看起來更小，披肩大衣則讓我聯想到玩偶的服裝。

「我家很簡陋，幹麼做這麼多打扮？」

「女生跟你想的不一樣啦。來，這給你。」

她把手上的購物袋遞給我，沉重的袋子裡，是木盒包裝的紅酒禮盒。看我露出有些不好意思的眼神，她便解釋說以前她家附近有間酒類專賣店，這是舉辦買一送一活動時用便宜價格買下的。我有些感動，便在她的臉頰上親了一下。她嚇了一跳趕緊躲開，隨後才勾住我的手臂。我覺得這樣也不壞。

我再度跟她一起走進望遠洞。

爬上頂樓，只見涼床上的雪白魚肉，在月光照耀下閃閃發亮，大家早已開喝，這群人還眞是性急。即便如此，一看到先華出現，他們還是像阿兵哥遇到團長一樣，全部立正站好。仔細想想，這幾年來涉足這間頂樓套房的女人，除了房東奶奶之外，先華還是第一個。大家雙眼發亮地朝她圍了過去。

她先跟大家問好，接著依序向師父、金部長及三裝童子點頭，隨後才找位置坐了下來。不知爲何，我覺得這副情景有些可笑。我跟她坐在涼床的一側，有女生參與，確實能讓原本只有男人的聚會氣氛更熱鬧。她以獨特的親和力主導對話，她眞是天生的社交高手。

「我可以多吃一點吧？這生魚片是您親自料理的嗎？」

她的適時反應，捧得大家一直笑得合不攏嘴。

沒過多久，師父、金部長跟三裝童子展開提問攻勢。我們眞的是在不動產社團認識的嗎？交往幾天了？進展到幾壘了？帽子是在哪買的？喜歡海膽卵嗎？問題一個接著一個。她則像正在面對奧客的客服人員，沉著冷靜地應對。多虧了她，完全不需要我出馬。吃著生魚片、喝著酒，久違地享受天台悠閒的夜晚。而就在大家一起乾杯，一陣短暫的沉默降臨時，金部長突然開口問：

「英俊這傢伙都是怎麼講我們的？他有老實告訴你說，我們四個男人擠在這間小小的頂樓加蓋房嗎？」

「我聽說大家都有各自的故事……四個男人擠在頂樓加蓋的小套房，眞的讓人很好奇，所以我就跟他說很想來看看。」

「先華小姐，我可沒有住在這裡喔，只是暫時寄住而已。」師父裝模作樣了起來。

「我也是……我家在前面的考試院，只是偶爾來這裡玩。」三裝童子還在那裡否認。

「啊，至於我呢，我家在加拿大，老婆跟孩子也在那。所以，這裡可以說是我在韓國的臨時居所，民宿，對，就是這樣。」金部長居然把話扭曲成這樣！

「英俊，他們說他們都沒有住這耶。」先華淘氣地轉頭看著我。

「那你們明天就趕快打包行李滾蛋吧，我會在樓梯那邊加裝一道鐵門，你們趁著天氣變冷之前，趕快去找自己的家、找新的民宿吧！」

「唉唷，不要啦！」
「等冬天過去再說吧。」
「哥，我準備要搬離考試院了……」
「我不管啦，你們都給我走！兄弟會解散啦。」
「兄弟會？」三裝童子反問。
「雖然這間頂樓套房很小，但我就把你們當兄弟，讓你們寄住，也把你們餵得飽飽的，這樣就是兄弟會嘛。」
「臭小子，我可是你師父，從一開始就沒打算要做你兄弟喔。」
「我一直跟你說叫我『哥』，結果你老是叫我『部長』……現在才來稱兄道弟，很可惡耶。」
「但你們看起來眞得很像兄弟耶，頂樓兄弟。」
先華說完，吵鬧得現場瞬間安靜下來，她趁勢接著說：
「等等，頂樓聽起來好俗氣，這裡是望遠洞嘛……那你們就是『望遠洞兄弟』，怎麼樣？」
情急之下想出朗朗上口的名字，先華顯得沾沾自喜。
「望遠洞兄弟啊……」金部長像在品嘗美味的烤肉，反覆咀嚼這幾個字。
「這不錯耶，望遠洞兄弟。」三裝童子向先華舉杯。

「親愛的，妳很會命名耶。」

在我的稱讚之下，先華笑了出來，我也趁勢舉起杯子。

「我不會趕你們走啦，我們『望遠洞兄弟』就來乾個杯吧。」

「我不要。」師父眞是愛鬧彆扭。

「欸，老先生，不對，師父，一起喝嘛！」先華將自己的杯子靠向師父的杯子。

師父拗不過她，只好拿起杯子來，順口又說了一句：

「望遠洞兄弟，縮寫就是『MB』嘛，我討厭『MB』*啦。」

「少去扯到那上頭去。」

「總之，你們絕對不能用這個簡稱。」

「那先華要叫什麼？妳有什麼外號嗎？」

「朋友們都叫我……朝鮮花。」

「妳叫曹先華……喔，朝鮮花！」

「原來是花啊！」

不知爲何，被說成是花讓她有些害羞，她趕緊催促大家乾杯。

*「MB」爲望遠洞兄弟的韓文發音縮寫，同時也是韓國前總統李明博的英文名字縮寫。

這場酒席一直延續到凌晨。期間超級爺爺上來發過牢騷，小碩也拿著奶奶送的醃芥菜上樓，還喝了三杯燒酒再抽了根菸才下去。先華跟我一直被三個男人追問進度，我們則假裝連手都沒牽過。

不知不覺，先華帶來的兩瓶紅酒也空了。金部長開始打瞌睡，三裝童子也醉得不輕。相較之下，師父正襟危坐，腰桿子挺得老直，酒勁晚了別人幾步才上來。也是因為這樣，我始終抓不到合適的時機送先華回家。師父指著我，叮囑先華說像我這樣的漫畫家雖然還算勤勞，但卻沒什麼實力，所以交往還行，但千萬別結婚。我忍不住抱怨，搞不清楚師父說這話，究竟是想幫我還是想給我難堪。

就在這時，隔壁的公寓傳來「啪」的聲響。起初，我們都以為是有哪一家人在吵架，所以才會動手摔東西。沒想到接下來是一連串「啪、啪啪」，有如鞭炮爆炸一樣的聲音，於是我們一起轉頭，朝聲音的方向看去。那個方向，恰好是師父平時最愛偷看的阿姨跟她女兒住的地方……屋內燈火通明，只是沒想到那燈火是眞的火！剛才聽到的啪啪聲，是姸淑阿姨家中的玻璃與器皿被火燒到炸開的聲響。

「好像失火了！」

先華嚇了一跳，回頭看了看我，隨即撥一一九報案。

「我們待在這……不對，不知道火勢會不會延燒過來，我們還是一起離開吧。」

我牽起正在撥電話的先華，率先站起身來，大家也都二話不說地起立，隨後便趕緊離開頂樓。

我一下樓，便開始大力敲著超級爺爺家的大門。三裝童子跟金部長也開始四處大喊「失火了！失火了！大家快出來！」先華向一一九報案，詢問是否有查到這裡的位置，並且催促消防隊盡快出動。

不知不覺，火勢將三樓妍淑阿姨的屋子吞噬，並逐漸往外延燒。同一棟公寓的住戶急忙穿上衣服，一臉驚魂未定地走下樓梯。隔壁棟的住戶也擔心火勢會延燒到自己家，大家都穿著睡衣、運動服等輕便的居家服裝來到街上，擔憂地在附近四處查看。即便是慌忙之中，大家手上依然拿著貴重物品。沉重的背包、一看就知道是急忙打包的行李箱、筆記型電腦、小保險櫃、文件夾、高級相機、首飾盒，還有小狗跟小貓……

超級爺爺穿著短褲與運動背心衝了出來，大聲詢問失火那棟樓的住戶是否都安全逃出。

「沒看到三樓的阿姨和她女兒，怎麼辦？」

我慌張地說，周圍所有人也都擔憂地望向三樓。

超級爺爺喘著氣，大步朝火勢不斷往上衝的公寓走去。

這時，「砰砰」一聲，裡頭不知有什麼東西爆炸了。超級爺爺隨即停下腳步，社區的住戶也都趕緊上前阻止他。他一臉遺憾，除了後退之外實在別無他法。

觀望的人開始發出嘆息，我跟先華也不知該如何是好，只能呆愣在原地。

「消防車什麼時候會來？」

聽見有人大聲詢問，先華便拿起手機查看，距離她撥電話報案不過才三分鐘而已，火勢眞的是瞬間就蔓延開來了。

這時，我聽見金部長叫我。金部長、三裝童子跟小碩從超級爺爺家裡，搬出了裝滿水的橡膠盆與鐵桶。我與先華也趕緊上前幫忙，卻聽見後頭的人開始紛紛大喊。

回頭一看，只見大家都抬頭發出驚嘆。我們抬著裝水的橡膠盆，停下腳步抬頭往上看，是師父！師父像要跳樓一樣，驚險地站在我們頂樓的欄杆邊。只見他側著身，以十分危險的姿勢走在欄杆邊，視線緊盯著三樓失火的妍淑阿姨家。

「師父！」

「大哥！太危險了！」

在我們的呼喊與眾人的驚呼聲中，師父緩緩地以橫向移動方式，逐漸靠近火勢猛烈的天台欄杆。我丟下手上的橡膠盆，以吃奶的力氣衝上頂樓。

上到天台，我看見師父站在欄杆邊一動也不動的背影。爬上來之後我才看見，他把我床上那條花被子沾濕，當斗篷一樣圍在身上。

「師父！你在做什麼？快下來！」

我著急地上前勸阻，師父卻轉頭看著我，隨後露出一個我應該明白他用意的笑容。

可惡啊，這傢伙！

「師父!!」

我迫切的呼喊聲還沒停歇，師父便張開抓著斗篷，不，是張開抓著被角的手，朝著烈火熊熊燃燒的隔壁公寓跳了過去。整個過程就像慢動作影片一樣，師父的身影緩緩消失在我的視野之外。接著，我聽見遠處有警笛聲傳來。我瘋狂衝下樓，不斷祈禱著希望這不是我的幻聽。

來到樓下，警笛聲越來越近，消防車也進到巷子。擠滿整條巷子的社區居民如潮水般退去，紛紛讓位給消防車。而我卻與他們相反，爲了尋找師父，我拚命想往火場方向衝，卻被消防員攔住。他們擋下了我，接著便動作俐落地將水管對準火舌。人們不斷高喊：裡面還有人！

就在這時，我看見師父罩著不斷滴水的涼被，跟妍淑阿姨兩人一左一右，攙扶著阿姨讀國中的女兒緩緩走下階梯。消防員用閃電般的速度衝上前去，扶著他們往救護車方向移動。人們紛紛驚嘆、拍手，我則渾身發抖。這時，有人來到我身旁，緊握住我的手，是先華。她以半是放心、半是驚愕的眼神望著我，我也靜靜地以同樣的目光注視著她。

消防車來了之後，火勢很快被撲滅。即便這把火不如預期那麼大，卻在一瞬間使社區居民陷入巨大的恐懼之中。

「既然情況已經控制住了，大家就快回去睡覺吧！」

消防隊的一位幹部高聲一喊，人們才紛紛回過神來，三三兩兩返回家中。後面一位抱著博美狗逃生的奶奶，經過我身旁時還安撫著懷中的小傢伙。看見她抱著自己唯一的家人，也提醒我思考，自己在逃生時是否記得從家中拿出任何東西？我是不是至少該搶救自己的漫畫原稿？

仔細想想，我身旁還有她啊。我緊緊握了她的手一下，她似乎感應到我的想法，也回握了我的手，一股共鳴自掌心傳來。我知道，我逃生時必須帶走的貴重物品就是她。

金部長跟三裝童子以第一目擊者的身分，向火災調查人員說明事情的原委，我與先華則不約而同地往救護車走去。

師父躺在救護車旁的簡易擔架上，妍淑阿姨母女則分別戴著氧氣罩躺在兩輛救護車裡。看救護車並沒有送他們去醫院，應該是沒有什麼大礙。師父見到我們走來，便試圖從擔架上爬起來，護理師趕緊按住他的肩膀，要他繼續躺著休息。走近一看，師父身上竟一滴汗也沒有，只是睜著一雙大眼看著我們。

「你沒事吧？」

「嗯。」

「師父，你真的很了不起。」

接著師父做了個手勢，要我們靠近一點。我們彎下了腰，只聽見師父低聲說：

「我不知道。」

「什麼？」

「我不記得了。」

我跟先華嚇了一跳，再度壓低身子，幾乎就要碰到師父的臉。

「是不是因爲被煙嗆倒，讓你受到太大的驚嚇了？」

「我回過神來，就發現自己躺在這裡。頂樓是失火了嗎？」

「你還記得你在頂樓跟我們說什麼嗎？說叫我別畫漫畫、不要結婚，你都不記得了嗎？」

眼前的狀況令我瞠目結舌，連話都要說不清楚。

師父再度搖搖頭，並低聲說：

「我喝了一瓶葡萄酒之後，記憶就很模糊了。我眞的什麼都想不起來……」

「師父！你那時候站在屋頂的欄杆旁，我上去阻止你，你還回頭看我耶。你都不記得了嗎？然後你就往對面跳過去了！然後……」

瞬間，先華制止我繼續說下去，然後堅定地對師父說：

「師父，你別想了。你跳到失火的房子裡，救了兩個女人出來。所以不管有誰問你，你都要說你一心只想著要去救鄰居，所以才會奮不顧身地跳過去，知道嗎？」

師父瞪大了眼拚命點頭。

「對啊，師父，你確實是有把棉被弄濕了，披在身上才衝進去火場裡面。眞的很帥！

你知道嗎？」

我也堅決地補上一句，隨後便抬頭看向救護車內。

師父這時才往救護車內看了看，並露出了虛弱的微笑。

十一月的雨

是不是有人說過，做夢夢到失火就代表會中樂透？還是說電影的拍攝地點如果失火，這部電影就會大賣之類的？那晚「隔壁公寓的火災」，有意無意改變了我們的人生軌道。即便不是中樂透、電影大賣這類一等一的好事，也確實能夠歸在好的那一邊。

那天，在送先華回家的計程車上，我們旁若無人，只顧著親吻彼此，讓計程車司機瞬間化身成圍觀失火的鄰居，看了場好戲。那天之後，我們下定決心，無論遭遇什麼災難，都一定要救出彼此。

「烈焰沖天的公寓旁，一名男子站在天台上，將浸濕的被子披在肩上。即使底下的群眾不斷驚呼、高聲阻止他，男子仍化身飛鼠，緊抓著棉被的雙手一張，朝著失火的公寓三樓飛撲過去，順利落在鄭姓女子家的陽台。他穿過破碎的玻璃窗進入屋內，之後好一陣子不見人影。稍後，男子找到躲在廁所內的四十五歲鄭姓女子，以及她就讀國中的女兒，三人頂著沾水的被子安全逃出火場。這名上演電影救人情節的男子，是今年五十四歲的金仁壽先生。在一九八〇、九〇年代，他曾是韓國漫畫界最受歡迎的漫畫編劇家。他的代表作《不汗黨》系列中，有一個名叫〈社區英雄不汗黨〉的短篇，內容描述主角方壇成披著棉被闖入失火的屋子拯救鄰居。他的義舉與短篇故事內容有著驚人的相似度，而金仁壽先生則表示，他當時一心一意只想著要救人……」

手機拍下的救人影片，讓師父上了全國播出的無線電視台，這一則見義勇為的新聞，也澈底翻轉了他的人生。雖然師父滿不在乎地表示「是火災造成了話題」，但隨著新聞播出後，師父救人的影片開始在網路上流傳，引起更多人的關注。

這樣的關注，使得師父一時之間得應付好幾十家媒體的採訪，還獲得許多表揚，也領到不少紅包。最令人高興的是，某間外縣市大學的漫畫學系聯絡他，問他願不願意去開漫畫編劇課。

而這其中最棒的事情，就是姸淑阿姨跟她讀國中的女兒，開始會偶爾邀請師父到她們家去。那天的火災肇因於鍋爐漏電，因為在保險範圍內，所以她們母女也得到了適當的補償。母女在望遠市場旁找到新的房子，師父會不時受邀過去作客。最後，師父上星期終於外宿了！雖然師父說他是住在朋友家，但我們都不相信。

先華被某大型服飾品牌錄取，成為弘大新店面的賣場經理。雖然仍不是正職，卻是能管理兼職人員的管理階層。她已經把我的套房當成自己家，經常來這裡走動。超級爺爺非常疼愛先華，即使看到她在這裡進出，也沒多說什麼。看來面對這種開朗女孩，超級爺爺的原則也會網開一面。

雖然她每天都得等到過了晚餐時間才下班，但還是會來我這裡一起吃飯，跟我和師父簡單閒聊幾句。接著我會陪她沿著弘濟川散步，送她回到城山洞的家中。從我家到她家的距離很適合散步，我剛好也能運動，而且跟女友一起走在弘濟川邊，讓人覺得非常浪漫。我們在散步途中發現野鴨的棲息地，有時候會停下腳步丟零食餵牠們，然後才繼續散步回家。

某天，師父去妍淑阿姨家（現在師父會經常進出她們家，相處非常自然），先華就沒有回她家，而是跟我一起躺在床上。師父外宿、金部長與三裝童子要開店，直到隔天下午才回來的生活模式已經成爲日常。我們一直在等能獨占套房的時機，因此那天，我們就像規畫好聖誕夜活動的情侶一樣，滿懷期待地撲上床。

不知道是不是因爲擔心可能有人會突然回來，那天我們著急地交纏在一起，像在尋找藏在彼此身上的鬧鐘，一開、一關，一再反覆。我們筋疲力盡，直到破曉之際才終於雙雙睡去。

屋內的聲響吵醒了我，一睜眼，發現已是日正當中。我沒有叫醒熟睡的先華，只是躡手躡腳地走出房間。一看，發現是金部長跟三裝童子在門口徘徊。金部長手指著她的鞋咧嘴笑著，我則將手指靠在唇邊示意他小聲。三裝童子比了個知道了的手勢，便小心翼翼地脫鞋進屋上廁所。就在這時，門開了，睡眼惺忪的她探出頭來。

「你們回來啦？」

她平淡地說，自己正好要回家接客人，朋友要到她家開慶祝喬遷的派對，讓兩人不必顧慮她。但這反而使金部長跟三裝童子尷尬了起來，他們趕緊躲進廁所跟帳篷裡，而我則要她回房多睡一會兒，然後跟著金部長鑽進帳篷。

金部長躺在帳篷裡，翻來覆去沒有立刻睡著。

「我以後不要再住在你這了。」金部長一邊調整姿勢一邊說。

「她只是來過個夜啦，沒有要長住下來。」我尷尬地回答。

「我也不能繼續這樣寄人籬下啊。三裝童子說他要搬回家去住，我現在也存到能租房的押金了。」

「部長，這樣我會很不好意思耶。」

「唉唷，很快就要冬天了，我又不是在做什麼極地訓練，難道要繼續住在帳篷裡嗎？我早就跟超級爺爺說了，請他幫我找合適的房子。」

「一想到你要搬出去了，突然覺得有點難過。」

「難過？那我就重新考慮一下，你也叫先華不要再來，這樣好嗎？」

「這……你是開玩笑的吧？」

「果然，女人就是最大的問題啦！我們天下無敵的望遠洞兄弟，就要因爲女人問題拆夥了！」

「什麼拆夥？難道一定要住在一起才叫兄弟嗎？反正大家還是都會在望遠市場出沒，也可能在社區公車上遇到嘛！」

我跟金部長都笑了。雖說以後還是會碰面，但心情依然有些複雜。我們才剛正式獲得「望遠洞兄弟」這個名字沒多久，居然就要踏上拆夥之路。不，這不是拆夥，而是解散。我能感覺到，過去五個月四個大男人擠在這八坪頂樓加蓋套房裡的生活，就要在此畫下句點了。

把房間留給金部長和三裝童子，我跟先華搭上往蓄水池的社區公車，想到漢江邊走走。我們往公車最後面的位置走去，這時一名坐在公車中段，穿著制服的國中女生看到我們，便向我們點了個頭。她是妍淑阿姨的女兒，也就是師父那天從火場救出來的女孩。

「哎呀，是妳啊？」我們站在她面前。

「最近好嗎？」先華對她露出親切的微笑。

她也露出開朗的笑容，對我們點了點頭。

我問她說，師父常常在她家進出，會不會讓她很困擾。她稱呼師父爲「叔叔」，並說她們一直很感謝師父，很高興他能經常來家裡玩。聽她的口氣，應該是眞的打從心底這麼想，我們也就放心了。

稍後，她按鈴起身準備下車，並向我們道別。我先是以微笑回應，隨後腦中突然浮現一個問題。

「那個叔叔，在妳們家也常喝酒嗎？」

「他常喝酒，但是不太說話。不會像已經去世的爸爸，喝了酒就吵吵鬧鬧，叔叔很安靜，我覺得很好。而且如果我去幫他買菸跟酒，他也都一定會給我零用錢。」

「師父也眞是的，怎麼能讓中學生做這種事？」先華說了一句。

「這是個小社區嘛，雜貨店的奶奶都知道我是幫叔叔跑腿，而且奶奶也是叔叔的粉絲。」

「哈哈，他眞的成了社區英雄耶。但不管怎樣，很高興妳們都歡迎他。」

「這是當然的，叔叔救了我跟媽媽啊。」

車門開了，她向我們點了個頭便下車，我們揮手跟她道再見。先華說，幸好她是個開朗樂觀的孩子，我也同意她的看法。另一方面，我也想起師父老是抱怨兒子太木訥，不太愛跟他說話的事情。

世上不是只有血緣關係，才能讓彼此成爲家人。臭味相投的人生活在一起，不也是一種家人的形式嗎？雖然師父對最一開始的家人並不好，但他對這次的家人似乎很不錯。想到這裡，我不禁感到慶幸，目光也自然轉到先華身上。她坐在座位上抬頭看著我，用眼神詢問我怎麼了。我以眨眼代替點頭，她也用眼神回應。

在蓄水池下車，我們跟第一次來的時候一樣，買了兩罐跟當時相同品牌的啤酒，經由通往河邊的水門來到漢江堤防邊。冷風蕭瑟的十一月，江邊的風迎面吹來，讓我整個人清醒了過來。望著漢江好一陣子，我們才沿著江邊靜靜走了一小段路，最後坐到長椅上打開啤酒來享用。她先喝了一小口，隨後把頭靠到我肩上，並用如流水般的聲音輕輕說道：「我想要辭掉賣場經理的工作。」

我有些驚訝，一時之間不知該說什麼才好。她將頭從我的肩上抬了起來，仰頭望著我。

「我以後不想再繼續做兼職了。」

「……為什麼？」

我不知能說什麼，只能問為什麼。確實，現在她終於能為了自己而存錢，但我還是覺得這個決定有些突然。

「因為我有一個很棒的想法！」

她一改有些憂鬱的神情，換上笑容說道：

「以前你不是跟我說過，叫我寫一個『打工之神』的故事嗎？」

對，她提起「打工之神」這個故事時，我跟她說故事很有趣，應該可以試著寫成網路連載漫畫的腳本。但那其實只是我爲了捧她，爲了給她留下好印象而說的。

「你說要是故事有趣，你會試著畫成網路漫畫。」

我有說嗎？這我倒是眞的不記得了。

「你不記得了嗎？」

「這……因爲我擅長的不是網路漫畫。」

「不，以你的畫技，要畫網路漫畫也不是問題，只畫知識類漫畫眞的是太浪費才能了。」

她這稱讚很實在，但讓我很有壓力。不過她一臉期待地望著我，我也只能假裝同意。

「寶貝，你一開始不是說你不喜歡知識類漫畫嗎？但現在又因爲畫得很順利，所以漸漸改觀了，對吧？那你現在也還是不喜歡網路漫畫嗎？」

我從紙本雜誌出道，這依舊是我引以爲傲的事。但現在網路漫畫市場越來越大，我卻依然刻意忽視網路漫畫，這絕對是因爲自尊心作祟。確實，我從來沒挑戰過，卻始終否定那個市場。她望著我，臉上寫著她早已精準洞析了我的心態。

「那既然是妳的親身經歷，就請妳把打工之神寫成網路漫畫用的腳本給我吧。」

「你要幫我畫喔！」

「只要故事有趣我就畫。」

「你不是說我講話超有趣嗎？」
「人有趣不代表寫出來的故事也很有趣啊。」
她緊咬著嘴唇，看起來有些不服氣。
「我找到一件我眞的很想挑戰的事。雖然創作不容易，但我想試試看。我想跟你一樣，試著去創造一些什麼。雖然沒辦法立刻賺到錢，但我覺得我應該能做得很好。我得去向老師請教寫作的技巧。」
「不，我來幫妳吧。」
我舉起小指，先華則感動地勾住了我的小指，我們打勾勾立下約定。我能透過她那隻小巧的手，感覺到堅定的意志。
不知她是不是因此心情大好，拿起一旁的啤酒咕嘟咕嘟三兩下便喝光了。她意猶未盡地舔了舔嘴唇，轉頭看向我，我也仰頭將手上的啤酒喝光。放下手中的空罐子，我摟住她的肩膀。她再度將投靠在我的肩上，我低聲地說：
「做什麼都好，只要在我身邊就好。」
「嗯。」
「謝謝。」
「我也是。」
「謝什麼？」

「謝謝你在我身邊。」

突然，稀疏的雨滴自天空掉落。

「今年十一月的雨下得眞早……」她說。

在十一月冰冷的雨中，我哼起了描述思念之情的歌曲。我們肩靠著肩坐在長椅上接受雨水的洗禮，用自己的身體，守護著在我們之間燃起的燭火。

後記

一年後

超級爺爺的死訊來得突然，成了望遠洞一帶最大的話題。

他才剛過七十歲，還不到會因老年疾病而死的年紀。他身體相當硬朗，因此他的死訊讓大家相當吃驚。老當益壯的超級爺爺是望遠二洞的機動大隊長，由於離開得太過突然，家屬甚至委請警方驗屍以釐清死因。結論是，他只是在睡夢中猝死，沒有其他特別的原因。奶奶不斷抱怨，說這個老頭子連死都要讓人不得安寧。我承租超級爺爺的頂樓套房邁入第五年，與他們夫妻的感情自然是不在話下，因此超級爺爺的猝逝讓我十分難過。先華雖然跟他們認識不過一年，與他們夫婦的交情卻還勝過我許多，在這件事情上，也表現得像是自家長輩過世那樣傷心。

超級爺爺的葬禮如他所願，在他的家中舉行。

我們在天台鋪了草蓆，接待前來致意的客人。除了奶奶、小碩與小碩的幾個姑姑之外，我跟先華也加入幫忙。最讓人意外的是，我首次見到超級爺爺的兒子。他年紀大約四十五歲上下，但或許是因爲一直在外漂泊，外表看起來比眞實年齡還老十歲。他一言不發，靜靜擔任喪主的角色，社區裡的奶奶們都說，幸好老先生的兒子最後還是回家來了。至於在外組了個龐克樂團的小碩，則是帶了超級爺爺最討厭的樂團朋友來幫忙。這些身穿黑色皮衣的年輕人，留著尖尖的粉紅刺蝟頭，負責幫忙小碩分送飯菜跟酒水給上門悼念的賓客。

而我們望遠洞兄弟也重逢了。

金部長因爲工作忙碌的關係瘦了不少。他搬離頂樓後，也找了獨立的店面，開設一家完全屬於自己的「醒酒馬車」。他賣掉大嫂跟敏眞在加拿大住的房子充當開店資金，她們兩人也決定搬回韓國跟金部長團聚。都是金部長的努力不懈地說服與追求，才讓大嫂終於回心轉意。全員重新團聚、一起開始新的事業……這兩件事對他們一家人都是好的。一切都穩定下來之後，金部長邀請我跟先華去作客。我們得以有機會，大快朵頤嫂子準備的正版加拿大龍蝦料理。一段時間不見，敏眞長大不少，她親暱地對著先華「姊姊、姊姊」叫個不停。最讓我欣慰的是，金部長的臉色比以前好上許多，精神狀況似乎也恢復不少。

三裝童子一邊在金部長的醒酒馬車幫忙，一邊企畫醒酒馬車的連鎖加盟事業。由於他同時還在準備司法考試跟專利代理人考試，因此商標登錄也是由他親自處理，這傢伙其實真的很有料。家裡有錢懂得又多，現在甚至還變帥許多呢！忙碌之中，他還跟朋友一起開了個評論時事的播客節目，在時事評論領域成了小有名氣的意見領袖。不過看他身邊還是沒有女生的蹤跡，真讓人很難不去懷疑他到底是不是同性戀。

至於我，只要一逮到機會，就會向金部長跟三裝童子邀功。提醒他們，我才是撮合他們這對事業夥伴的媒人。每次聽我這麼說，他們就會氣呼呼地說，他們現在每天都在吵架，才不是什麼事業夥伴。

凌晨一點左右，上門弔唁的客人少了。我、金部長、三裝童子跟先華四人一起，吃著辣牛肉湯配燒酒。這時，師父帶著不久前再婚的妻子和讀高中的繼女前來，三人弔唁完後，來到我們身旁一起用餐。最讓我驚訝的是，師父竟然戒酒了！他說是為了健康而戒酒，更推測說超級爺爺的猝死可能就是因為酒。金部長抱怨，說師父現在連酒都不喝，簡直變成一個超無聊的人。師父則說家人跟健康才是他現在最重視的事，在在突顯他如今已改過自新。師父目前除了在一所外縣市大學開課之外，也在漫畫家協會擔任管理職，活躍於許多與漫畫有關的活動。看著師父在業界的地位有所提升，我也感到滿足。但另一方面，我也有點懷念他動不動就離家出走的叛逆中年時期。先華似乎也跟我有一樣的想法，她還曾跟我說，有時候會很想去打一打師父的頭，看看以前那個衝動中年究竟還在不在。這想法眞是有創意啊。

站在我身旁，這個經常突發奇想的女孩，現在是我的女友。她正在準備房地產仲介考試。她寫的網漫腳本「工讀之神」被我打了回票，經過我一番分析，她欣然接受我的退稿理由。後來她跟超級爺爺越走越近，開始對房地產仲介產生興趣。超級爺爺說，只要考到仲介執照，先華肯定能勝任這份工作。他積極建議先華去考，甚至還願意把自己的事業傳給她。

先華到弘大商圈的房仲公司打工，她相信為別人找到合適的房子就是她的天職。她一再翻閱那本房地產仲介的試題本，試圖把內容背得滾瓜爛熟。在這個過程中，她也非常樂於提供我漫畫創作的建議（說是建議，其實就是嘮叨）。不知不覺間，我開始傾注自己的力量，去畫出迎合她口味的漫畫。就算賺不到錢、就算沒人喜歡、就算溫室效應使冰山融化，只要她喜歡我的漫畫，其他的事我都不在意。

最近我跟她開始構思新的計畫。

趁著這次大家重聚，我率先開口說道：「我這次在準備的新作品……並不是知識類漫畫。」

「爲什麼？你最近不是畫得很順手嗎？」金部長疑惑地問。

「說眞的，吳作，你啊……有個小美女在旁邊給你出意見，還眞是不錯啊。」師父的語氣聽起來有夠惹人厭。

「英俊哥，聽說最近還是知識類漫畫最賺錢。」三裝童子又在裝懂了。

「來，你們都安靜聽我說喔。英俊他啊，這次的作品是網路漫畫，作品叫做……」

先華把公開作品名稱的機會讓給我。

「望遠洞兄弟。」

「什麼？」

「是眞的。」

「望遠洞兄弟，好久沒聽到這名字了耶……那我們也會出現嗎？」

我點了點頭，看了先華一眼，然後才繼續說下去。

「我的繆思女神呢，催促我開始去創作在某個夏天，四名男子像被圈養的豬一樣，擠在望遠洞八坪大頂樓加蓋套房裡生活的故事。女神說，這故事很適合創作成網路漫畫。雖然我對網漫還是有點抗拒，也有點放不下自尊，但我決定相信繆思女神的話，試著畫畫看。」

「你決定要在哪連載了嗎？」師父問道。

「我打算上傳到業餘漫畫家用的網站，如果有很多人看，接下來才會正式連載。」

見大家都沒有反應，先華趕緊開口：

「以後英俊會一直去找大家取材喔，大家會幫忙吧？」

「不行，光想就覺得要吐了。」金部長搖頭。

「哥，你用眞實的人物去畫漫畫，可能會有妨害名譽的問題，很麻煩喔。」好啦，誰不知道你在準備司法考試啊？

「好吧，如果大家反對，那我就不畫了。」

結果大家又沒有反應，先華又說：

「不過啊，你們知道嗎？要是反對，以後畫出成就，大家也就沒機會分一杯羹囉。」

「嗯……我贊成。反對的就是寄生蟲！」師父才說完，大家立刻爆笑出聲。

「我們不能再被這傢伙當成寄生蟲啦！」金部長連聲贊成，並轉頭看著三裝童子。

「眞的不能再當蟲子了。」三裝童子也點點頭。

「你們知道嗎？你們都超酷的啦！」

先華豎起大拇指，並對我露出一個笑容，我也跟著笑了。

我決定把我們的故事畫成網漫。雖然這不是什麼大不了的事，但我已經向前跨出一步了。很慶幸，大家能跟我一起跨出這一步。

我舉起杯子，先華也舉起杯子跟我碰了一下。金部長跟三裝童子舉杯，師父則拿起眼前甜米釀的罐子。我們一如既往地碰杯，我總覺得下一刻，超級爺爺似乎就會從棺木裡爬出來，氣沖沖地罵我們辦告別式又不是什麼喜事，怎麼可以不懂禮數亂乾杯。意外的是，我竟覺得就算被罵也沒關係，或許是因爲我很懷念他的嘮叨聲吧。

望遠洞頂樓的夜越來越深。

作者的話

二〇一三年一月，某個週六下午，即便氣象預報說會是「急凍週末」，我依然騎著自行車離開位於城山洞的家。我頂著逼人的寒氣，來到位於上岩洞的編劇創作村。即便是週六下午，仍有幾位編劇帶著筆記型電腦來到這裡，像在彈琴一樣不間斷地敲著鍵盤。我像一名遲到的學生，趕緊找了個位置坐下，開始修改已經拖了一年的劇本。

前一天，我在遲來的新年聚會上，遇見許久不見的朋友和前輩。大學時期，我們一起鑽研文學（其實只有一起喝酒），他們說希望今年一定要看到我的作品。

這是當然的，今年一定要。我雖豪邁地回答，但幾杯黃湯下肚，卻有一股無奈的懊悔湧上心頭。

以編劇的身分出道之後，我已經十年沒有新作品。雖在漫畫徵稿競賽上得到最大獎，那個故事卻沒能被畫成漫畫。我每天以要寫稿、要趕截稿日爲藉口搞消失，但過去十年別說是作品，我甚至沒能寫出一篇像樣的文章。他們想必也爲我著急。

沒能拍成電影的劇本，是偏離靶心的箭矢，身爲編劇的我，自然也始終是沒沒無聞。成名這件事，代表得到一定的信用，也就是所謂的「Credit」，是在電影正片結束後，從畫面上跑過的文字。想讓朋友們看見我的名字出現在那上面，卻並不容易。

就在我如火如荼修改著劇本時，一通陌生的電話打來，說我的作品得獎了。那是過去兩年，我在寫劇本的過程中，不時利用閒暇時間創作的小說。有些消息，總比擁有專利的解酒飲料更能提神醒腦。掛上電話後，我整個人爲之一振，好幾個念頭閃過我的腦海。其中最讓我感到喜悅的是，昨天那個一定要讓家人朋友看到我作品的決心，不對，應該說是十年前下的決心，如今終於成眞。這雖然很不容易，卻是我怎麼樣也想守住的約定。

那天，我先暫時擱置這份踏實，繼續埋首修改劇本。

而在這本書出版的此刻，我已交出劇本，也開始準備我的第四部長篇小說。

《望遠洞兄弟》是我的第二部長篇小說。第一部長篇小說對我來說實在太珍貴，因此我將它珍藏在抽屜裡，偶爾會一個人自己拿出來閱讀。（其實是被所有徵稿競賽和出版社打回票。）我可憐的初戀，只能受困於空蕩漆黑的抽屜。

我從二〇一〇年初開始創作，當時我住在合井洞發電所後面的舊公寓。那裡鄰近切頭山聖地，是個很適合隱居的社區。但無論是前輩或後輩，來弘大或合井一帶喝酒的時候，還是會不時跑來找我。

一天，他們又跑來我家。包括我在內，五個分屬不同年齡層的男人在我家住了一晚。醒來之後一看，眼前的畫面讓我聯想到大學時期的租屋處。我們分別是無名作家、萬年研究生、案源不穩定的翻譯、失業的大雁爸爸，以及一位自封的獨居老人。在上班族吃完午餐，紛紛回到辦公室的時間點，我們才幽幽晃晃地爬出門，到附近的一間醒酒湯店去吃飯。我們一邊吃飯，一邊聊起大家的近況，發現每個人都過得有點慘。那樣的慘況，竟讓我們一下子全笑了開來。雖然我們都過著不知何時會破產的人生，但大家都覺得「管他的」。幾個半斤八兩的傢伙，就當場開始比較誰更悲慘。

突然，我開始想把這幾個貧窮卻從容的人寫成故事。只不過，我實際上沒有時間能從容地創作這樣的故事。所以那一年，我只寫了一些能立刻拿到稿費的東西。

二〇一一年春天，我完成自己這輩子最重要的劇本。（這劇本可是獲得了「沒能搬上銀幕的年度最佳劇本第三名」。沒有這個東西，開玩笑的啦。）短暫休息期間，我開始思考下一部作品該寫什麼，而「他們」就這樣蹦了出來。他們，就是包括我在內的那一群悲慘傢伙。我很快進入望遠洞頂樓加蓋套房的世界，接下來的幾個季節，我同時創作小說與劇本。

這部作品於二〇一〇年初在合井洞萌芽，卻直到二〇一三年搬到城山洞時才正式完成。作品完成的同時，我也必須與這群揉合了眞實與想像的心愛角色道別。其實……二〇一〇年的夏天，我已經與書中我最愛護的那個角色的原型道別。他住的頂樓加蓋套房就在望遠洞。我內心暗自希望，藉著這本書回到這個世界的他，能夠帶著微笑留在許多人的回憶之中。

我是個說故事的人。我寫劇本、繪製漫畫故事並創作小說。我只是把自己想到的有趣故事，配合故事的特性，以合適的風格進行創作。創作超過十年，要說這一路上有什麼是我始終都在持續精進的，那就是「將眞實融入故事的技巧」。即便世上有許多與現實世界無關的奇特故事，但那些都無法令我感動。其他的技巧，我都能夠迅速學會，卻只有融入眞實故事的技巧，無論怎麼努力都難以駕輕就熟，是「始終讓我感到新穎的工具」。這股新穎的感受能讓我回顧自己的人生。而我只是相信，當我持續蒐集人生中不斷解體、剝落的磚頭，並利用這些磚頭建造一棟房子，總有一天我能夠創作出專屬於我的風格。

我要誠摯地感謝讓這部作品獲獎的每一位評審委員，以及世界文學獎的每一位工作人員。也想向讓我的第一本書能正式面市的出版社，「樹葉椅子」李秀哲代表及員工、爲我寫下感人推薦詞的徐眞作家、金美月作家與宋海星導演行一個大禮。我會成爲一位優秀的小說家，以報答各位的恩情。

《望遠洞兄弟》是部寫作過程十分愉快，寫完後也令人感到愉快的小說。希望閱讀這部小說的讀者，也都能有相同的感受。

在本書問世之前提供過協助的每一個人，你們的名字都在片尾名單上。看清楚囉，是你的名字。

二〇一三年七月
金浩然

Eurasian Publishing Group
圓神出版事業機構
用心與你對話・視野無限寬廣
寂寞出版社
Solo Press

www.booklife.com.tw reader@mail.eurasian.com.tw

Soul 051

望遠洞兄弟

作　　者／金浩然 김호연
譯　　者／陳品芳
發 行 人／簡志忠
出 版 者／寂寞出版股份有限公司
地　　址／臺北市南京東路四段 50 號 6 樓之 1
電　　話／(02) 2579-6600 · 2579-8800 · 2570-3939
傳　　真／(02) 2579-0338 · 2577-3220 · 2570-3636
副 社 長／陳秋月
資深主編／李宛蓁
責任編輯／朱玉立
校　　對／李宛蓁 · 朱玉立
美術編輯／林韋伶
行銷企畫／陳禹伶 · 鄭曉薇
印務統籌／劉鳳剛 · 高榮祥
監　　印／高榮祥
排　　版／杜易蓉
經 銷 商／叩應股份有限公司
郵撥帳號／ 18707239
法律顧問／圓神出版事業機構法律顧問　蕭雄淋律師
印　　刷／祥峯印刷廠
2023 年 11 月　初版

Mangwon-dong Brothers by Kim Ho-yeon (김호연)

定價 460 元　ISBN 978-626-97541-5-1

即使父親走了，某個瞬間的父親也會鐫刻在某人的時間裡，
而只要回憶起往事，這些瞬間就會鮮明地浮現。

——《父親的解放日記》

國家圖書館出版品預行編目資料

望遠洞兄弟 / 金浩然 著；陳品芳 譯. -- 初版. -- 臺北市：
寂寞出版股份有限公司，2023.11
384 面；14.8×20.8公分（Soul；51）
譯自：망원동 브라더스

ISBN 978-626-97541-5-1（平裝）

862.57　　112015720